# O CÉU DA MEIA-NOITE

# O CÉU DA MEIA-NOITE

LILY BROOKS-DALTON

Tradução
Ana Guadalupe

Copyright © 2016 por Lily Brooks-Dalton

Título original: GOOD MORNING, MIDNIGHT

Direção editorial: VICTOR GOMES
Coordenação editorial e preparação: GIOVANA BOMENTRE
Tradução: ANA GUADALUPE
Revisão: CINTIA OLIVEIRA
Design de capa: SCOTT BIEL
Adaptação de capa original, projeto gráfico
e diagramação: BEATRIZ BORGES
Imagens de miolo: © UNSPLASH

ESTA É UMA OBRA DE FICÇÃO. NOMES, PERSONAGENS, LUGARES, ORGANIZAÇÕES E SITUAÇÕES SÃO PRODUTOS DA IMAGINAÇÃO DO AUTOR OU USADOS COMO FICÇÃO. QUALQUER SEMELHANÇA COM FATOS REAIS É MERA COINCIDÊNCIA.

TODOS OS DIREITOS RESERVADOS. PROIBIDA A REPRODUÇÃO, NO TODO OU EM PARTES, ATRAVÉS DE QUAISQUER MEIOS. OS DIREITOS MORAIS DO AUTOR FORAM CONTEMPLADOS.

DADOS INTERNACIONAIS DE CATALOGAÇÃO NA PUBLICAÇÃO (CIP)

B873c, Brooks-Dalton, Lily.
O céu da meia-noite / Lily Brooks-Dalton;
Tradução: Ana Guadalupe. – São Paulo: Editora Morro Branco, 2021.
p.288; 14x21cm.

ISBN: 978-65-86015-04-1

1. Literatura americana – Romance.  I. Guadalupe, Ana. II. Título.
CDD 813

TODOS OS DIREITOS DESTA EDIÇÃO RESERVADOS À:
**EDITORA MORRO BRANCO**
Alameda Santos, 1357, 8º andar
01419-908 – São Paulo, SP – Brasil
Telefone (11) 3373-8168
www.editoramorrobranco.com.br
Impresso no Brasil
2021

*Para Gordon Brooks*

Eu me afasto da escuridão lenta e dolorosamente.
E lá estou eu, e lá está ele...

– JEAN RHYS

# UM

Quando o sol enfim retornou ao Círculo Ártico e manchou o céu cinza com riscos de um cor-de-rosa incandescente, Augustine estava lá fora, esperando. Ele não sentia a luz solar no rosto havia meses. O brilho róseo se derramou sobre o horizonte e se infiltrou no azul gélido da tundra, projetando sombras anil pela neve. A alvorada subiu como um muro de fogo implacável, o cor-de-rosa delicado ganhando a profundidade do laranja, consumindo as grossas camadas de nuvem uma a uma até que o céu inteiro começasse a arder. Ele se deixou banhar por aquele brilho suave, sentindo a pele formigar.

Não era comum que o céu ficasse encoberto assim durante a primavera. O local do observatório havia sido escolhido por seu tempo limpo, pela atmosfera polar fina e pela elevação da Cordilheira Ártica. Augie se afastou dos degraus de concreto e seguiu pela passagem entalhada na encosta íngreme da montanha – descendo até as instalações anexas que ficavam aglomeradas contra o declive da montanha, depois as ultrapassando. Quando ele passou pelo último anexo, o sol já começara a afundar e a cor, a esmorecer. O dia havia começado e terminado em dez minutos, talvez menos. Os picos cobertos de neve se estendiam até chegar ao horizonte norte. Ao sul, a vastidão da tundra baixa e lisa fluía até onde os olhos podiam ver. Em seus melhores dias, a tela em branco ao redor o acalmava; nos piores, se via contemplando a loucura. A paisagem não se importava com ele e não havia outro lugar para ir. Ele ainda não sabia que tipo de dia era hoje.

Em outra vida, sempre que o ambiente o rejeitava, como muitas vezes ocorria, ele fazia sua mala de couro macio e encontrava outro lugar. Não chegava a ser uma mala grande, mas acomodava bem os itens essenciais para sua existência, com certa folga. Nunca foram necessários caminhões de mudança, nem plástico-bolha, nem festas de despedida. Quando resolvia ir embora, ele ia na mesma semana. De uma bolsa de pós-graduação no deserto do Atacama, no norte do Chile, onde tinha aprendido o básico sobre estrelas que estavam prestes a morrer, à África do Sul, a Porto Rico, Havaí, Novo México, Austrália – indo atrás dos mais avançados telescópios e dos maiores sistemas de satélite como se fossem farelos de pão espalhados pelo planeta. Quanto menor a interferência terrena, melhor. Para Augustine, sempre tinha sido assim.

Para ele, continentes e países nunca significaram nada; só o céu o movia, os acontecimentos do outro lado da janela atmosférica. Tinha uma boa ética de trabalho, um ego inflado e alcançava resultados inovadores, mas não estava satisfeito. Nunca estivera satisfeito e nunca estaria. Não era o sucesso que ele almejava, nem a fama, mas a chance de entrar para a história: queria abrir o universo ao meio feito uma melancia madura, depois ordenar o caos de sementes polpudas diante de colegas embasbacados. Ele queria pegar a fruta e seu vermelho encharcado e quantificar as vísceras do infinito, queria ver a aurora do tempo e vislumbrar o começo de tudo. Ele queria ser lembrado.

No entanto, aqui estava ele, aos 78 anos, no topo do arquipélago do Ártico, na fronteira da civilização – e, tendo chegado ao fim do trabalho de sua vida, tudo o que lhe restava era encarar a face sombria da própria ignorância.

———

O Observatório Barbeau havia sido construído como uma extensão da montanha. O punho arredondado da cúpula do telescópio era atrevidamente mais alto do que qualquer outra coisa em quilômetros, observando toda a área como um vigia. Havia uma pista de pouso e um hangar a cerca de um quilômetro ao sul, onde a tundra havia sido comprimida e aplainada por uma escavadeira trazida por via aérea da Groenlândia, demarcada com bandeiras laranja e contornada por luzes que já não funcionavam mais. O hangar estava vazio e a pista, abandonada. Os últimos aviões que os haviam usado buscaram os pesquisadores no posto avançado, e as últimas notícias da civilização, mais de um ano antes, falavam em guerra.

O posto avançado fora abastecido para atender uma dúzia de pesquisadores por nove meses: galões de combustível, alimentos não perecíveis, água tratada, suprimentos médicos, armas e acessórios de pesca, esquis e ponteiras e cordas de escalada. Havia mais equipamento do que Augie conseguiria usar e mais dados do que conseguiria analisar em doze vidas. Ele estava mais ou menos em paz com a situação. O observatório era o núcleo do posto avançado, no centro dos dormitórios espalhados, das unidades de armazenamento e dos edifícios de recreação. A estrutura era a característica mais permanente da base – afinal, o imenso telescópio que abrigava era o motivo para que todo o resto estivesse ali. As instalações anexas que rodeavam o observatório mal podiam ser chamadas de construções; estavam mais para barracas impermeáveis onde se podia comer, beber, dormir e armazenar equipamentos. O programa de pesquisa da Barbeau costumava durar de seis a nove meses, mas Augustine estava lá havia quase dois anos quando a base foi evacuada. Agora fazia quase três. A bolsa de estudos atraía uma variedade de homens jovens e ambiciosos, muitas vezes recém-saídos de seus PhDs, ávidos para deixar de lado a claustrofobia do ambiente acadêmico, pelo menos por um tempo, antes de se permitirem cercar de vez. Augustine detestava esses pesquisadores livrescos, que eram pura teoria e nenhuma ou muito pouca prática. Mas, até aí, ele teria dificuldade para dizer o nome de alguém que não detestasse.

Olhando para o horizonte com o cenho franzido, ele enxergava com dificuldade a esfera do sol, que afundava cada vez mais, através da grossa cobertura de nuvens, cortada ao meio pelo contorno irregular da Cordilheira. Era pouco depois do meio-dia, no fim de março. A noite polar finalmente havia atravessado aquela terra desolada e o dia retornaria pouco a pouco. Começaria devagar, algumas poucas horas de luz por vez, à espreita sobre a linha do horizonte. Mas não demoraria para que o sol da meia-noite nascesse e as estrelas esmaecessem. Quando a claridade do verão chegasse ao fim, ele daria as boas-vindas aos dias obscurecidos do outono, depois ao preto-azulado do inverno, mas por ora não conseguia imaginar uma visão mais reconfortante do que a do contorno derretido do sol pousando próximo ao horizonte, sua luz se derramando sobre a tundra rasteira.

Em Michigan, onde Augustine crescera, o inverno chegava delicado: o pó da primeira neve, os montes macios como travesseiros, os pingentes de gelo que cresciam cada vez mais afiados, depois começavam a pingar e pingar e, por fim, se transformavam num esguicho de primavera. Ali, tudo era rigoroso. Ermo. Tudo era impiedoso como as bordas de um diamante, com grandes placas de gelo que nunca derretiam e o chão que nunca se dissolvia. Enquanto a última luz se extinguia do céu do meio-dia, ele observou um urso polar trotando por um dos cumes da montanha, indo em direção ao mar para caçar. Augie teve vontade de se enfiar na pele grossa do urso e costurá-la, fechando-a atrás de si. Ele imaginou a sensação: olhar para baixo, a partir de um longo focinho, e ver patas do tamanho de travessas, ficar de barriga para cima e sentir 450 quilos de músculo e gordura e pelos contra o chão congelado. Puxar uma foca-anelada de seu buraco no gelo e matá-la com um só golpe poderoso, enfiando os dentes em sua carne, arrancando nacos de gordura fumegante e depois adormecendo num monte de neve limpo e branco: saciado. Sem pensamentos; só instinto. Só fome e sonolência. E desejo, se fosse o momento ideal do ano, mas nunca amor, nunca culpa, nunca esperança. Um animal feito para a sobrevivência, não para a reflexão. Pensar nisso quase o fez sorrir, mas Augustine não costumava contorcer a boca naquela direção.

Ele não compreendia o amor mais do que o urso era capaz de compreender. Nunca compreendera. No passado, havia sentido pequenas doses de emoções menores – vergonha ou remorso ou ressentimento ou inveja –, mas sempre que acontecia ele voltava seu olhar ao céu e deixava que o deslumbramento levasse tudo embora. Só o cosmos lhe despertava sentimentos intensos. Talvez o que ele sentia fosse amor, mas nunca o havia nomeado conscientemente. Vivia um romance obsessivo e unilateral com o vazio e a plenitude do universo como um todo. Não havia espaço a desperdiçar nem tempo a perder com um amor menor. Ele preferia que fosse assim.

O mais próximo que havia chegado de permitir que sua adoração recaísse sobre ombros humanos havia sido muito tempo antes. Ele tinha trinta e poucos anos quando engravidou uma mulher linda de inteligência prodigiosa no centro de pesquisa de Socorro, Novo México. Ela também era cientista e estava terminando a dissertação para receber o título de PhD, e quando Augustine a conheceu, a achou extraordinária. Ele sentiu um lampejo de entusiasmo pela ideia do bebê de ambos quando ela lhe deu a notícia, como a centelha de uma estrela recém-nascida a seis bilhões de anos-luz dali. Algo tangível e belo, mas que já moribunda no instante em que o alcançava, um rastro de luz. Não era o suficiente. Ele tentou convencer a mulher a fazer um aborto, depois abandonou o hemisfério quando ela se recusou. Limitou-se ao outro lado do Equador por anos, incapaz de suportar a proximidade de uma criança que ele não tinha a capacidade de amar. O tempo passou e cedo ou tarde se deu ao trabalho de descobrir o nome e o dia do aniversário da menininha. Ele lhe enviou um telescópio amador bastante caro quando ela fez cinco anos, uma esfera celeste quando ela completou seis, uma primeira edição autografada de Cosmos, de Carl Sagan, quando ela fez sete. Ele esqueceu a data no ano seguinte, mas enviou mais livros, volumes de conteúdo avançado de astronomia prática, para seu nono e décimo aniversários. Depois, perdeu contato com ela – com as duas. O pedacinho de pedra lunar que ele pretendia lhe dar no aniversário seguinte, que conseguira por vias escusas no departamento de geologia em um de seus vários locais de pesquisa, foi devolvido com um carimbo de "endereço inválido". Ele deixou o assunto de lado e decidiu que não voltaria a procurá-las. Aquela brincadeira dos presentes havia sido uma má escolha, um tropeço sentimental em uma vida que havia sido lógica até então. Depois disso, raramente pensou naquela mulher extraordinária e na filha dela, e depois de um tempo as esqueceu por completo.

Andando devagar, o urso polar chegou ao outro lado da montanha e perdeu-se de vista, engolido pela neve. Augie se curvou ainda no capuz de sua parca, apertando os cordões ao redor do pescoço. Um vento cortante o atingiu. Ele fechou os olhos, sentiu a geada seca nas narinas, o remexer anestesiado dos dedos do pé dentro das meias de lã e das botas pesadas. Seu cabelo e sua barba tinham ficado brancos havia trinta anos, mas ainda restava um salpico de fios pretos no queixo e na nuca, como se ele tivesse deixado o trabalho de envelhecer pela metade e começado outro projeto. Àquela altura ele era velho havia anos, estava mais próximo da morte do que do nascimento, era incapaz de percorrer as distâncias ou ficar em pé pelo tempo que antes conseguia, mas naquele inverno específico começou a se sentir muito velho. Antigo. Era como se começasse a encolher, e sua espinha dorsal se curvasse vagarosamente sobre si mesma, e seus ossos se amontoassem e se comprimissem. Começou a perder não só a noção do tempo, o que não era incomum na infinita escuridão do inverno, mas também dos próprios pensamentos. Ele se via, como se acordasse de um sonho, incerto do que pensara havia poucos instantes, do caminho pelo qual andava, do que estava fazendo. Tentou imaginar o que seria de Iris quando ele partisse. Em seguida se conteve e tentou não se importar.

---

Quando voltou à torre de controle, a cor do céu havia desbotado para um azul escuro e turvo. Ele empurrou a porta de aço pesada com enorme esforço. Abri-la estava mais difícil do que no ano anterior. A cada estação seu corpo parecia mais quebrável. O vento bateu a porta atrás dele. Para economizar combustível, costumava ativar o aquecimento apenas para o último andar do observatório: um só cômodo comprido onde guardava todos os seus instrumentos mais valiosos, e onde ele e Iris dormiam. Alguns confortos dos outros andares e dos anexos haviam sido levados para lá: dois fogareiros de indução, um ninho feito de sacos de dormir e colchões de solteiro duros, um limitado estoque de pratos e panelas e talheres, uma chaleira elétrica. Na subida, Augie precisou descansar depois de cada degrau. Quando chegou ao terceiro andar, trancou a porta da escada atrás de si para segurar o calor. Ele se desfez de suas camadas invernais devagar, pendurando cada peça em uma longa fileira de ganchos na parede. Ganchos demais para um homem só. Colocou cada luva em seu próprio cabide, tirou o cachecol do pescoço e também o pendurou, espalhando as roupas pelo cabideiro. Talvez fizesse isso para que o cômodo parecesse menos vazio – preenchendo o espaço ao seu redor com rastros de si mesmo para que a solidão gritante não ficasse tão óbvia. Algumas camisas de flanela estavam penduradas do outro lado, um par de ceroulas, algumas blusas quentes. Ele teve dificuldade para abrir os fechos da parca, depois para abrir o zíper. Também a pendurou.

Não havia sinal de Iris. Ela raramente falava, embora às vezes cantarolasse baixinho melodias que ela mesma compunha e que pareciam subir e descer ao som do vento que fustigava a cúpula acima deles: a orquestra do ambiente. Ele parou por um instante, tentando ouvir algum sinal dela, mas não havia nada. Era comum que Augustine não a visse por sua imobilidade e por isso ele examinava o espaço com cuidado, com o olhar atento a qualquer sutil piscar de olhos e os ouvidos alertas para o mínimo som de respiração. Eram só os dois no observatório, e o telescópio, e a tundra. Os últimos pesquisadores civis haviam sido levados de volta à base militar mais próxima havia quase um ano e de lá haviam voltado a quaisquer que fossem os lugares a que pertenciam, para se reunirem com suas famílias. Alguma catástrofe estava acontecendo no mundo externo, mas isso era tudo o que lhe diziam. Os outros pesquisadores não questionaram as pessoas que os resgataram – guardaram suas coisas às pressas e obedeceram à equipe de evacuação, mas Augustine não quis partir.

A unidade da Força Aérea que havia chegado para transportar os cientistas até suas casas reuniu todos na sala do diretor antes de começar a levar o que havia na base. O capitão leu em voz alta os nomes de todos os pesquisadores e lhes deu instruções para o embarque no avião de transporte militar que os aguardava na passarela.

— Eu não vou — Augustine falou quando seu nome foi chamado. Um dos militares riu. Alguns dos cientistas suspiraram. A princípio ninguém o levou a sério. Mas Augustine não ia arredar o pé. Ele se recusava a ser pastoreado até o avião feito gado; seu trabalho estava ali. Sua vida estava ali. Conseguiria viver muito bem sem os outros e iria embora quando estivesse pronto para partir.

— Não haverá viagem de retorno, senhor — disse o capitão, já impaciente. — Quem permanecer nesta base será abandonado. Ou você vem com a gente agora, ou não vai mais embora.

— Eu entendo — disse Augustine. — E não vou.

O capitão sondou o rosto dele e viu apenas um velho louco, louco o suficiente para estar falando sério. Tinha a feição de um animal selvagem: dentes à mostra, barba eriçada e olhos que nunca piscavam. O capitão já tinha muito a fazer e não havia tempo para discutir o indiscutível. Eram muitas outras pessoas com quem se preocupar, muitos equipamentos para transportar, muito pouco tempo. Ele ignorou Augustine e finalizou a reunião, mas, enquanto os outros pesquisadores se dispersaram, correndo para fazer suas malas, o capitão o chamou de lado.

— Sr. Lofthouse — disse ele, com a voz calma, mas inegavelmente hostil. — Essa decisão é um erro. Não vou obrigar um senhor de idade a entrar num avião, mas, acredite, ninguém aqui está brincando com relação às consequências. Não haverá viagem de volta.

— Capitão — Augustine respondeu, afastando a mão que o homem apoiara em seu braço —, eu entendi. Agora vê se me deixa em paz, caralho.

O capitão balançou a cabeça e observou Augustine se afastar, batendo a porta da sala do diretor atrás de si. Augie se refugiou no último andar do observatório e se postou diante das janelas da face sul. Lá embaixo, os outros cientistas se apressavam por entre as barracas e os anexos, arrastando trouxas e malas, com os braços cheios de livros e equipamentos e recordações. Algumas motos de neve abarrotadas subiam e desciam a montanha para chegar ao hangar e, enquanto Augie observava, os cientistas começaram a descer a passarela em conta-gotas até que só restou ele.

O avião subiu por entre os vincos da tundra que abrigavam o hangar, fora de seu campo de visão por poucos metros, e Augustine o viu desaparecer no céu desbotado, o estrondo do motor dissolvendo-se em contato com o vento murmurante. Ele permaneceu junto à janela por muito tempo, permitindo-se tomar consciência de sua situação extremamente solitária. Depois deu as costas para a janela e examinou a sala de controle. Começou a tirar do caminho o que restara do trabalho dos colegas, reajustando o espaço para que o acomodasse e apenas ele. As palavras do capitão, "Não haverá viagem de volta", ecoavam no súbito silêncio. Tentou engolir em seco a realidade daquela fala, entender o que de fato aquilo significava, mas aquela era uma ideia um pouco definitiva demais, um pouco drástica demais para se contemplar longamente. A verdade é que Augustine não tinha ninguém para quem voltar. Pelo menos ali não precisava ser lembrado disso.

Foi um ou dois dias depois que ele encontrou Iris – escondida em um dos dormitórios vazios, encolhida sobre um colchão de beliche sem lençol, deixada para trás como uma mochila esquecida. Ele a observou com o cenho franzido por alguns minutos, duvidando dos próprios olhos. Ela era pequena, talvez tivesse oito anos – Augie não sabia ao certo –, com seu cabelo escuro, quase preto, que caía até os ombros estreitos em uma massa embaraçada. Tinha olhos redondos cor de avelã que pareciam olhar para todos os lugares ao mesmo tempo e uma certa quietude vigilante de animal arisco. Estava de fato tão imóvel que ele quase poderia pensar que se tratava de uma ilusão de ótica, mas então ela se moveu e a estrutura metálica do beliche na qual se apoiava rangeu. Augustine massageou as próprias têmporas.

— Só pode ser brincadeira — disse ele para ninguém. — Então vamos, vai. — Virou-se para sair e a chamou com um gesto. Ela não disse nada, só o seguiu até a sala de controle. Ele jogou um pacote de frutas secas e nozes na direção da menina, enquanto esquentava água em uma chaleira, e ela comeu tudo. Ele lhe preparou um pacote de mingau de aveia instantâneo e ela também comeu.

— Que absurdo — disse ele para ninguém. Ainda assim, ela continuou em silêncio. Folheou um livro que ele lhe entregou; se estava lendo ou não, ele não sabia dizer. Augustine se ocupou com seu trabalho e tentou ignorar a presença inexplicável e inconveniente de uma menininha que ele não se lembrava de ter visto antes.

Dariam falta da menina, isso era óbvio – alguém voltaria para buscá-la a qualquer momento. Só podia ter sido a comoção do êxodo, algum mal-entendido. "Pensei que ela estivesse com você", "E eu pensei que ela estivesse com *você*". Mas a noite caiu e ninguém voltou. No dia seguinte, tentou se comunicar via rádio com a base militar de Alert, a comunidade permanente mais setentrional da Ilha Ellesmere. Não houve resposta. Ele rastreou as outras frequências – todas elas – e enquanto alternava entre as bandas foi invadido por uma sensação de pânico. As rádios amadoras estavam em silêncio; os satélites de comunicação de emergência sussurravam uma canção vazia; até os canais de aviação militar estavam mudos. Era como se não restasse mais nenhum transmissor de rádio no mundo, ou talvez não houvesse mais ninguém para usá-lo. Ele continuou procurando. Não havia nada. Só estática. Disse a si mesmo que devia ser uma falha no sistema. Uma tempestade. Ia tentar de novo amanhã.

Mas a menina... ele não sabia o que fazer com ela. Quando lhe fez perguntas, ela o encarou com uma curiosidade desapegada, como se estivesse do outro lado de uma janela à prova de som. Como se estivesse vazia: uma menina oca de cabelo bagunçado e olhos solenes, mas sem voz. Ele a tratou como um animal de estimação porque não sabia o que fazer – com uma gentileza desajeitada, mas como se fosse um exemplar de outra espécie. Ele a alimentava quando se alimentava. Falava com ela quando tinha vontade de falar. Levava-a para caminhar. Dava-lhe coisas para brincar ou observar: um walkie-talkie, um mapa do céu com as constelações, um sachê de *pout-pourri* com cheiro de mofo que tinha encontrado em uma gaveta vazia, um guia de campo do Ártico. Fez o melhor que podia, mesmo sabendo que isso não era lá muita coisa, mas... ela não lhe pertencia, e ele não era o tipo de homem que adotava animais abandonados.

Naquela tarde escura, logo depois de o sol subir e depois afundar mais uma vez, Augustine a procurou em todos os lugares de sempre: enfiada debaixo dos sacos de dormir como um gato preguiçoso; rodopiando em uma das cadeiras de rodinhas; sentada na mesa, cutucando com uma chave de fenda as vísceras de um aparelho de DVD quebrado; olhando pela vidraça grossa e suja em direção às infinitas montanhas da Cordilheira. Não havia sinal dela em lugar nenhum, mas Augustine não estava preocupado. Às vezes ela se escondia, mas nunca ia muito longe sem ele, e sempre se revelava antes que muito tempo se passasse. Deixava que ela tivesse seus esconderijos, seus segredos. Não havia bonecas, nem livros de figuras, nem balanços, nada que pudesse chamar de seu. Nada mais justo. E, além do mais, como lembrou a si mesmo, ele não se importava de verdade.

Durante a longa noite polar, depois de várias semanas de escuridão total e quase dois meses desde a evacuação, Iris rompeu o silêncio para fazer uma pergunta a Augustine.

— Quanto falta para amanhecer? — disse ela.

Aquela foi a primeira vez que a ouviu emitir um som que não fosse aquele estranho cantarolar a que ele já se acostumara – aquela ária de notas longas e trêmulas que vinham do fundo da garganta enquanto ela olhava pelas janelas da torre de controle, como se narrasse os mínimos movimentos daquela terra arrasada em alguma outra língua. Quando ela de fato falou algo naquele dia, sua voz saiu como um sussurro gutural. Era mais grave do que ele esperava e tinha um tom mais confiante. Já tinha começado a se perguntar se ela era capaz de falar ou se falava outro idioma, mas aquelas primeiras palavras saíram facilmente de seus lábios, enunciadas com um sotaque americano ou talvez canadense.

— Falta metade, mais ou menos — respondeu ele, sem demonstrar que ela havia feito algo incomum, e a menina assentiu, igualmente indiferente. Ela continuou mordendo o *beef jerky* que os dois estavam comendo de jantar, segurando o fio de carne com as duas mãos e arrancando um pedaço com a boca como um bebê carnívoro que aprendia a usar os dentes. Ele lhe estendeu uma garrafa d'água e começou a pensar em todas as perguntas que queria lhe fazer, e só então notou que não eram muitas. Ele perguntou o nome dela.

— Iris — disse ela, sem tirar os olhos da janela escurecida.

— Que bonito — ele comentou e ela franziu o cenho, encarando o próprio reflexo no vidro. Não era algo que ele costumava dizer a mulheres jovens e bonitas? Elas não costumavam gostar?

— Quem são seus pais? — ele se arriscou a perguntar depois de um instante, uma pergunta que já havia feito, claro, e não podia deixar de fazer novamente. Talvez finalmente desvendasse o mistério da presença dela e descobrisse a qual dos outros cientistas ela pertencia. A menina continuou com os olhos presos à janela, mastigando. Ela não falou mais nada naquele dia, nem no seguinte.

Com o passar do tempo, Augustine começou a apreciar o silêncio de Iris. Ela era uma criatura inteligente e ele valorizava a inteligência mais do que qualquer outra coisa. Ele pensou nos discursos mórbidos que fizera no início, logo depois de tê-la encontrado, quando ainda verificava as bandas de radiofrequência na esperança de que alguém voltasse para buscá-la, de que alguém surgisse daquele silêncio devastado para pegá-la no colo e deixá-lo em paz. Mesmo naquele momento, quando ele ainda remoía as explicações e os porquês – as bandas estavam vazias, Iris estava ali etc. –, ela simplesmente havia aceitado a realidade que lhes cabia e começado a se adaptar. A irritação com a presença dela, e depois com o seu silêncio, se dissipou. Uma semente de admiração se estabeleceu e ele deixou de lado as perguntas para as quais não havia respostas. Enquanto a longa noite cobria o topo de sua montanha, a única pergunta que importava era aquela que ela tinha feito: quanto tempo aquela escuridão ainda iria durar.

———

— O que você acharia se eu dissesse que aquela estrela na verdade era um planeta? — a mãe dele uma vez lhe perguntara, apontando para o céu. — Você acreditaria em mim?

Ele respondera na mesma hora que sim, sim, acreditaria, e ela disse que ele era um menino bonzinho, um menino inteligente, porque aquele ponto branco incandescente logo acima do telhado das casas era Júpiter.

Augustine a adorava quando era menino, antes de começar a entender que ela não era como as outras mães da rua em que moravam. Ele se via enredado em sua alegria e abatido por sua tristeza – seguindo suas oscilações de humor com uma lealdade fervorosa, como um cãozinho afoito. Ele fechava os olhos e via seu cabelo castanho e crespo, repleto de mechas grisalhas, o contorno desleixado do batom bordô que ela passava sem olhar no espelho, o brilho de deslumbramento em seus olhos quando ela apontava para a estrela mais brilhante de todas, que pairava sobre aquele bairro do Michigan.

Se aquele menino bonzinho e inteligente se descobrisse nesse lugar inóspito, sozinho, exceto pela presença de um responsável idoso e desconhecido, talvez chorasse ou gritasse ou batesse o pé. Augustine nunca tinha sido uma criança particularmente corajosa. Talvez tivesse arriscado uma fuga, juntado sem muita convicção algumas provisões e saído pela vastidão desolada, pisando duro e decidido a ir para casa, para retornar poucas horas depois. E se dissessem ao pequeno Augie que não havia mais nenhuma casa à qual retornar, nenhuma mãe que o acalmasse quando fizesse birra, ninguém mais no mundo que se importasse com ele, o que ele teria feito?

Augustine pensou longamente em sua jovem companheira. Nesta idade avançada, ele se via aprisionado em memórias. Antes nunca pensava no passado, mas de alguma forma a tundra havia lhe devolvido tudo – experiências que pensava ter deixado para trás havia muito tempo. Ele voltou a se lembrar dos observatórios tropicais nos quais trabalhara, de mulheres que tivera nos braços, artigos que escrevera, discursos que fizera. Houve um tempo em que suas palestras atraíam centenas de pessoas. Depois de cada uma, uma aglomeração de admiradores o esperava para pedir autógrafos – *o autógrafo dele!* Ele era assombrado por suas conquistas, por espectros do sexo e do triunfo e da descoberta, todas as coisas que pareciam tão significativas no momento em que tinham acontecido. Nada daquilo importava mais. O mundo que existia para além do observatório estava silencioso e vazio. As mulheres provavelmente tinham morrido, os artigos tinham sido reduzidos a cinzas, dos auditórios e observatórios só restavam ruínas. Ele sempre havia imaginado que os outros ensinariam suas descobertas em universidades quando partisse, que gerações de estudiosos ainda não nascidos escreveriam sobre elas. Havia imaginado que seu legado sobreviveria por séculos. Nesse sentido, sua mortalidade parecia irrelevante.

Ele se perguntou se Iris pensava na vida que levava antes. Se sentia saudades. Se entendia que tudo estava perdido. Uma casa em algum lugar, talvez um irmão ou uma irmã, talvez ambos. Pais. Amigos. Escola. Ele se perguntou do que ela sentia mais falta. Perto do fim da longa noite, eles andaram juntos pelo perímetro do posto avançado, atravessando com dificuldade a nova camada de neve que caía rodopiando sobre aquela já compactada. Uma lua baixa iluminava o caminho deles. Estavam ambos embrulhados em suas roupas mais quentes, protegidos pelas grossas dobras das parcas como caracóis em suas conchas. O cachecol enrolado sobre o nariz e a boca de Iris escondia a expressão dela. Pingentes de gelo haviam se formado nas sobrancelhas e nos cílios de Augustine, emoldurando sua visão com um borrão cintilante. Iris parou de andar de repente e apontou com uma luva grande demais para o céu, para um ponto logo acima de suas cabeças, onde a Estrela do Norte tremeluzia. Ele seguiu o olhar da menina.

— Polaris — disse ela, com a voz abafada pelo tecido.

Ele fez que sim, mas ela já tinha seguido adiante. Não era uma pergunta; era uma afirmação. Depois de um instante, ele a alcançou. Pela primeira vez, ficou verdadeiramente contente por ter a companhia dela.

---

O trabalho parecia tão importante quando Augie escolhera ficar para trás e continuar no observatório – monitorar os dados, registrar a sequência das estrelas. Depois do êxodo e do subsequente silêncio na comunicação por rádio, ele sentiu que era mais importante do que nunca continuar observando, catalogando, cruzando referências. Era a única coisa que o protegia da loucura, uma fina membrana de pertinência e importância. Esforçava-se para manter a própria mente nos trilhos, funcionando como sempre. Assimilar a imensidão do fim de uma civilização era quase impossível para ele, ainda que seu cérebro fosse treinado para lidar com a imensidão. Era uma ideia mais ampla e mais estranha do que qualquer outra que contemplara antes. A aniquilação da humanidade. A destruição do trabalho de toda sua vida. A necessidade de recalibrar a própria relevância. Em vez disso, ele se devotou aos dados cosmológicos que chegavam sem parar do espaço sideral. O mundo para além do observatório estava em silêncio, mas o universo não. No início foram a conservação técnica do telescópio, a manutenção dos sistemas de armazenamento de dados e o apoio calmo e indiferente da presença de Iris que o impediram de enlouquecer. Iris parecia indiferente, sempre distraída com um livro, uma refeição, com a paisagem. Era imune ao pânico que o invadia. Cedo ou tarde ele começou a se conformar com a situação e ficou mais calmo. Aceitou a falta de sentido, depois a sobrepujou.

Seguiu o próprio ritmo – não havia prazo final, nem linha de chegada. Os dados continuavam chegando normalmente, inalterados. Ele reajustou o foco do telescópio por curiosidade e começou a passar mais tempo ao ar livre, perambulando pelas instalações do posto abandonado no azul profundo da longa noite. Transferiu todos os objetos úteis para o último andar da central de controle, um de cada vez. Arrastou os colchões pela neve, um por um, e pelas escadas, um por um. Iris marchou atrás dele, carregando um caixote de utensílios de cozinha. Quando parou para recuperar o fôlego e olhou para trás, notou que ela aguentava o peso. Era uma coisinha forte, corajosa. Juntos eles tiraram os itens de necessidade básica dos dormitórios e os levaram para o terceiro andar, onde só havia mesas de trabalho, computadores e armários de arquivo cheios de papelada. Moveram estoques de comida enlatada e congelada, água engarrafada, combustível de gerador, baterias. Iris surrupiou um baralho. Augustine encontrou um globo terrestre sépia em um dos dormitórios e o enfiou debaixo do braço, o eixo de cobre comprimiu suas costelas através da camada grossa da parca.

O terceiro andar oferecia espaço mais que suficiente para os dois, mas havia uma quantidade escandalosa de entulho quando se mudaram para lá: máquinas inúteis, anacrônicas, artigos acadêmicos obsoletos, que propunham hipóteses refutadas havia muito tempo, edições antigas e cheias de orelhas da revista *Sky & Telescope*. Depois de procurar em vão uma superfície vazia na qual pudesse posicionar seu novo globo terrestre, Augustine o colocou no chão, abriu uma janela pesada com certa dificuldade e dela arremessou um velho monitor empoeirado como se não fosse nada de mais. Iris, que estava jogando os sacos de dormir no chão, saiu correndo e observou os destroços do monitor, várias peças escuras espalhadas pela neve clara, algumas ainda rolando pela montanha. Ela o encarou com uma pergunta silenciosa nos olhos.

— Tralha — disse Augie, posicionando seu globo terrestre sépia no espaço que o monitor ocupara. O globo ficou elegante ali, um objeto belo em meio aos refugos da ciência. Ele sairia mais tarde, depois que a lua subisse, e recolheria os pedaços, mas tinha sido ótimo atirar o monitor daquele jeito. Um pequeno alívio. Pegou o teclado que o acompanhava, com o fio do mouse enrolado nele, e o entregou a Iris. Sem titubear, ela o arremessou em direção à noite como um frisbee e juntos eles se debruçaram no ar terrivelmente frio e o viram desaparecer, girando para cada vez mais longe na escuridão.

Depois que o sol voltou, os dois começaram a caminhar para além das instalações anexas para vê-lo nascer e se pôr. No começo não demorava muito. O sol se erguia, saindo de baixo do horizonte, projetando um suave arco alaranjado para anunciar sua chegada, inundando a tundra com um cor-de-rosa escaldante, e assim que iluminava os picos nevados começava a afundar mais uma vez, lançando lâminas de violeta e rosa e azul claro em direção ao céu como um bolo de camadas em tons pastel. Em um dos vales mais próximos, Augustine e Iris observavam uma manada de bois-

-almiscarados que retornava todos os dias, focinhando o solo coberto de neve. A grama que comiam era invisível de onde ele e Iris estavam, mas Augie sabia que estava lá, talos pontudos que atravessavam a neve ou que talvez ficassem presos logo abaixo dela. Os bois-almiscarados eram imensos e sua pelagem emaranhada era tão comprida que quase tocava o chão. Seus chifres longos e curvados apontavam para o céu. Pareciam criaturas muito antigas, quase pré-históricas – como se pastassem naquela região muito antes de os humanos terem começado a andar sobre duas pernas e fossem continuar muito depois de as cidades construídas pelos homens e mulheres se despedaçarem e retornarem à terra. Iris ficou hipnotizada pelos animais. Ao longo dos dias, ela o convenceu a se sentar cada vez mais perto deles, puxando-o para a frente em silêncio.

Depois de um tempo, quando o sol tinha começado a se demorar no céu algumas horas por vez, Augustine viu os animais sob um novo ângulo. Pensou no pequeno depósito de armas que havia no observatório, na prateleira cheia de espingardas que nunca usara. Pensou no gosto de carne fresca, depois de quase um ano de comida insípida e intemporal. Tentou se imaginar abatendo uma daquelas criaturas lanosas, cortando bifes e retirando costelas, separando órgãos e ossos da carne, mas mesmo na imaginação não era capaz de suportar. Ele era muito sensível, muito fraco; não tinha estômago para o sangue e a violência. Mas e quando seus suprimentos minguassem? Aí ele seria capaz?

Ele se esforçava para imaginar o futuro de Iris ali, mas se sentia pessimista, inútil, cansado. E sentia também outra coisa: raiva. Estava bravo porque aquela responsabilidade havia recaído sobre ele, porque não podia ignorá-la ou transferi-la para outra pessoa. Bravo porque se importava, sim, apesar de todo o seu esforço para não se importar. O caos da sobrevivência era tão desagradável. Ele preferia não pensar nisso. Então, admirava o declive gradual do trajeto do sol em sua queda, depois esperava, paciente, o surgimento das estrelas. Um pontinho prateado, movendo-se rápido e brilhando demais para ser um corpo celeste, surgiu de trás das montanhas. Augie o observou subir quarenta graus no azul cada vez mais escuro. Levou um instante, mas, quando o brilho voltou a descer, fazendo uma curva em direção ao horizonte, ao sudoeste, percebeu que era a Estação Espacial Internacional, ainda em órbita, ainda refletindo a luz do sol na Terra escurecida.

# DOIS

O relógio de Sully mostrava **0700 GMT** – quatro horas à frente de Houston, quatro horas atrás de Moscou. O tempo não significa quase nada no espaço profundo, mas ela se obrigou a acordar mesmo assim. O regime que o Controle da Missão havia prescrito para a tripulação da nave espacial *Aether* era preciso e detalhado, e, embora o Controle não estivesse mais disponível para administrá-lo, os astronautas continuavam seguindo a maioria das recomendações. Sully levou a mão à única fotografia afixada à parede de estofado macio do compartimento em que dormia, um hábito, e se ajeitou, sentando-se na cama. Passando os dedos pelos cabelos escuros, que não eram cortados desde que a jornada começara, um ano atrás, ela começou a fazer uma trança, ainda pensando no sonho agradável que acabara de ter. À exceção do chiado contínuo do sistema de sobrevivência e do zunido suave da centrífuga, tudo estava em silêncio para além de sua cortina privativa. Sua nave: um veículo que lhe parecera tão imenso no momento do embarque se tornou o menor dos botes salva-vidas perdido no mar. Embora não estivesse perdido. Eles sabiam exatamente aonde iam. Júpiter ficara a poucos dias para trás e a *Aether* finalmente estava a caminho de casa.

Às 0705 ela ouviu Devi se remexendo no compartimento a seu lado. Sully vestiu rapidamente o macacão azul-escuro que estava embolado aos pés de sua cama. Fechou o zíper até a metade, amarrou as mangas ao redor da cintura e ajeitou para dentro a regata cinza com a qual tinha dormido. As luzes tinham acabado de começar a se acender, ficando mais claras pouco a pouco para simular o amanhecer calmo da Terra: uma aurora branca perfeitamente gradual. A iluminação vagarosa do compartimento era uma das poucas experiências disponíveis que imitavam a Terra. Sully fazia questão de vê-la todas as manhãs. Era uma pena que os engenheiros não tivessem adicionado um toque de cor-de-rosa ou um tiquinho de laranja.

O sonho se agarrou a ela. Seu sono vinha sendo invadido por Júpiter desde a expedição da semana anterior: o tamanho acachapante, irrefreável; os padrões espiralados da atmosfera, cinturões escuros e faixas claras que fluem em rios circulares de nuvens de cristais de amônia; todos os tons possíveis de laranja, das regiões de cor suave, quase arenosa, às correntes fulgurantes de um rubro derretido; a velocidade extraordinária da rotação de dez horas, fazendo o planeta girar e girar sem parar feito um pião; a superfície opaca que fervilha e ribomba em tempestades que duram séculos. E as luas! A pele milenar e sarapintada de Calisto e a crosta gélida de Ganimedes. As fendas avermelhadas dos oceanos subterrâneos de Europa. Os vulcões de Io, fogos de artifício de magma que saltavam da superfície.

A tripulação tinha sido invadida por uma reverência silenciosa quando todos contemplaram as quatro luas de

Galileu. Uma pausa espiritual. A tensão que os levara ao espaço profundo – a sensação de que talvez a missão estivesse além de sua capacidade, de que iriam falhar e nunca mais se ouviria falar neles – evaporou. Era isso. Eles tinham conseguido. Sully e seus colegas tinham se tornado os primeiros seres humanos a alcançar um ponto tão distante do espaço, mas mais do que isso: Júpiter e suas luas tinham transformado todos eles. Tinham acalmado todos eles. Tinham lhes mostrado como eram minúsculos, extraordinários e insignificantes. Foi como se os seis membros da tripulação da *Aether* tivessem sido despertados dos sonhos pequeninos e irrelevantes que constituíam a vida na Terra. Eles não conseguiam mais se reconhecer em suas próprias histórias, suas próprias memórias. Quando chegaram a Júpiter, uma camada desconhecida de sua consciência transbordou. Era como se a luz se acendesse num quarto escuro e revelasse o infinito – em toda a sua beleza nua logo abaixo da lâmpada oscilante.

Ivanov começou seu trabalho imediatamente, analisando as amostras de pedra lunar que tinham coletado em Ganimedes e redigindo relatórios sobre as estruturas internas e processos de superfície que haviam observado. Ele ia e vinha das refeições e da bicicleta ergométrica quase flutuando, como se fosse um homem apaixonado, e sua carranca habitual parecia suavizada, quase transformada em algo quase convidativo. Devi e Thebes quase esqueceram suas tarefas na manutenção da nave e se enfiaram na abóboda transparente e sólida da cúpula para olhar as profundezas que os cercavam, investindo horas e até dias naquela atividade. Os dois admiravam a vista em um silêncio solidário, a jovem Devi com seu cabelo comprido preso de qualquer jeito num coque, os olhos arregalados embaixo das sobrancelhas grossas, e Thebes com seu rosto negro e redondo dividido ao meio pelo sorriso fácil de dentes separados. Ele dizia, com seu agradável sotaque sul-africano, que os momentos de observação de estrelas eram a "hora de pôr as coisas em perspectiva". Tal, o piloto e especialista em física da tripulação, ficou cheio de energia cinética depois de estar no espaço joviano. Começou a passar mais tempo nos equipamentos de ginástica, fazia acrobacias em gravidade zero para quem quisesse assistir e contava piadas chulas sem parar. Sua empolgação era contagiante. Harper, o comandante, canalizou sua transformação para dentro. Fez desenhos dos cinturões tempestuosos de Júpiter quando vistos da superfície de Ganimedes, onde estivera poucos dias antes. Preencheu cadernos e mais cadernos, deixando borrões de grafite em tudo que tocava.

Já Sully voltou sua atenção à cabine de comunicações. Ela deixou que os dados de telemetria, que não paravam de chegar das sondas que tinham deixado nas luas jovianas, a consumissem. Só se afastava do trabalho para comer ou pedalar na bicicleta ergométrica pelas horas pré-determinadas, jogando a trança embutida por cima do ombro com ar irritado e olhando para o relógio, ansiosa para voltar à sua cabine. Pela primeira vez em anos, se sentiu em paz com relação aos sacrifícios que fizera para se juntar ao programa espacial – a família que tinha deixado para trás. Aquela dor de não saber se tinha valido a pena, se tinha feito as escolhas certas, se esvaiu. Ela flutuava adiante, livre de seu fardo, cada vez mais certa de que seguia o caminho a que era destinada, de que era para estar ali, de que ela era uma parte minúscula e intrínseca de um universo que estava além de sua compreensão.

O sonho da noite anterior lhe escapou e na mesma hora sua mente correu para a cabine de comunições. Vestindo um par de meias, ela se perguntou que mistérios tinham pegado carona com suas ondas de radiofrequência e entrado em suas máquinas enquanto dormia. Foi aí que um pensamento desagradável surgiu sem ser chamado, vindo de algum lugar sombrio. A missão tinha sido um sucesso, mas a verdade era que ela não tinha ninguém com quem compartilhar suas descobertas. Nenhum deles tinha. O Controle da Missão tinha se silenciado logo antes de a expedição joviana começar. Durante a semana de duração dela, a tripulação da *Aether* esperou pacientemente e seguiu com seu trabalho. O Controle não havia enviado nenhum aviso de término de transmissão, nenhum alerta de interrupção nas comunicações. A Rede de Espaço Profundo consistia em três sedes espalhadas pelo mundo para registrar a rotação do planeta. Se o observatório Goldstone, no deserto do Mojave, estava fora do ar, a Espanha ou a Austrália dariam continuidade ao trabalho de onde ele tinha parado, mas 24 horas se passaram e nada aconteceu. Depois mais um dia inteiro se passou e naquele momento eram quase duas semanas. A interrupção de contato podia significar tantas coisas e a princípio não havia motivo para se preocupar. Mas, à medida que o silêncio se prolongava, que o interesse de todos por Júpiter enfraquecia e a ansiedade para voltarem para a Terra aumentava, isso passou a afetá-los cada vez mais. Estavam à deriva no silêncio. A magnitude daquela experiência, das coisas que tinham descoberto e que continuavam a desvendar, exigia uma audiência maior. Os tripulantes da *Aether* tinham embarcado naquela jornada não só por si mesmos, mas pelo mundo inteiro. A ambição que os movia na Terra se tornara apenas uma frágil vaidade ali, naquele breu.

Pela primeira vez desde que tudo começara, Sully não tentou afastar a ideia do silêncio. Ela, como os outros, tinha aprendido a separar as coisas, a evitar as verdades que ameaçassem o trabalho de todos ou a capacidade de lidarem com aquela viagem longa e incerta. Eles tinham assuntos mais importantes com os quais se preocupar. Mas naquele momento, ao permitir que o pensamento se desenvolvesse, uma onda de pânico a invadiu e destruiu aquela serenidade que o espaço joviano tinha lhe injetado. Estava de repente desperta do estupor onírico de Júpiter. O calafrio de um espaço vazio e inóspito recaiu sobre ela como uma sombra. O silêncio já tinha durado muito tempo. Devi e Thebes verificaram os equipamentos da nave repetidas vezes, e Sully já tinha realizado a própria análise minuciosa da cabine de comunicações, sem encontrar nenhum problema. Os receptores detectavam o burburinho do espaço ao redor deles, ruídos que vinham de corpos celestes a milhões de anos-luz de distância – era só a Terra que não dizia mais nada.

---

Os dados brutos invadiam a tela de seu computador enquanto Sully rabiscava anotações com um cotoco de lápis na prancheta que sempre levava consigo. A cabine de comunicações estava quentinha e o equipamento de rádio chiava, envolvendo-a em um conhecido casulo de ruído branco. Ela parou e deixou o lápis flutuar diante de si enquanto girava o pulso e tentava dissipar as dores nos dedos, depois o tirou do ar novamente. Uma gotícula de suor se desprendeu de sua pele e pairou diante dela. O calor estava ficando sufocante. Ela se perguntou se o regulador de temperatura estaria com defeito. Precisaria se lembrar de falar sobre isso com Devi ou Thebes – a última coisa de que precisavam era que os receptores superaquecessem. Parecia que sua pele derretia e se dissolvia no ar, e os limites entre corpo e ambiente se confundiam, tudo era uma única massa aquecida. Houve um grasnido de estática vindo de um dos receptores instalados na parede da cabine e Sully tentou ver em qual frequência o aparelho tinha trombado. Depois de perderem contato com o Controle, ela programara os receptores para que buscassem todos os canais de comunicação habituais, mas até então não tinham captado nada. Pelo tom das ondas, soube imediatamente que não vinham da Terra. Era um sinal de uma das sondas que tinham deixado nas luas de Júpiter. Sully continuou a verificação e deixou a transmissão ligada.

Uma tempestade de ruído entre Júpiter e uma de suas luas, Io, invadiu a cabine – um zunido grave encoberto por um som similar ao de ondas se quebrando, ou baleias, ou vento soprando entre árvores, ecos de coisas que costumavam ouvir quando estavam na Terra. A tempestade enfraqueceu depois de alguns minutos, dando lugar ao chiado subjacente do meio interestelar e à nítida crepitação do sol. Tudo era muito mais claro no espaço: as estrelas, os sons, todo o espectro eletromagnético se revelava ao redor dela; era como ver vagalumes dançando em um campo escuro pela primeira vez. Sem a interferência da Terra, tudo parecia diferente. Mais forte. Mais perigoso, mais violento, e também mais bonito.

A cada dia que se passava, a perda de contato se tornava mais aguda. Depois de duas semanas de silêncio, a situação começava a parecer uma emergência. Sem a corda trêmula do Controle da Missão através do vácuo, eles estavam verdadeiramente sozinhos. Ainda que tivessem começado a longa jornada que levaria todos para casa, diminuindo pouco a pouco o período de um ano ao invés de aumentá-lo, a tripulação nunca tinha se sentido tão distante da Terra. Todos os seis membros começavam a se conformar com o silêncio e com o que ele podia significar – para eles e para todos que tinham deixado em seu planeta emudecido.

Sully observou a cadência da tempestade pela leitura visual diante de si. Sua dissertação era sobre o campo magnético de Io e do efeito que tinha em Júpiter. Se ao menos tivesse tido acesso a dados como aqueles na universidade, vinte anos antes. Ela voltou o áudio até o início da tempestade enquanto trabalhava e o ouviu novamente. Não conseguia não pensar em Júpiter como uma mãe chamando seus filhos, trazendo suas muitas luas para junto de seu seio atmosférico para apaziguar seus tantos choros, e depois deixando que voltassem, girando, para a escuridão, onde continuariam a andar pelo vácuo, livres e solitárias. Sully tinha um carinho especial por Io, o satélite mais próximo, mas também o mais teimoso, mais escandaloso, uma bala de canhão voluntariosa e repleta de vulcões e radiação. A cacofonia a distraiu e, por um momento, ela esqueceu suas anotações. O lápis saiu flutuando de novo. Observando as ondas de energia que pulsavam entre os corpos celestes no gráfico e os campos magnéticos que dançavam por entre os polos de Júpiter como uma aurora, ela levou um susto quando Harper, que entrara flutuando e se posicionara a seu lado na cabine, pigarreou.

— Sully — disse Harper, e em seguida fez uma pausa, como se não soubesse ao certo o que dizer em seguida. Ela ergueu a cabeça a tempo de pegar seu lápis antes que se perdesse por aí. Sentiu-se subitamente constrangida com o olhar dele, consciente das manchas de suor sob os braços e das mechas escuras de cabelo que tinham se soltado da trança, emanando de sua cabeça como raios de sol.

Harper falava com um sotaque arrastado do Centro-Oeste, que parecia ir e vir: em Houston era muito leve, mas ali, a centenas de milhões de quilômetros de distância da Terra, ficava mais perceptível. Às vezes ela se perguntava como um homem tão pé no chão fizera do céu sua casa. Ele tinha ido ao espaço mais vezes do que todos os outros, um recorde mundial – dez viagens espaciais, Sully pensou, ou tinham sido onze? Ela nunca se lembrava. Na cabine de comando da cápsula de transporte que os tinha levado até a *Aether*, aonde a nave orbitava a Terra, esperando a tripulação, ele havia sido um comandante perfeito, lançando todos pela atmosfera com Tal a seu lado. Não existia ninguém igual. Mas Sully via no rosto dele que a tranquilidade pós-missão joviana tinha se dissipado, assim como acontecera com ela. Ele perambulava pelas unidades da nave, verificando cada membro da tripulação, fazendo o que podia para manter todos conectados. A lua de mel joviana tinha acabado, mas os efeitos do silêncio das comunicações e da longa jornada de volta para casa estavam apenas começando.

— Comandante Harper — disse ela, cumprimentando-o. Ele balançou a cabeça, sorrindo. Quanto mais tempo passavam à deriva, mais as patentes pareciam ridículas.

— Especialista de Missão Sullivan — respondeu ele. Por força do hábito, ela ajeitou as mechas soltas de cabelo, pressionando-as contra a cabeça. Um gesto fútil no ambiente de gravidade zero. Ele pegou impulso e entrou um pouco mais na cabine para ver melhor os gráficos da tempestade de ruído.

— Io? — perguntou.

Ela fez que sim.

— É uma das grandes. Parece que os vulcões nunca param. Talvez a sonda não sobreviva por muito mais tempo lá.

Eles observaram as cores crepitando, pulsos de energia percorrendo os dois corpos celestes.

— Nada dura muito, eu acho — disse ele, dando de ombros. Nenhum dos dois falou mais nada. Não havia muito a dizer.

---

Sully passou o resto do dia na cabine de comunições, monitorando os dados de telemetria que chegavam das sondas e verificando as bandas de radiofrequência S, X e Ka – todas designadas para o uso no espaço profundo – só por precaução. A frequência de recepção atribuída à *Aether* estava sempre aberta, pronta para receber um *uplink* da Terra, mas isso parecia cada vez mais improvável. Eles não tinham dado o devido valor no começo, quando a comunicação era tão simples quanto pegar um telefone e ligar para uma sala cheia de engenheiros e astrônomos. Quando a nave avançou pelo espaço, um lapso temporal surgiu e depois se ampliou, mas ainda assim o Controle da Missão tinha continuado ali, à disposição, do outro lado das ondas de rádio. Antes, sempre havia alguém cuidando deles. Naquele momento não havia ninguém.

Às vezes Sully notava que um fluxo de informações continuava chegando de uma sonda de outro projeto. Eram poucas, mas havia uma em especial que ela gostava de acompanhar: a *Voyager 3*, o terceiro objeto criado pelo homem a viajar para além do Sistema Solar e chegar ao espaço interestelar, lançada mais de trinta anos antes por outra geração de astronautas. Àquela altura a sonda estava morrendo, emitindo um sinal terrivelmente fraco, mas, quando Sully sintonizava seu receptor em 2296.48 MHz, às vezes conseguia captar uma ou outra informação, como palavras murmuradas por um homem em seu leito de morte. Ainda se lembrava de quando a NASA havia anunciado que sua predecessora, a *Voyager 1*, tinha finalmente ficado em silêncio, destituída de sua fonte de energia e incapaz de se comunicar com seus responsáveis na Terra. Na época, era uma menininha, sentada à mesa da cozinha em Pasadena, e sua mãe leu a manchete enquanto ela comia cereal de uvas passas antes de ir para a escola: "Primeira mensageira da humanidade no espaço interestelar dá adeus".

A *Voyager 3* tinha seguido os passos da antiga *Voyager*, atravessando a nuvem Oort, uma nuvem teórica cheia de cristais de gelo que servia de berçário para cometas, e cedo ou tarde chegando a outro sistema solar. Algum dia ela cairia no campo gravitacional de um corpo celeste – um planeta ou um sol ou um buraco negro –, mas até lá continuaria flutuando, de sistema solar em sistema solar, vagando pela Via Láctea sem hora para voltar. Era um destino assustador, mas também mágico. Sully tentou imaginar a sensação de não ter destino certo. De flutuar para sempre. Havia outras andarilhas mecânicas pelo espaço. Algumas continuavam ativas, outras tinham seguido silenciosas rumo ao nada, mas a *Voyager 3* era especial. Lembrava-a do momento em que tinha começado a entender a vastidão do universo. Mesmo quando era uma menininha aquele vazio a convocara, e ela também tinha se tornado uma andarilha. Pensar em como a jornada tinha começado a distraía daquela pergunta incômoda: como a jornada terminaria.

———

Eles a chamavam de Terrinha: a centrífuga em forma de argola que rodopiava sem parar, girando independentemente do resto da nave e simulando a gravidade por meio da força centrífuga. Os seis compartimentos em que a tripulação dormia contornavam a argola, com três boxes espaçosos de cada lado e um corredor no meio. Os beliches tinham cortinas grossas para garantir a privacidade, prateleiras e gavetas para roupas e pequenas luminárias de leitura para quando o sol simulado se punha. Mais adiante na argola, uma mesa comprida com dois bancos podia ser puxada para o centro do corredor ou encostada na parede, e depois havia uma cozinha básica. Completando o círculo, uma pequena academia de ginástica com uma bicicleta ergométrica, uma esteira e alguns halteres, ao lado da área de jogos eletrônicos, equipada com um sofá cinza reluzente. Entre o sofá e a ala dos beliches havia um pequeno lavabo. Havia outro banheiro no setor de gravidade zero da nave, que atraía um público consideravelmente menor.

Em seu tempo designado para recreação, Sully e Harper geralmente jogavam baralho. Para ela, era cansativo sentir todo o peso de seu corpo depois de passar o dia inteiro flutuando na cabine de comunicações, mas era importante continuar aclimatada. Os efeitos da gravidade não eram de todo maus. As cartas ficavam sobre a mesa, a comida ficava no prato e o lápis, atrás de sua orelha. Ela quase conseguia esquecer o vazio lá de fora, os milhões de bilhões de anos-luz de espaço inexplorado que os cercava. Quase conseguia fingir que estava novamente na Terra, a poucos passos do chão e das árvores e de um toldo azul de céu. Quase.

Harper descartou o valete de paus com um movimento brusco e desdenhoso. Sully pegou a carta, e em seguida baixou uma canastra de cartas de figura.

— Pensei que eu ia ficar esperando esse valete pra sempre — falou ela, indiferente, e fez seu descarte.

— Puta merda — disse Harper —, dá pra você parar de roubar?

Buraco era o novo jogo favorito deles. A tripulação inteira costumava jogar pôquer antes da primeira passagem pelo cinturão de asteroides, que ocorreu seis meses depois de terem começado a jornada. Pouco a pouco os outros foram desanimando e depois todos pararam de vez, durante a distração da expedição na lua joviana. Só então, com a crescente inquietação a respeito do silêncio, é que eles tinham voltado a jogar, mas àquela altura eram só Harper e Sully que tinham algum interesse. Então o jogo tinha se tornado uma variação do buraco.

— Você que está dificultando a minha derrota — ela disse baixando mais cartas, descartando a última, virada para baixo, e batendo na mesa. Ele cobriu o rosto com os braços e soltou um suspiro.

— Conta os pontos aí, sua trapaceira — provocou ele.

Eles contaram as cartas e Sully marcou os pontos dos dois em sua prancheta, ao lado de algumas anotações soltas sobre a assinatura de radiação de Io. Enquanto ela fazia as contas de cabeça, Harper a observou como se estivesse desenhando seu retrato, passando os olhos pelas curvas de seu rosto, observando a vermelhidão que subia pelo seu pescoço e chegava às bochechas. Era bom ser vista, mas também um pouco doloroso, como se a pele queimasse sob o olhar dele. Ela anotou rápido suas novas pontuações totais.

— Mais uma? — perguntou ela, sem tirar os olhos dos números. Ele fez que não.

— Ainda preciso fazer uma hora de bicicleta. Amanhã eu dou o troco.

— Sério, não vejo a hora — ela disse, recolhendo as cartas e guardando-as na caixa. Ela se levantou e empurrou a mesa para perto da parede. — Vê se traz seu cérebro da próxima vez, tá?

— Sossega o facho, Sullivan.

Estava tarde, era noite no fuso horário da *Aether*. Em seu beliche, Sully pretendia repassar as anotações do dia, mas, quando viu a única foto presa à parede de seu compartimento, perdeu a vontade de trabalhar. Era uma foto de sua filha, tirada quando ela tinha cinco ou seis anos, fantasiada de vagalume para o Halloween. Jack tinha feito a fantasia: um par de olhinhos de plástico que se mexiam, antenas, uma barriga com enchimento que brilhava no escuro e asas feitas com meias-calças pretas e arame. Àquela altura Lucy devia ter nove anos, mas quando estava fazendo as malas Sully não tinha conseguido achar uma foto mais recente para trazer consigo. Era Jack quem sempre tirava as fotos.

———

Ultimamente Ivanov quase não saía de seu laboratório, trabalhando mais e dormindo menos. Sully percebeu que não o via comer havia dias. Uma manhã, ela ficou um pouco mais no corredor-estufa e colheu um punhado de tomates- -cereja aeropônicos para ele.

— Trouxe um lanchinho para você — ela disse, entrando no laboratório de Ivanov com um movimento dos cotovelos, porque as mãos em concha guardavam as esferas vermelhas, amarelas e alaranjadas que flutuavam entre suas palmas. Ele não tirou os olhos do microscópio.

— Sem fome — disse ele, ainda com a testa encostada na lente.

— Ah, deixa de ser rabugento, Ivanov — protestou ela.
— Para depois? — O cabelo dele se transformava em um

topete amarelo ridículo na gravidade zero e assim Ivanov parecia mais delicado e mais alegre do que de fato era. Por um instante ela tinha se iludido.

— Por acaso eu te interrompo quando você está trabalhando? — disse ele, irritado, encarando-a com um olhar que a perturbou. Seus olhos ardiam de dor e fúria, e gotinhas de cuspe voavam dos lábios quando falava. — Não interrompo — continuou, voltando-se para o slide que vinha analisando.

Sully comeu ela mesma os tomates na cabine de comunicações, tentando não chorar. Todos estavam uma pilha de nervos, não houvera nenhum treinamento para isso. A semente da discórdia havia brotado entre os astronautas. A harmonia que a expedição na lua joviana havia trazido para a pequenina comunidade tinha se partido ao meio e revelado um núcleo volátil. O regime do Controle da Missão havia sido abandonado pouco a pouco e os tripulantes tinham se desconectado, não só da Terra como uns dos outros. Tinham parado de seguir os cronogramas de sono e alimentação e relaxamento, e tinham começado a se comportar como entidades separadas, não como uma equipe unida. Ivanov foi ficando cada vez mais recluso e temperamental, se isolando em seu laboratório por horas a fio, mas ele não era o único que fugia da convivência. Tal tinha se refugiado no universo dos videogames e, mesmo que aparentemente estivesse sentado no sofá da Terrinha, sua mente estava em outro lugar.

Ele tinha vibrado com o desafio específico de instalar os módulos de pouso em Calisto e Ganimedes, depois o estilingue da nave ao redor de Júpiter, mas, à medida que a trajetória de volta para a Terra se normalizou e o silêncio do Controle se prolongou, foi ficando cada vez mais cabisbaixo e irritável. Sem os *uplinks* periódicos da jovem família, que tinha ficado em Houston, seu humor havia se deteriorado. Ele descontava a raiva nos videogames. Os vários controles – joysticks, gamepads, volantes, simuladores de voo amorteciam sua angústia. Os jogos sempre acabavam com algum pedaço dos acessórios de plástico voando pela Terrinha e uma torrente infinita de palavrões, uma mistura de hebraico e inglês, que ecoava pela centrífuga.

Depois de um ataque particularmente violento, Sully o viu encolhido diante do videogame como um velho balão de hélio. A leveza que sempre fora tão agradável, tão magnética, que antes enchia Tal de entusiasmo, se dissipara no ar reciclado. Depois de um tempo, ele atravessou a centrífuga para recolher o controle de volante quebrado que tinha arremessado contra a parede. Após juntar as peças em silêncio, deixou-as sobre a mesa, onde tentou montá-las. Era uma perda de tempo, mas ele se dedicou ao projeto pelo resto do dia: colando plástico com plástico, mexendo em cabos, testando botões. Só precisava de alguma coisa para fazer. E não desistiu até Thebes colocar a mão em suas costas.

— Deixa isso pra lá — disse Thebes. — Preciso da sua ajuda no deck de controle.

Tal deixou que ele o distraísse com o trabalho, mas no dia seguinte já tinha voltado para o videogame. Sully não sabia dizer se eram os jogos em si que o acalmavam, ou a repetição da música e dos efeitos sonoros e gráficos, ou o pretexto para demonstrar tantas emoções intensas que o fazia continuar jogando sem parar: ganhar, perder, ganhar, ganhar, ganhar, perder – a concentração anestesiada seguida pelo breve alívio.

Devi, a tripulante mais jovem e sem dúvida a mais brilhante, sofria em silêncio. Enquanto Tal e Ivanov pareciam ocupar mais espaço do que nunca, com emoções intensas transbordando seus corpos, ela parecia encolher. Sempre se envolvera mais com as máquinas do que com seus colegas e esse era um dos fatores para que fosse uma engenheira tão incrível. Mas, à medida que o silêncio da Terra se prolongava, ela se desconectou tanto das máquinas quanto dos humanos. Nada era capaz de manter seu interesse. Começou a flutuar, livre das amarras da tripulação e dos mecanismos da própria nave.

Thebes notou os erros nas tarefas de Devi, nos consertos da nave – ela não detectava problemas óbvios, não ouvia ruídos preocupantes, desconsiderava componentes com defeito; era como se estivesse sonâmbula. Ele se abriu para Sully certa tarde, indo visitá-la na cabine de comunicações, enquanto ela analisava as informações da sonda.

— Você notou alguma coisa estranha com a Devi? — ele perguntou.

Sully não se surpreendeu. Ela vinha tentando ignorar a crescente transformação pela qual todos os seus colegas passavam, mas as mudanças eram óbvias. A tripulação estava se desfazendo – devagar, um fio por vez.

— Notei — disse ela.

Juntos tentaram trazer Devi de volta para eles, de volta para a nave. Thebes passou a trabalhar ao lado dela, embora isso significasse trabalho em dobro para ele, e contou histórias de quando tinha sido recrutado para o programa espacial sul-africano, décadas antes, quando era jovem e o programa tinha poucos anos. Sully fazia companhia a Devi nas horas de descanso, garantindo que cumprisse as horas de exercício obrigatório, que comesse e dormisse com frequência. Perguntava sobre sua família, sua infância. Esforçaram-se ao máximo, mas havia um limite. Nenhum deles era imune à fenda que crescia cada vez mais entre a *Aether* e a Terra. Quanto mais se aproximavam, maior ela ficava. E à medida que o silêncio prolongava, ele se tornava cacofônico.

———

Na noite seguinte, depois do jantar e da hora de recreação, Harper pediu que a tripulação se reunisse. Ivanov foi o último a chegar, depois de pular tanto o jantar quanto a hora de recreação para ficar no laboratório catalogando amostras de pedra lunar. Ele foi direto para a esteira e começou a correr em um canto, lançando um olhar na direção de Tal, que estava levantando peso.

— Você queria usar os halteres? — Tal perguntou, com uma gentileza propositalmente exagerada. Ivanov aumentou a velocidade da esteira e o ignorou.

— Agora que estamos todos aqui — Harper começou a falar —, acho que precisamos trocar umas ideias sobre o silêncio.

Thebes estava sentado à mesa lendo *O fim da infância*, um antigo livro de Arthur C. Clarke. Ele fez uma orelha na página e se juntou a Harper no sofá, unindo as mãos sobre o livro em seu colo. Devi se levantou de seu beliche e sentou-se ao lado de Thebes, enquanto Tal largou os halteres e continuou onde estava. Sully saiu de seu beliche e se apoiou na porta do lavabo, ficando de frente para o sofá e para a área da academia. Ivanov continuou correndo na esteira, indiferente a tudo.

— Quero repassar algumas questões — prosseguiu Harper. — Sei que estamos todos cientes da situação, mas peço que me ouçam. A esta altura, estamos sem contato com o Controle da Missão há quase três semanas. E não sabemos por quê. — Ele olhou ao redor como se buscasse a validação dos outros. Sully assentiu. Tal começou a morder o lábio inferior. Thebes e Devi ouviram sem mudar de expressão. Ivanov continuou correndo.

— Nossa cabine de comunicações está funcionando corretamente. Os dados de telemetria das sondas continuam chegando, os comandos continuam sendo enviados. A Devi e o Thebes têm 99,9% de certeza de que não fomos nós quem originamos a falha. — Ele fez mais uma pausa e olhou para o sofá, buscando a confirmação dos engenheiros. Thebes balançou a cabeça.

— Não achamos que seja um erro da *Aether* — falou, enunciando cada palavra, cada sílaba, com tanto cuidado que era difícil duvidar de sua seriedade.

— E por isso nos restam algumas possibilidades bastante desagradáveis — Harper complementou.

Da esteira, Ivanov bufou e apertou o botão de "cancelar". O equipamento perdeu velocidade e parou. "Desagradáveis", ele resmungou, depois acrescentou mais algumas palavras em russo. Passou os dedos pelo cabelo, ainda eriçado, depois do dia inteiro em um ambiente de gravidade zero. Sully não precisava saber russo para ter uma ideia do que resmungava.

Harper o ignorou e prosseguiu.

— Com base em todos os exemplos em que consigo pensar, acho que estamos lidando com um problema mundial. É inegável que todos os três telescópios da Rede de Espaço Profundo estão fora do ar. Na minha opinião, ou houve uma falha no equipamento, ou houve uma falha humana… ou ambos. Alguma outra ideia?

Houve um momento de silêncio. A centrífuga zuniu em seu eixo e os dutos do suporte de vida ressoaram. Em algum lugar do setor de gravidade zero, eles conseguiam ouvir o casco da nave roncando baixinho.

— É possível — Sully sugeriu, depois de um instante — que haja algum problema atmosférico. Algum tipo de poluição de radiofrequência, talvez uma tempestade geomagnética… mas para causar um problema assim precisaria ser uma bela de uma tempestade. Normalmente algo desse tipo aconteceria rapidamente e teria relação com algum evento solar, mas… Não sei, poderia ser.

Harper pareceu concentrado.

— Algo dessa magnitude já aconteceu antes?

Ivanov ergueu as mãos, com ar frustrado.

— Uma tempestade geomagnética? Não seja ridícula, Sullivan, uma tempestade jamais duraria tanto tempo.

Sully prosseguiu:

— Eu… eu acho que não. Alguns anos atrás uma tempestade magnética desestabilizou a malha elétrica do Canadá e fez com que houvesse aurora boreal no sul, até chegar ao Texas, mas o Ivanov tem razão, eu nunca ouvi falar de nada que durasse tanto tempo e pudesse interferir nos dois hemisférios. Poderia ser algo nuclear… Existem experimentos com indicativo de que armas nucleares podem afetar a atmosfera, mas não sei se há dados brutos sobre isso, talvez sejam só suposições. — Ela ficou mexendo na prancheta enquanto ticava as possibilidades, ciente do frio que se instalara na centrífuga ao pronunciar a palavra "nuclear". — Acho que também podem ser detritos aéreos, que poderiam vir tanto de um impacto de asteroide ou de uma detonação maior. Mas na verdade… os instrumentos que temos a bordo deveriam ter detectado coisas desse tipo, e não há nada incomum na assinatura energética da Terra. Não faz sentido.

— Ou seja, estamos fodidos e não temos a mínima ideia do motivo — Ivanov se intrometeu. Ele passou por Sully e entrou no lavabo, trancando a porta atrás de si.

Tal suspirou.

— Ele tem razão, não tem? A não ser que estejamos diante da exceção da exceção e seja um erro nosso. — Ele esfregou as mãos no rosto como se tentasse acordar de um pesadelo. Era difícil saber se estava mais chateado com o fato de Ivanov ter razão ou de o planeta parecer condenado. Nenhum deles disse nada por um longo instante, enquanto todos ouviam Ivanov abrir e fechar a porta do armário de remédios compartilhado que ficava no lavabo.

— Eu só não consigo *entender* — Tal prosseguiu. — Se fosse o caso de uma guerra nuclear... nós saberíamos. Se fosse um asteroide... nós saberíamos. E se fosse o caso de uma epidemia global... Porra, eu não sou epidemiologista nem nada, mas duvido que tudo estaria normal num dia e todo mundo ia aparecer morto no outro.

Devi estremeceu, mas não disse nada.

— E agora? — Thebes perguntou. Ele estava olhando para Harper. Estavam todos olhando para Harper, o comandante da nave, que levantou as mãos com ar derrotado.

— Não há... precedentes. Não mencionaram nada disso no manual de treinamento. Acho que devemos continuar seguindo o planejamento e torcer para que consigamos algum tipo de contato quando chegarmos mais perto de casa. Não há muito mais a fazer nesse ínterim. A não ser que alguém tenha outra ideia. — Os outros quatro tripulantes balançaram a cabeça vagarosamente. — Tá, então acho que todos concordamos que o próximo passo é manter o curso e ver como a situação se desenvolve. — Ele fez uma pausa. — Ivanov! — Harper gritou. — Está de acordo?

A porta de correr do lavabo se abriu e Ivanov tirou a escova de dente da boca.

— Se vocês se sentem melhor fingindo que há outra opção, que de fato estamos tomando uma decisão, tudo bem, claro... De acordo. — Então ele trancou a porta novamente.

Tal revirou os olhos e resmungou "cuzão" para ninguém específico.

Thebes deu uma palmadinha nas costas de Devi, com ar paternal, e ela apoiou a cabeça no ombro dele só por um segundo. Em seguida, se levantou e voltou a se deitar em seu beliche. Fechou a cortina e o brilho de sua luminária se extinguiu. A tripulação se dispersou em silêncio, com ar derrotado. Não havia mais nada a dizer. Thebes pegou seu livro e foi para cama. Tal fez mais uma série com os halteres, depois os deixou de lado. Dentro de seu pequeno compartimento, Sully deixou o olhar se demorar na foto da filha. Ela fechou os olhos e escutou: havia o murmúrio da oração hindu de Devi, a música estridente do videogame portátil de Tal, o barulho do lápis de Harper arranhando o papel, o farfalhar de Thebes virando as páginas e o zumbido da nave atrás de tudo. Ivanov xingava em voz baixa, quase inaudível, quando saiu do lavabo, mas depois, enquanto ele pegava no sono, ela pensou tê-lo ouvido chorando baixinho.

———

Na manhã seguinte, Sully abriu os olhos alguns minutos antes de seu alarme tocar, às 0700. Ela o desativou, encarando as pregas endurecidas da cortina, depois deixou que as pálpebras se fechassem novamente. Voltar a trabalhar na cabine de comunicações lhe pareceu uma tarefa ingrata. Era difícil ver qualquer relevância naquilo. Não se importava mais com as informações que brotavam nas máquinas, nem com as conclusões revolucionárias que poderia extrair de todas aquelas informações novas em folha, as descobertas que tinha ao alcance das mãos. Não queria mais sair da centrífuga. Queria que a gravidade continuasse a abraçá-la.

Os sonhos daquela noite a tinham levado de volta para a superfície de Calisto, onde pisara havia pouco tempo, onde tinha visto as faixas acastanhadas de Júpiter rodopiando, a Grande Mancha Vermelha se retorcendo. Para além da cortina, a luz da manhã ficava mais intensa, mas ela não despertou para vê-la. Hoje não. A luz era tão real quanto seu sonho, mas sua beleza não chegava a seus pés. Voltou a dormir, voltou à lua de Júpiter, e deixou que o sol artificial nascesse sem plateia.

# TRÊS

Em uma tarde escura, depois que o sol já tinha se posto, mas antes que o céu apagasse todo o seu rastro, Augustine e Iris saíram para o hangar. Ela queria fazer uma caminhada – uma caminhada longa, dissera –, e o hangar parecia um destino novo e interessante. Augie não ia lá havia muito tempo – não desde seu último voo de volta, no verão anterior –, mas o crepúsculo azul misterioso, que projetava sombras na neve, aguçou seu senso de aventura. Os dois estariam longe do observatório quando a profunda escuridão da noite caísse, mas levaram uma lanterna e, na última hora, Augustine jogou um rifle sobre os ombros, verificando se estava carregado. O peso do cano da arma sobre sua omoplata e o grosso feixe de luz amarela que oscilava pela neve azul diante dele aliviaram seu nervosismo.

Ele levava a lanterna em uma mão e se equilibrava segurando um bastão de esqui na outra. Atravessar aqueles bancos de neve instáveis a pé era difícil – sua artrite estava piorando. Iris derrapava pela montanha com movimentos corajosos, correndo para além do alcance da lanterna e às vezes se virando para ver por que ele demorava tanto. Na metade do caminho, Augie já estava ofegante e seus joelhos começara a doer, os músculos das coxas a queimar. Deveria ter ido esquiando, mas os esquis eram grandes demais para Iris e não pareceu justo fazê-la andar enquanto ele deslizava pela neve. Depois de quase uma hora de caminhada, eles avistaram o telhado do hangar, um cintilar de metal ondulado contra a brancura sem fim. Iris começou a andar ainda mais rápido, atravessando os montes macios com suas pernas curtas mas determinadas.

Quando se aproximaram, ele notou que as longas portas de correr do hangar estavam escancaradas. A neve tinha começado a se acumular lá dentro. Nos trechos em que o chão estava descoberto, viu manchas escuras de combustível encharcando o concreto. Era o cenário de uma partida apressada. Um conjunto de soquetes de chave de torque estava espalhado pelo chão como estrelas hexagonais de uma constelação aterrada, o estojo vazio jogado não muito longe dali. Augustine fechou os olhos e imaginou o avião na pista, os pesquisadores a bordo, as bagagens acomodadas e um último mecânico militar correndo para recolher suas coisas, pegando o estojo sem travá-lo para em seguida ver os soquetes girarem pelo concreto. Tinha ouvido do observatório o avião de transporte militar decolando, depois o observou de longe, subindo ao céu. Ali, ele não conseguiu resistir e preencheu a passarela comprida e branca com uma aeronave imaginária. Imaginou o copiloto esticando a cabeça no pórtico, gritando "vamos" enquanto o mecânico decidia deixar as peças onde estavam, arremessando o estojo vazio e correr para o avião, subindo os degraus precários, depois chutando a escada para longe e fechando a escotilha. O avião trovejando pelo hangar, subindo aos céus com o nariz empinado. Voltando para o mundo ao qual Augustine não tinha mais acesso.

Onde a aeronave provavelmente tinha esperado restava apenas a passarela vazia e dilapidada: o brilho plástico de LEDS apagados, bandeiras laranja quase enterradas na neve. A escada continuava ali, caída de lado, uma roda solta girando em círculos preguiçosos ao vento. Augustine segurou uma das chaves de torque na palma revestida da luva, depois deixou-a cair no chão com um baque oco. Aquilo o lembrava de seu pai – o cheiro de graxa velha, as ferramentas e partes de equipamentos espalhadas pelo hangar. Augustine costumava observar o pai dormindo, com os pés levantados na poltrona reclinável, a boca semiaberta, um ronco áspero subindo do fundo da garganta. E o cheiro: aquele cheiro viscoso e oleoso que emanava de suas roupas como uma fogueira apagada ou a barriga de uma caminhonete a diesel. A televisão tremeluzia ao fundo, a mãe ou estava cozinhando ou deitada no quarto deles, e Augie ficava de joelhos sobre o carpete, as fibras ásperas de poliéster pinicando suas canelas, fingindo que assistia à TV, mas na verdade observando o pai.

Augustine limpou a neve de uma grande caixa de ferramentas de aço inoxidável do hangar e abriu o compartimento de cima à força. Um emaranhado de brocas e chaves de fenda o encarou de volta, uma bobina de arame embaraçado, uma variedade de parafusos grossos. Ele fechou o compartimento. De rabo de olho, viu algo se mover e se virou em direção à passarela lá fora, onde viu Iris escalando a escada caída como se estivesse em um parquinho.

— Cuidado! — ele gritou, e ela ergueu os braços acima da cabeça em um gesto desobediente que parecia dizer "sem as mãos". Iris avançava pela frágil estrutura de metal como se andasse sobre uma trave de equilíbrio. Ele continuou investigando o hangar, apontando a lanterna para os cantos escurecidos e afastando com os pés a neve que cobria objetos misteriosos. Algumas pilhas de papelão amolecido e congelado, mais caixas de ferramentas, pneus amontoados. Augustine se aproximou de um monte volumoso coberto com lona verde e grossa e amarrado com cordas de escalada. Ao soltar as cordas e afastar a lona, duas motos de neve foram reveladas. *Mas é claro*, pensou. Ele, bem como sua bagagem, tinha sido transportado até a passarela e de volta para o hangar, em suas várias chegadas e partidas do observatório, por aquelas mesmas motos. Nos anos anteriores, Augustine tinha deixado o observatório nos meses do verão, quando a precipitação da neve em processo de derretimento nublava a atmosfera e finas camadas de neblina saíam rodopiando do Oceano Ártico, subindo para as montanhas e se estendendo pelo céu como uma cortina que o impedia de fazer seu trabalho. Em suas fugas ele ia a qualquer lugar que fosse quente: Caribe, Indonésia, Havaí, um outro mundo. Lá ele se hospedava em resorts luxuosos, comia apenas coquetel de camarão e ostras frescas, bebia gim no horário do almoço e depois desmaiava nas cadeiras à beira da piscina, onde se queimava até ficar com uma crosta vermelha no corpo. *O que eu não daria por alguns litros de gim neste exato momento*, pensou.

Augustine passou as mãos enluvadas sobre as máquinas elegantes. As chaves ainda estavam na ignição. Girou a mais próxima até a posição de LIGADO, puxou o afogador e depois o cabo de arranque. O motor soltou um grunhido desanimado, mas não ligou. Augustine continuou puxando o cabo com toda a força, até que finalmente a moto pegou no tranco e os pistões começaram a bombear sozinhos.

Uma fumaça oleosa começou a subir do capô e a moto entrou em um ritmo hesitante, mas estável. A fumaça diminuiu e Augie deu uma palmadinha carinhosa na garupa preta e brilhante. Ele não queria ir a nenhum lugar específico, mas era bom ter um motor sob seu comando. Talvez eles voltassem para o observatório de moto. Augie sorriu ao pensar nisso e se perguntou se os braços e pernas de Iris eram longos o suficiente para que ela pilotasse a outra, mas quando a viu, esqueceu as motos de neve na mesma hora. O motor gelado engasgou e morreu, e ele mal ouviu.

Havia outra silhueta na passarela. Augie apertou os olhos para decifrar suas formas, projetadas sobre o azul luminoso da neve na luz desbotada. A figura se equilibrava sobre quatro patas e tinha uma cor cinza-esbranquiçada que quase se confundia com o cenário. Se Iris não estivesse tão arrebatada por aquilo, talvez Augie não tivesse nem notado. A menina se aproximou da figura, equilibrando-se sobre as finas estacas de metal da escada caída e murmurando, cantando aquela música estranha e gutural a que ele tinha se acostumado. A figura virou a cabeça. Era um lobo.

Sem parar para pensar, Augustine tirou o rifle dos ombros. A lona grossa da alça chiou em contato com o material impermeável da parca e ele ficou imóvel. O lobo virou a cabeça em sua direção e rosnou, a luz escassa saltando de seus olhos, fazendo-os brilharem como bolas de gude. O lobo deu um passo na direção do hangar. Augustine prendeu a respiração e esperou. Iris rastejava pelo comprimento da escada, chegando cada vez mais perto, esticando a mão para sentir o pelo do animal. O lobo se sentou na neve e a observou, amassando o chão e levantando as orelhas arredondadas ao ouvir sua voz. Augie tirou as luvas e dobrou os dedos em antecipação. Não atirava desde que era adolescente e ia caçar com o pai nos bosques perto da casa onde moravam em Michigan. Os dois ficavam esperando em silêncio, pai e filho, e quando a hora certa chegava e alguma coisa cruzava suas miras, eles apertavam o gatilho. Augustine odiava cada minuto daquelas viagens.

Ele ergueu o rifle e apoiou a coronha no ombro. Depois, encontrou o lobo na luneta e posicionou a mira na cabeça peluda. Iris continuava se aproximando cada vez mais, tirando as luvas e esticando os braços, fazendo barulhinhos meigos. No instante em que o dedo de Augustine encontrou o gatilho, o lobo se moveu. Ele jogou a cabeça para trás e uivou, um lamento solitário. E em seguida deu mais um passo na direção de Iris. Augustine corrigiu a mira, o lobo se levantou sobre as patas traseiras, erguendo o focinho e aproximando-o da mão pequenina de Iris, e ele apertou o gatilho.

---

O som do tiro deve ter ecoado por toda a extensão da montanha, saltando de pico em pico, reverberando nos vales, mas Augie não o ouviu. Tudo estava em silêncio enquanto observava a cabeça do lobo pender para trás, a fina névoa vermelha caindo na neve enquanto o corpo pairava e depois despencava no chão, amontoando-se de qualquer jeito. Quando acabou, tudo o que ouviu foi Iris gritando.

Ele avançou para ela, a lanterna brilhante esquecida no banco da moto. Iris tinha se desequilibrado e caído de cara na passarela cheia de neve. A poeira branca grudara em seus cabelos e cílios, o nariz e as bochechas vermelhas de frio, e ela ainda gritava. Tinha se jogado sobre o corpo do lobo, enterrando as mãozinhas no pelo branco. Augie fez o máximo que podia para correr mais rápido. Não tinha fôlego para chamá-la, o peso do rifle arrancava o ar que lhe restava nos pulmões a cada passada desajeitada que dava. Quando finalmente a alcançou, viu que o lobo ainda estava vivo, por pouco tempo. Ele o acertara no pescoço. À medida que o sangue encharcava a neve, o chiado fraco de sua barriga foi ficando mais lento. Augie esticou o braço para afastar Iris da criatura moribunda e viu que o animal estava limpando as lágrimas e a neve do rosto da menina com a língua rosa que pendia da boca, como uma mãe faria com seus filhotes.

O sangue do lobo estava no rosto de Iris, em seu cabelo e em suas mãos, mas ela não parecia notar. O animal soltou mais alguns suspiros entrecortados, depois morreu, a língua quente caindo da boca. O brilho dos olhos se enevoou e caiu na escuridão. O vento remexeu a neve ao redor deles e lançou os cacos de gelo para os lados como um milhão de lâminas minúsculas. Augie encostou a mão nas costas pequeninas e trêmulas de Iris. Ela deixou que a mão dele ficasse ali, mas não queria soltar a pelagem do lobo morto, nem parava de gemer daquele jeito grave e lamentoso. Continuou com os dedos entrelaçados aos pelos mornos e embaraçados do animal, mesmo com a neve ferindo sua pele descoberta.

— Desculpa — disse ele. — Eu pensei… — Mas não conseguiu terminar a frase. Tentou de novo. — Eu pensei…

Mas ele não tinha pensado. Identificara um alvo antes de pensar em qualquer coisa. E sabia, sentindo uma coisa queimar por dentro, que faria tudo de novo. Disse a si mesmo que tinha sido para proteger Iris. Para protegê-la do perigo que vivia à espreita e os acompanhava. E talvez fosse verdade – lobos não são criaturas indefesas, afinal –, mas havia algo mais. Um gosto primal, como o do medo, subindo do fundo da garganta, ou talvez fosse solidão. Ele levantou a cabeça para ver as estrelas, esperando que minimizassem a imensidão de sentimentos que se acumulava dentro dele, como tantas vezes tinham feito. Mas daquela vez não funcionou. Augustine sentiu tudo e as estrelas tremeluziram sobre si: frias, luminosas, distantes, indiferentes. Foi invadido por uma vontade de fazer as malas e ir embora. Mas é claro que não havia nenhum lugar aonde ir. Então continuou onde estava, ainda olhando para cima, ainda com a mão nas costas de Iris, e sentiu – pela primeira vez em tantos, tantos anos, ele *sentiu*: desespero, solidão, medo. Se as lágrimas não tivessem congelado nos cantos dos olhos, talvez tivesse chorado.

———

A lanterna estava perdida, apagada e abandonada em algum lugar da escuridão do hangar, então eles voltaram para o observatório no escuro, seguindo a sombra negra e imensa de sua cúpula em contraste com o céu estrelado. Augustine também tinha perdido seu bastão de esqui e andava lentamente sem o apoio, as articulações explodindo de dor a cada passo. Ele trocou o rifle de ombro. Teria sido melhor deixá-lo na passarela. Teria sido melhor não trazê-lo para começo de conversa. Sua coluna e seu ombro estavam machucados por conta do cano pesado, que lhe golpeara algumas vezes, e o peito doía por causa do recuo da arma.

Iris estava séria, mas tinha parado de chorar. Enquanto andavam, ela se pôs a cantar sua música de sempre, grave e tristonha; Augustine ficou contente em ouvi-la. Qualquer coisa que pudesse abafar o eco dos gritos. Eles tinham coberto o corpo do lobo com neve e compactado ao máximo a área ao redor do sepulcro arredondado, um monte branco e brilhante manchado do cor-de-rosa do sangue. Iris tinha feito um arado com as luvas e empurrado a neve para cima do cadáver com movimentos vigorosos. Se não fossem as meias-luas ocas sob os olhos e o tremor inconsolável do queixo, ele talvez a tivesse confundido com uma criança brincando no quintal de casa. Tentou imaginar que esse era o caso, mas não havia boneco de neve quando terminaram, só uma cova estufada.

No observatório, Iris foi direto para o alojamento deles no terceiro andar. Augustine guardou o rifle no depósito de armas, em um dos edifícios anexos. Os rifles ficavam em um prédio sem aquecimento geral, para evitar que os mecanismos reagissem a mudanças abruptas de temperatura quando fossem usados ao ar livre. Lembrou-se de quando tinha chegado ao posto avançado e descoberto que havia um lubrificante especial no Ártico que era usado em armas para manter as peças fluidas, e de como quase não se importara com isso na época. O homem que lhe mostrara as armas tinha servido na Marinha antes de virar cientista e o carinho com que as manejava o lembrara seu pai. Augie dissera secamente ao homem que não iria usar as armas enquanto estivesse lá.

Quando chegou ao observatório e abriu a porta, suas pernas finalmente fraquejaram. Ele se deixou cair em uma cadeira no primeiro andar e esperou até que os músculos respondessem aos comandos do cérebro. Levou quase uma hora para que as câimbras se dissipassem. O ar aquecido estava fora de seu alcance por muito pouco, depois de três lances de escadas. Por fim, conseguiu reunir forças para se arrastar pelo corrimão. Quando entrou ofegando na sala de controle aquecida, caiu sobre o ninho de colchões e sacos de dormir no chão. Peça por peça, e com muito esforço, ele tirou as botas, a parca, o chapéu e as luvas. Ali deitado, se perguntou por que não tinha apenas afugentado o lobo, por que não tinha mirado para o alto e deixado que o estrondo do tiro fosse um aviso que mandasse o lobo de volta para a natureza. Alguns minutos depois, ele adormeceu.

———

Quando finalmente acordou, o sol começava a aparecer, lançando feixes desbotados de luz que atravessavam as grossas janelas da sala de controle. O relógio dizia que era meio-dia. Augustine se permitiu ficar ali deitado por um bom tempo antes de se levantar. O sol já tinha chegado ao zênite de seu curto dia quando ele se arrastou até a janela. Conseguiu ver Iris sentada na montanha a uma distância considerável, para lá das instalações anexas, olhando o horizonte. A princípio ficou irritado e quis lhe dizer para não andar tão longe sozinha, mas em seguida percebeu que não tinha o direito de perturbá-la, nem de limitar seus movimentos. Ela conhecia a tundra melhor do que ele. Ela se sentia mais em casa do que ele jamais se sentiria. E ainda assim… protegê-la era sua missão, não era? Não havia mais ninguém para fazê-lo. Ninguém para ajudar, ninguém para intervir caso estivesse fazendo tudo errado. Nem sequer a internet para pedir conselhos. Mais uma vez ele sentiu medo, e mais uma vez repeliu essa emoção, um sentimento estranho e desagradável demais para manter por perto por muito tempo. Ficou olhando o próprio reflexo na janela, a pele que se enrugava ao redor de seus traços como uma folha de caderno amassada e desamassada logo depois. Parecia ainda mais velho do que se lembrava, e mais cansado.

Augustine pegou uma barra de cereal do estoque de mantimentos e, enquanto comia, sentou-se à mesa de que

Iris mais gostava. O guia de campo que ele lhe dera estava aberto para baixo e a lombada parecia rachada em vários lugares. Ele o pegou e se viu olhando uma foto do lobo--do-ártico. Leu e releu a parte que falava dos 42 dentes do lobo branco e não deixou os olhos flutuarem até a foto dos filhotes. "O lobo-do-ártico não costuma ter medo de seres humanos, já que seu hábitat é tão deserto que quase nunca entram em contato." Augie fechou o livro com um movimento brusco. Quarenta e dois dentes.

———

Iris continuava lá fora, imóvel. Quando o sol afundou detrás das montanhas, dando o dia por encerrado, Augie largou o velho jornal de astrofísica com o qual vinha tentando se distrair. Àquela altura, já tinha lido e relido todo jornal, toda revista, todo livro que havia na torre de controle. Ele se sentia estranho, como se sua própria mente lhe fosse desconhecida, acometido por uma forte onda de emoções que não sabia nomear, não reconhecia e não estava disposto a encarar de frente. Augustine fechou os olhos e fez o que sempre fazia: imaginou a redoma azul do planeta como era vista do outro lado da atmosfera e o vazio que havia além. Imaginou o resto do Sistema Solar, planeta por planeta, depois a Via Láctea, e assim por diante, esperando que aquele alívio do deslumbramento o invadisse – mas não foi o que aconteceu. Tudo o que via era o próprio reflexo abatido na janela, as bordas claras do cabelo branco e da barba desgrenhada, e os buracos vazios que ficavam onde os olhos deveriam estar. O lobo morto e a menininha esticando a mão nua para um focinho cheio de dentes.

Tinha sido remorso, ele se perguntava, ou covardia? Talvez estivesse doente. Levou as costas da mão à testa e achou que estava muito quente. Era isso. Ele estava doente. Sentia uma febre crescendo debaixo da pele, fazendo seu sangue fervilhar. Um zunido invadiu seus ouvidos e uma pressão começou a pulsar atrás de seus olhos, golpeando a parte de dentro de seu crânio, como um tímpano. Era isso, então? O fim? Ele pensou no kit de primeiros socorros, que estava lá na sala do diretor, no primeiro andar. Será que deveria buscá-lo? Valia a pena? Pensou em todos os remédios que não estavam lá dentro, em todo o conhecimento de anatomia que não dominava, em todos os equipamentos de diagnóstico que não tinha e não saberia usar de qualquer forma. Augustine voltou para a cama e imaginou que era seu leito de morte. Logo antes de cair no sono, pensou em Iris, que continuava lá fora, completamente sozinha na tundra. O sono o dominou devagar, como uma onda que subia aos poucos pelo corpo, e logo antes que alcançasse seu cérebro ele se perguntou se a sensação era essa. E o que seria de Iris se ele nunca mais acordasse.

# QUATRO

A tripulação da *Aether* estava em guerra com o tempo. Havia tanto dele – as horas de cada dia e as horas de cada noite, e assim por diante, repetidamente. Semanas, meses a preencher. Sem saber o que esperava por eles na volta, suas tarefas e procedimentos pré-determinados se tornavam inúteis. Sem sentido. Se nunca mais iriam sentir a gravidade da Terra, então por que dar importância a todas aquelas medicações e os exercícios para lembrar o corpo de seu próprio peso? Se nunca iriam compartilhar as descobertas da análise da lua de Galileu, por que continuar o estudo? Se o mundo e todas as pessoas que conheceram em suas vidas tinham queimado ou congelado ou virado vapor ou sido tomados por uma doença ou alguma outra versão igualmente desagradável da extinção, que diferença faria se deixassem de se cuidar ou ficassem deprimidos? Para quem eles tentavam voltar? Que diferença fazia se dormissem ou comessem demais, ou dormissem e comessem de menos – será que o desespero não era adequado? Não convinha à situação deles?

Tudo parecia se mover mais lentamente. Uma apreensão tomou conta de todos: o peso do desconhecido, da crescente sensação de inutilidade. Sully se viu digitando mais devagar, escrevendo mais devagar, se mexendo menos, pensando menos. No início, a curiosidade coletiva da tripulação estava a mil, enquanto tentavam entender o que tinha acontecido, mas ela logo deu lugar à rendição, à desesperança. Não havia como saber, não havia dados para analisar, a não ser a ausência de dados. A Terra, tão silenciosa, ainda estava a dez meses de distância, uma longa jornada rumo a um lar incerto. A nostalgia a invadiu – invadiu a todos eles. Sentiam saudade das pessoas, dos lugares, dos objetos que tinham deixado para trás; coisas que começavam a pensar que nunca mais voltariam a ver.

Sully pensou em sua filha, Lucy, vivaz e estridente, um furacãozinho de cabelos loiros e olhos castanhos que rodopiava pela sua memória do mesmo jeito que antes rodopiava pela casa pequena em que viviam. Quis ter trazido mais fotos, quis ter um pen drive cheio – e não só uma, que já era antiga no início da jornada. Que tipo de mãe não teria trazido pelo menos uma dúzia, ela pensou. E para uma viagem de dois anos, logo quando sua filha estava se tornando uma jovem mulher? Sully não tinha recebido *uplinks* de vídeo de ninguém, a não ser de colegas de trabalho, desde que chegara à *Aether*. Teria adorado receber mensagens de Lucy, veria todas de novo e de novo mil vezes, mas nunca recebeu nada da filha, e sem dúvida nada de Jack. O afastamento da família só partiu seu coração quando ela saiu da atmosfera – então de repente aquilo pareceu uma tragédia que só a acometera recentemente, embora a situação já durasse anos. Tentou recriar as fotos que faltavam em sua cabeça, os Natais e aniversários e aquela vez que Lucy, Jack e ela fizeram rafting no Colorado, antes do divórcio. Era fácil preencher o cenário – um pinheiro azul assimétrico cheio de enfeites prateados, aquele sofá de xadrez verde do antigo apartamento, luzes em forma de pimentas dedo-de-moça na cozinha, a fileira de vasinhos de planta atrás da pia, a Land Rover vermelha cheia de bagagem para pegar a estrada –, mas o difícil de lembrar era o rosto de cada um.

Jack: seu marido por dez anos, seu ex-marido por cinco. Começou imaginando seu cabelo, que ele sempre usava mais curto do que ela gostaria, e depois tentou preencher os traços um por um: olhos, verdes e contornados por cílios grossos, sombreados por sobrancelhas escuras; nariz, um pouco torto, quebrado mais vezes do que era saudável; boca, covinhas dos dois lados, lábios finos, dentes bonitos. Ela pensou no dia em que se conheceram, no dia em que se casaram, no dia em que o deixara, tentando registrar cada momento, cada palavra. Recriou o cenário da vida que tinham juntos: aquele apartamento minúsculo que compartilhavam em Toronto quando ficou grávida pela primeira vez, enquanto terminava a dissertação e ele dava aulas de física de partículas para alunos da graduação, e então o loft espaçoso com janelas enormes para o qual se mudaram depois que ela perdeu o bebê. Ele tinha ficado tão decepcionado quando ela contou que o bebê que tinham acabado de descobrir se perdera – a gravidez estava no começo, com apenas seis semanas, e Sully mal tivera tempo de se acostumar com a ideia. Quando sentiu as cólicas, soube que estava tudo acabado. Quando viu o sangue encharcando a calcinha, ficou aliviada. Ela se limpou, tomou quatro comprimidos de ibuprofeno e se perguntou como contaria a Jack. Naquela tarde, aninhou a cabeça do marido no colo e tentou sentir a tristeza que via estampada no rosto dele. Mas não sentia nada. A luz tinha minguado nos janelões da sala de estar, mas eles continuavam sentados, as cortinas por fechar, o vidro escurecido se transformando em olhos pretos e longos – se olhavam para dentro ou para fora ela não saberia dizer.

Um ano depois, o casamento na Câmara Municipal, com os corredores de ladrilho cinza e os bancos de madeira escura polida que as ladeavam, outros casais sentados esperando sua vez. O nascimento de Lucy, quatro anos depois, em um quarto de hospital verde-hortelã. A imensurável alegria no rosto de Jack quando a pegou no colo, o inconfundível medo que Sully sentiu dentro do peito quando ele lhe devolveu o bebê. Os primeiros passos de Lucy, no piso de linóleo da cozinha, as primeiras palavras ("Papai, não"), quando tentaram deixá-la com uma babá. Sully pensou no dia em que o programa espacial a convidara para fazer parte de um novo grupo de candidatos a astronauta, no dia em que deixou Jack e Lucy, então com cinco anos, e foi a Houston. No início, ela se lembrou dos momentos mais marcantes, dos dias que tinham mudado tudo, mas, à medida que o tempo passava, começou a pensar mais nos detalhes.

O cabelo de Lucy, como parecia feito de fios de ouro quando ela era pequena e depois escureceu à medida que crescia. As veias que pulsavam embaixo de sua pele translúcida logo depois do nascimento. O tronco largo de Jack, como ele não abotoava o botão superior da camisa e dobrava as mangas, nunca usava gravata e não fazia questão de colocar um blazer. As linhas da clavícula, a sombra de pelo que tinha no peito, a inevitável mancha de giz de lousa na camisa. As caçarolas de cobre penduradas acima do fogão a gás na casa de Vancouver para a qual se mudaram depois que Sully conseguiu seu PhD; a cor da porta principal, um vermelho-framboesa; o lençol de que Lucy mais gostava, azul-escuro com estrelinhas amarelas.

Todos os tripulantes da *Aether* estavam perdidos em um passado íntimo, cada beliche era como uma bolha de memória. A dedicação a coisas que já haviam acontecido era perceptível em seus rostos quando não estavam trocando frases concisas e necessárias, tentando lidar com as demandas sombrias do presente. Às vezes, Sully observava os outros tentando adivinhar o que pensavam. A tripulação tinha passado quase dois anos em treinamento em Houston antes do lançamento; todos tinham ficado próximos, mas as coisas que se conta aos colegas enquanto pratica desastres simulados e as coisas nas quais se pensa quando o mundo de fato acaba e se está bem longe dele são completamente diferentes.

———

Em Houston, cerca de um ano antes do início da missão, Sully viu a família Ivanov jantando cedo em um café ao ar livre da cidade. Ela estava estacionando o carro do outro lado da rua e os observou enquanto inseria o dinheiro no parquímetro. Pensou em atravessar para cumprimentá-los, mas não saiu do lugar. Estavam todos radiantes e banhados de sol, cinco cabeças de cabelos loiros quase brancos iluminadas como dentes-de-leão. Ela viu Ivanov se debruçar para cortar a comida da filha mais nova. Sua esposa estava animada, gesticulando muito com os talheres nas mãos, o marido e os filhos rindo com a boca aberta e cheia de comida.

Um garçom parou ao lado da mesa com um ramequin e, quando o colocou ao lado do cotovelo de Ivanov, um coro de agradecimentos irrompeu das crianças. Sully conseguia ouvir as vozes do outro lado da rua. Com os braços carregados de pratos pela metade, o garçom estava radiante quando se afastou da mesa. O olhar de Sully recaiu sobre a esposa de Ivanov – que sacudia um garfo cheio de salada enquanto falava – e ela se perguntou se algum dia teria parecido tão alegre com sua família, ou tão presente. Sully se demorou no parquímetro até sentir que estava se intrometendo em um momento que não lhe pertencia e então seguiu pela rua até uma quitanda onde comprou frutas e verduras. Ivanov parecia sofrer de seriedade crônica no trabalho, mas não naquela noite, não com sua família. Ela escolheu pêssegos e, enquanto segurava o volume morno da fruta e sentia a delicada penugem contra a palma da mão, lembrou-se do peso da cabeça de sua filha depois de nascer.

———

Seis semanas depois do início do silêncio, Ivanov voltou para a Terrinha mais tarde do que o habitual, depois de alguns dos outros terem jantado juntos. Ele foi direto para seu beliche e fechou a cortina atrás de si com um movimento brusco. Thebes observou a cortina fechada por um instante e depois bateu na lateral do compartimento.

— Ainda tem guisado, se você quiser, Ivanov — disse ele para a divisória cinza.

Tal, de seu lugar costumeiro diante do videogame, bufou.

— Ele não vai sair — falou, em tom de provocação. — Deve estar ocupado demais chorando até pegar no sono.

Sully ficou paralisada em seu beliche, onde estava fazendo anotações em uma leitura de telemetria. Então ela não tinha imaginado. Houve um segundo de silêncio e em seguida Ivanov abriu sua cortina e se lançou pela centrífuga na direção de Tal. Estava com os punhos enterrados no tecido do macacão dele e já tinha feito com que ficasse de pé antes que o outro percebesse. Tal rosnou alguma coisa em hebraico e conseguiu se soltar golpeando as mãos de Ivanov, e em seguida Thebes pegou os dois, arrastando Tal de volta para o sofá enquanto Ivanov cuspia no chão. O rosto de Ivanov estava tingido de um vermelho vivo e ele voltou pisando duro para o setor de gravidade zero da nave. Harper chegou assim que Tal chutou o controle de videogame para o outro lado do cômodo. A centrífuga de repente ficou em silêncio. Sully se sentou em seu beliche, sem saber o que fazer, sem saber se deveria dizer alguma coisa. Harper e Thebes conversavam baixo. Chegaram a uma espécie de conclusão e Thebes saiu da Terrinha, teoricamente para falar com Ivanov. Harper massageou os músculos da mandíbula de forma ausente, com a base da mão, depois foi até o beliche de Tal. Sully fechou a própria cortina, não querendo se intrometer.

No começo, quando a comunicação com a Terra era clara, simples e ininterrupta, Tal passava horas falando com sua esposa e seus filhos. Os meninos tinham oito e dez anos quando a *Aether* foi lançada. Houve uma festinha para para eles em um centro de treinamento em Houston antes do lançamento, já que os dois faziam aniversário com apenas uma semana de diferença. Os garotos jogavam os mesmos videogames no Texas e a bordo da nave Tal deixava seus recordes à mão para quando fazia chamadas de vídeo com a família, porque assim ele e os meninos podiam comparar suas conquistas. Mais tarde, mesmo quando o lapso temporal se tornou incontornável e só conseguiam mandar mensagens unilaterais, a competição continuou. Poucos dias antes, Sully tinha visto Tal quebrando o recorde dos filhos em um dos jogos de corrida. Seu punho triunfante saltou pelo ar, mas em seguida seu rosto se enrugou, seu fôlego ficou curto e o controle de plástico caiu de suas mãos. Sully foi sentar-se ao seu lado cautelosamente apoiando uma mão em suas costas, e ele encostou o rosto no ombro dela, algo que nunca tinha feito antes. Foi a primeira vez que o viu tão vulnerável.

— Estou ganhando — disse ele, com a boca encostada na malha do macacão de Sully, e eles ficaram em silêncio enquanto a música da vitória se repetia sem parar, trompetes agudos por cima de uma batida firme e oca.

---

Quando as últimas semanas do treinamento em Houston tinham chegado ao fim e o lançamento se aproximava, o entusiasmo da tripulação começou a aumentar e o entrosamento, a se intensificar. Depois de uma longa sexta-feira repleta de simulações de aterrissagem na lua joviana, todos saíram para beber um pouco em um bar da região. Thebes consultou as opções da jukebox com uma mão cheia de moedas enquanto Devi bebia suco de cranberry de canudinho ao lado dele, contemplando a máquina. No bar, Tal, Ivanov e Harper enfileiravam shots de tequila, Tal insistindo que deveriam beber um para cada lua de Galileu – quatro shots cada. Sully chegou atrasada e examinou a cena da soleira da porta. O bartender estava servindo fatias de limão no momento em que a primeira escolha de Thebes começou a tocar. Harper a chamou e pediu um shot para ela.

— Você vai ter que recuperar o atraso — disse, arrastando o copo até ela. — Esta aqui é para Calisto. — Ela bebeu tudo de uma vez e recusou com um gesto o limão que ele ofereceu.

Tal abriu um sorriso malandro.

— Maravilha! — falou — Mais um!

Ivanov golpeou a mesa com seu copo.

— É isso aí — respondeu ele, com o rosto tomado por um cor-de-rosa luminoso. Tal estava animado, balançando na banqueta de bar enquanto contava uma lua de Galileu para cada dose que os astronautas bebiam.

— Ganimedes! — ele gritou.

Sully bateu mais um copo na mesa.

— Aquela magnetosfera tão linda — ela gritou de volta. Ivanov assentiu, com ar solene, mas empolgado à sua maneira. Todos estavam.

Perto da jukebox, Thebes e Devi também começaram a gritar "Ganimedes", deixando os outros clientes bastante confusos. Ainda era cedo, o bar estava relativamente silencioso, mas quando Sully parou para observar o entorno, algumas horas depois, percebeu que o lugar estava cheio e que ela estava bêbada. Devi e Harper estavam dançando perto da jukebox. Devi balançava os joelhos e rodopiava os braços ao redor da cabeça enquanto Harper fazia uma versão do *twist* com os dedos para o alto aqui e ali. Tal, Sully, Ivanov e Thebes estavam cercados de pessoas no bar. Tal soltou um monte de cerveja pelo nariz, rindo de uma piada que ele mesmo tinha feito, e Ivanov se aproximou de Sully, apoiando o antebraço em seu ombro.

— Quem é o Yuri? — Ivanov estava perguntando, com uma expressão embasbacada. Sully e Thebes se entreolharam, sem saber se deviam rir ou mudar de assunto. Eles já tinham ouvido Tal falar de Yuri, mas nunca na frente de Ivanov.

— Você sabe… Aquele bicho que te mordeu na bunda pra você ficar assim — Tal disse, rindo tanto que mal conseguia pronunciar as palavras. — O Yuri Gagarin. Tudo bem com ele?

Ivanov oscilou, ainda apoiado em Sully para se equilibrar, com uma careta pensativa estampada no rosto. Houve uma longa pausa.

— Ele está bem — Ivanov finalmente respondeu, com a voz ressonante e jovial —, mas estaria melhor se não precisasse olhar pra essa sua cara feia todo dia.

Harper cutucou Sully no ombro e ela se virou para olhá-lo, o rosto dele brilhoso de suor. Devi estava a poucos passos atrás, chamando-a.

— Dança com a gente? — perguntou ele. — É a nossa música.

Ela fez que sim. Harper quis dizer que a música era de todos eles, mas por um instante, enquanto saía de sua banqueta e andava em direção à aglomeração de corpos que se sacudiam e balançavam e rodopiavam em sincronia com "Space Oddity", Sully pensou que ele queria dizer que era só dos dois. Nossa música. A voz de David Bowie preencheu o bar e Harper a guiou até a pista de dança, para perto de Devi, que continuava acenando. Ele esticou o braço para ver se ela estava indo atrás e pegou sua mão, puxando-a para frente, para o meio da multidão.

———

Duas semanas depois da briga de Ivanov e Tal, quando a tripulação ainda estava passando pelo cinturão de asteroides, Sully acordou e ouviu Devi lhe sussurrando alguma coisa no escuro.

— Você está acordada? — ela perguntou, do outro lado do tecido.

Sully esfregou os olhos e abriu a cortina, fazendo um sinal para que Devi subisse no beliche. Elas ficaram deitadas no escuro, lado a lado, deixando que o calor corporal da outra acalmasse seus nervos, que se transformavam em uma cerca elétrica assim que as luzes se apagavam e não restava mais nada a fazer senão pensar sem parar em um futuro desconhecido ou remoer o passado. Devi estava perto o suficiente para Sully sentir o tremor de um soluço reprimido. Ela estava morrendo de vontade de se aproximar, de envolver a colega nos braços e lhe dizer que tudo iria ficar bem – mas não podia mentir, e não sabia como se conectar com uma mulher tão desconectada. Devi vinha ficando cada vez mais silenciosa com o passar das semanas. Hoje em dia ela mal falava. Sully não se mexeu e deixou seu pé cair de lado para roçar delicadamente no de Devi. Quase tinha voltado a dormir quando a outra mulher começou a falar.

— Tenho tido o mesmo sonho — ela murmurou. — Começa com as cores e os cheiros da cozinha da minha mãe em Calcutá, só imagens borradas e especiarias. Aí meus irmãos ficam visíveis, sentados de frente para mim, brincando de dar cotoveladas uns nos outros, pegando arroz e dal com as mãos... E vejo meus pais no canto da mesa, bebericando chai, sorrindo e olhando para nós três. É sempre a mesma coisa, e tudo se repete mil vezes. Estamos só sentados, comendo, e parece que isso dura horas. Mas aí, depois de um tempo, tudo se dissipa. De repente eu sei que eles se foram, que estou sozinha. E eu acordo. — Devi soltou um suspiro longo e lento. — Começa tão bonito — ela disse baixinho —, mas aí eu acordo e estou aqui, e sei que nunca mais vou vê-los. Como é que um sonho pode machucar tanto?

Depois de um tempo as duas mulheres acabaram adormecendo e se sobrepondo durante a noite, entrelaçando os membros como se isso pudesse torná-las mais fortes. Quando acordou, Sully viu lágrimas silenciosas rolando pelo rosto de Devi, se acumulando na lateral de seu nariz, molhando o travesseiro. Pensou no que sentia quando Lucy ia se deitar em sua cama depois de ter um pesadelo. Seu corpo pequeno e quentinho, embrulhado em um pijama de flanela, o rosto quente e úmido, o tremor de sua respiração dentro dos pulmões. Sully tentou se lembrar do que costumava dizer a ela, de como a acalmava – mas não conseguiu. Então se aproximou de Devi e também chorou.

---

Sully adorou Devi quase imediatamente quando se conheceram em Houston.

Devi era uma mulher quieta; sua baixa estatura e seus olhos grandes e escuros lhe davam uma aparência inocente, jovem e até um pouco confusa – o que não combinava com o raciocínio profundamente analítico que se movia sob a superfície. No começo do treinamento subaquático em Houston, Sully se deparou com Devi parada debaixo de uma das pontes rolantes usadas para transportar os astronautas para dentro e fora da piscina, olhando para o guindaste com uma expressão concentrada. Tal e Thebes estavam terminando uma simulação de atividade extraveicular, ou EVA, abaixo da superfície enquanto as mulheres esperavam sua vez de serem içadas para dentro da água. Finalmente Devi deixou escapar uma risada bem-humorada, parando de olhar o guindaste e voltando a se concentrar na piscina.

— Fantástico — murmurou.

— O quê? — Sully perguntou.

— Meu pai tem esse mesmo equipamento no galpão dele — disse ela. — Exatamente o mesmo modelo. Vou precisar contar pra ele, vai ficar orgulhoso da escolha.

A superfície da água ondulava e bolhas fervilhavam perto de seus pés. Abaixo, um imenso modelo da *Aether* cintilava, iluminado por holofotes. Reflexos das bandeiras que preenchiam as paredes do edifício contornavam as bordas da piscina, chapinhando as margens em ondas suaves, as cores vívidas das várias nações se misturando em um rodopio e depois se separando inúmeras vezes. Sully olhou para as profundezas e viu um dos astronautas começando a subir. Dois mergulhadores engancharam o traje branco e volumoso ao guindaste e os mecanismos da ponte rolante começaram a chiar. Devi olhou mais uma vez para a máquina, mas Sully continuou encarando o astronauta que chegava à superfície.

— Fantástico — Devi repetiu.

A concha branca do capacete de Tal saiu da água e Sully soltou o suspiro que vinha segurando sem perceber.

———

Enquanto flutuavam através do cinturão de asteroides, ainda tendo meses de jornada pela frente, eles começaram a se perder de si mesmos. Todos menos Thebes: paciente, ele ajudava Devi a fazer seu trabalho, ainda que ela estivesse dormindo menos e com a atenção mais dispersa. Às vezes conseguia convencer Tal a largar o videogame e andar até o corredor-estufa para colher vegetais. Ele visitava Ivanov no laboratório para ver no que estava trabalhando, lhe fazia perguntas gentis e cuidadosas e deixava restos de comida para ele. Sully observava Thebes fazendo tudo isso, curiosa, observadora. Ele se sentava para falar com Harper em voz baixa e depois a expressão deste parecia mais suave, sua cabeça parecia mais erguida. Thebes era forte e otimista, mas era apenas uma pessoa em um grupo de seis. Não podia salvá-los de si mesmos, só podia tentar melhorar um pouco as coisas. Ele entendia o que estava acontecendo mais do que os outros.

Uma manhã, logo depois de o sol se espalhar pela Terrinha, Sully estava bebendo um café morno de frente para Thebes na mesa da cozinha. Ele estava lendo – quando não estava trabalhando, ele lia. O restante da tripulação estava ou dormindo ou ocupado no setor de gravidade zero da nave. Os dois estavam sozinhos e a Terrinha estava silenciosa, mas, ainda assim, quando lhe perguntou como sua família tinha morrido, ela falou sussurrando. Já sabia a resposta, mas não eram os detalhes sanguinolentos do acidente de carro que queria ouvir – era outra coisa, uma coisa para a qual ela não tinha palavras. Thebes fez uma orelha para marcar a página de *A mão esquerda da escuridão* e fechou o livro, deixando-o sobre a mesa.

— Por que você quer saber? — ele perguntou, pacientemente.

— Só estou tentando entender — disse ela, tentando reprimir a nota aguda de desespero que tinha invadido sua voz, cerrando os dentes para falar mais firme. — Como você continua aqui. Como você consegue ficar são… como você não desmoronou.

Thebes olhou para ela, pensativo, por um bom tempo. Ele passou as mãos pelo cabelo curto, encostando de leve os polegares nas orelhas. Os fios grisalhos tinham começado a rastejar para além das têmporas, em direção ao topo da cabeça, como uma trepadeira subindo por um velho muro de tijolos. Tinham se espalhado desde que ela o conhecera e agora ameaçavam tomar conta de seu escalpo. Mas as bochechas estavam lisas – os outros homens tinham desistido de se barbear, ficando largados e malcuidados, mas ele não. O Thebes do presente era tão parecido com o Thebes do passado que chegava a ser impressionante – os outros tinham mudado, diminuído, ficado mais sombrios e mais severos. Mas Thebes continuava igual ao que era quando a jornada começara. Ele sorriu para ela, exibindo a fenda entre os dentes da frente.

— Continuo aqui porque não tenho outro lugar aonde ir — disse ele. — Tive muito tempo para me conformar com isso. Entenda, estou tão abalado quanto vocês, mas eu separo as coisas. Não sei explicar... uma coisa de cada vez. Vocês vão aprender, eu acho.

— E se eu... se a gente não conseguir?

— Aí não deu pra aprender. — Ele deu de ombros. Sua voz era um ronco leve e grave que harmonizava com o murmúrio da centrífuga, o sotaque sul-africano sonoro e fluido, as sílabas se juntando em sua boca como uma melodia. — Essas coisas mudam de pessoa para pessoa. Mas vejo você aprendendo... Você está muito longe e de repente está aqui de novo. Me fazendo essas perguntas. Sabe o que eu faço? Eu escovo os dentes e só penso em escovar os dentes. Eu troco o filtro de ar e só penso em trocar o filtro de ar. Puxo um assunto com alguém quando me sinto sozinho e isso ajuda a ambos. Neste momento, Sully, é aqui que precisamos viver. Não podemos ajudar ninguém que está na Terra através do pensamento.

Ela suspirou, insatisfeita.

— Não era o que queria ouvir? — ele perguntou, a boca curvada num sorriso melancólico, a tristeza se esgueirando nas sombras embaixo de seus olhos.

— Não é isso. É que... é difícil.

Thebes assentiu.

— Eu sei — disse ele. — Mas você é uma cientista. Sabe como isso funciona. Nós estudamos o universo para *saber* das coisas, mas no fim das contas a única coisa que sabemos de verdade é que tudo acaba... Tudo, exceto a morte e o tempo. É difícil ser lembrado disso — Ele lhe deu uma palmadinha na mão que estava sobre a mesa —, mas é mais difícil esquecer.

———

Gordon Harper tinha sido o último tripulante a chegar ao centro de treinamento em Houston, uma semana depois do resto. Ele tinha passado por uma orientação individual na Flórida, isolado da tripulação e condicionado ao comando. Quando enfim chegou, todos os outros já tinham criado um laço sólido. Ele já tinha atuado como comandante pelo menos meia dúzia de vezes, mas aquela missão era diferente. Harper se juntou ao grupo na metade de uma manhã desafiadora, quando todos estavam com seus trajes espaciais no Laboratório de Flutuabilidade Neutra, se revezando: eles eram jogados um de cada vez na piscina para praticar reparos extraveiculares no modelo da *Aether*. Sully e Devi estavam submersas quando ele chegou e, ao voltarem à superfície, Harper já estava ao lado dos outros, rindo das piadas de Tal, perguntando a Ivanov sobre um artigo de astrogeologia que ele tinha escrito, cumprimentando seu velho amigo Thebes.

Sully estava de frente para o grupinho de homens da *Aether* quando a retiraram, primeiro da piscina e depois do traje, um processo especialmente demorado, e observou Harper com curiosidade e certa apreensão. Concluiu que ele lhe passava algo bom. Parecia ouvir mais do que falava e a conversa era igualmente distribuída entre os homens que estavam a seu lado. Todos eles estavam sorrindo, exceto Ivanov, o que não chegava a ser relevante. Pareciam estar se dando bem. Ela percebia que Harper tinha conseguido deixar todos à vontade.

Já tinha visto fotos dele, flutuando na Estação Espacial Internacional ou em pé na pista com seu traje de lançamento alaranjado, mas ele estava mais velho, com o rosto mais anguloso, a pele mais bronzeada. Era maior do que ela tinha imaginado, certamente mais alto que os outros três homens: dois ou cinco centímetros mais alto que Ivanov, um pouco mais em comparação a Thebes, quase trinta centímetros a mais que Tal.

— Como está sendo o treinamento? — ele estava perguntando aos outros. — Tranquilo?

Ivanov e Thebes assentiram, enquanto Tal fez uma piada que Sully não conseguiu ouvir direito. Os quatro riram enquanto ela se contorcia dentro do traje, ansiosa para que o assistente técnico terminasse de soltá-la do guindaste e ela pudesse se juntar ao grupo.

Harper estava vestindo o macacão azul-claro que todos usavam para o treinamento, com uma grande bandeira americana bordada no ombro esquerdo e um símbolo bordado das Forças Aérea dos Estados Unidos maior sobre o coração. Ele estava com as mãos nos bolsos e as mangas dobradas até os cotovelos. Seu cabelo cor de areia era curto, o bronzeado mais fraco na região da nuca e do maxilar, como se tivesse cortado o cabelo e se barbeado recentemente, expondo partes da pele que não vinham vendo o sol.

Quando finalmente a libertaram de seu traje, Sully foi se apresentar. Apesar da vontade de conhecê-lo, de repente ficou tímida. Encarou seus olhos azuis-acinzentados o máximo que pôde, mas foi a primeira a desviar – algo no olhar dele a deixou nervosa, como se enxergasse através dela, vendo até o músculo acelerado de seu coração martelando dentro da caixa torácica.

— Você deve ser a especialista Sullivan — disse ele, antes que ela tivesse a chance de falar. — É um prazer servir ao seu lado. Não vejo a hora de saber quais são seus planos para a cabine de comunicações.

Eles se cumprimentaram com um aperto de mão e Sully reparou no relógio que ele trazia na parte interna de seu pulso. Tinha um mostrador de ouro antigo e uma pulseira de couro carcomida. A mão dele lhe pareceu grande e quente e seca, seu aperto firme e delicado ao mesmo tempo.

— Obrigada, comandante — ela respondeu. — É uma honra. Prazer em conhecê-lo.

Ele soltou sua mão. Ela sempre pensara no hábito de usar o mostrador do relógio virado para o lado de dentro do pulso como um quê de íntimo, como se ao olhar as horas a pessoa exibisse uma parte privada de si: expondo a palma, desnudando o pulso. Depois de alguns instantes, um apito soou e a tripulação foi levada para uma das salas de conferência, onde o Comandante Harper foi formalmente apresentado. A tripulação se sentou ao redor da mesa de conferências longa e elegante e ouviu a diretora do programa espacial, uma mulher chamada Inger Klaus, que tinha liderado o comitê de seleção da tripulação da *Aether*, falar sobre as qualificações de Harper. Ela passou pelo menos quinze minutos comentando sua biografia, elencando honrarias e conquistas, até que ele ficou vermelho e todos os presentes quiseram que ela saísse do pódio. Quando ela enfim o fez, Harper deu um passo à frente para lhe dar um aperto de mão e se dirigir à equipe inteira pela primeira vez. O que ele tinha dito, mesmo? Sully tentava se lembrar, mas não conseguia. Tinha trazido fichas com o discurso, ela se lembrou, e apesar do bate-papo descontraído à beira da piscina, estava nervoso.

— É uma honra servir com vocês todos — ele declarou — enquanto damos esse passo rumo ao desconhecido enquanto equipe, enquanto espécie, enquanto indivíduos.

Na *Aether*, mesmo enquanto o silêncio se prolongava, Harper era a estrutura, a corda que fazia a tripulação se sentir um pouquinho mais próxima da Terra. Ele pedia instruções sobre a mecânica da nave para Devi, cobrindo-a de perguntas sobre suporte de vida e escudos antirradiação e a gravidade centrífuga da Terrinha, tentando trazê-la de volta para o presente. Jogava videogames com Tal e ouvia, diplomático, a enxurrada de dicas que ele dava, fingindo levar os jogos tão a sério quanto o outro. Até Ivanov ficava mais civilizado quando Harper entrava em seu laboratório, lhe mostrando o trabalho que vinha fazendo e explicando sua relevância em um tom apenas ligeiramente condescendente. A velha amizade com Thebes se aprofundou ainda mais; Sully via que ele tirava forças da calma estoica do homem mais velho, a canalizava para o próprio corpo e a devolvia para o resto da tripulação. Os dois já tinham ido para o espaço juntos antes, mais de uma vez, e sempre tinham sobrevivido. Sozinhos, os dois estavam mantendo todos os outros sãos.

Com Sully, Harper ouvia as sondas na cabine de comunicações ou jogava baralho ou desenhava retratos dela enquanto ela analisava dados de Júpiter. Ele não precisava se esforçar tanto, ela gostava de sua companhia. Ansiava por aqueles momentos. Eles passavam horas sentados um de frente para o outro na mesa da cozinha na Terrinha. Às vezes ela lia artigos científicos densos para ele em voz alta enquanto ele fazia exercícios e, com o suor brilhando no rosto, debochava das frases truncadas. Ela fazia as vontades dele, sempre desconfiando que suas perguntas sobre o estudo eram para o benefício dela mesma. Às vezes eles falavam sobre a Terra, sobre as coisas de que sentiam falta, mas essa era uma variável incerta e perigosa. Era o peso de chumbo que puxava cada sentimento otimista de volta para o fundo frio e escuro da mente de cada um deles.

Sully se pegou pensando cada vez mais no que Thebes tinha lhe dito: como sobreviver sendo um recipiente quebrado. Tal, Ivanov e Devi tinham começado a sair de sintonia, a existir ou em memórias ou em projeções, nunca plenamente presentes quando falava com eles. Tentou se obrigar a não fazer o mesmo, tentou escovar os dentes e pensar apenas em escovar os dentes, tentou parar de reconstruir a casa em Vancouver, o cheiro do perfume de Jack, o som de Lucy brincando com a água do banho no fim do corredor enquanto ela enchia as gavetas com roupas limpas e mal dobradas. Quando se flagrava relembrando outro ano, outro lugar, contava até dez e se descobria novamente na *Aether*, ainda no cinturão de asteroides, ainda a caminho da Terra silenciosa. Então deixava suas anotações de lado e concluía seu trabalho do dia, desligava o ruído de suas máquinas e se obrigada a voltar para a entrada da Terrinha. Sentia a tensão da gravidade voltando a seus músculos, a comida se assentando no fundo de seu estômago, a ponta de sua trança deslizando para as costas. Ela voltava para casa, a única casa que importava naquele momento. Com sorte, Harper estaria lá, sentado à mesa, embaralhando as cartas.

— Vem cá, Sully. Dessa vez você vai se dar mal — ele dizia, e ela se sentava e jogava.

# CINCO

O sol chegou e partiu tão rápido que foi difícil para Augustine saber quanto tempo tinha passado deitado. Entrando e saindo do sonho, com febre alta, ele acordava no escuro e se sentava na cama com dificuldade, revirando-se no emaranhado de sacos de dormir como uma mosca presa em uma teia. Em outros momentos abria os olhos e via Iris pairando sobre si, lhe oferecendo água ou uma caneca metálica azul cheia de caldo de galinha – mas ele não conseguia levantar o braço para pegar a caneca ou mesmo comandar a própria língua para formar as frases que ficavam rolando pelo seu cérebro quente e pesado: *Chega mais perto* ou *Há quanto tempo estou aqui?* ou *Que horas são?*. Ele fechava os olhos e dormia de novo.

Em seus sonhos febris, tinha voltado a ser um homem jovem. Suas pernas eram fortes, sua visão era nítida, suas mãos, lisas e bronzeadas, com a palma larga e dedos finos e retos. Seu cabelo era preto e ele estava com a barba feita, a ardência dos novos fios escuros sempre começando a sombrear o maxilar. Seus membros respondiam aos comandos, eram flexíveis e ágeis. Estava no Havaí, na África, na

Austrália. Vestia uma camisa de linho branco abotoada até a metade, calças cáqui bem passadas dobradas até os calcanhares. Paquerava mulheres bonitas em bares, salas de aula, observatórios, ou então estava no escuro, usando uma jaqueta utilitária cor de oliva, os bolsos transbordando de alimentos e equipamentos e pedaços de quartzo bruto ou pedras com formatos e cores bonitas, olhando para a noite estrelada lá no alto, qualquer que fosse o canto da Terra pelo qual ele passava no momento. Havia palmeiras, eucaliptos, gramados. Areia branca junto da água transparente, topos de montanhas salpicados por baobás solitários. Havia pássaros de pernas compridas com asas multicoloridas e bicos curvados, lagartos pequenos e cinzentos e outros grandes e verdes, mabecos, dingos e um cachorro vira-lata que ele sempre alimentava. Em seus sonhos, o mundo tinha voltado a ser grande e imprevisível e colorido, e ele era parte do mundo. Era emocionante apenas existir. Havia salas de controle cheias de equipamentos murmurantes, telescópios imensos, matrizes infinitas. Havia mulheres lindas, universitárias e vizinhas e pesquisadoras visitantes, e teria dormido com todas se pudesse.

Em seus sonhos, ele era um homem ainda jovem que tinha acabado de começar a se apaixonar por si mesmo. Tinha cada vez mais e mais certeza de que podia, e devia, ter tudo o que quisesse. Era inteligente, ambicioso e estava destinado à grandiosidade. Os artigos que escrevia eram publicados nos melhores jornais. As ofertas de emprego eram infinitas. Tinha sido citado na edição de "ciência jovem" da revista *Time*. Uma onda de reconhecimento e admiração se seguiu, e ele surfou nela até os final de seus trinta anos. Escreviam sobre seu trabalho com uma reverência inegável. A palavra "gênio" aparecia aqui e ali. Todos os observatórios queriam que ele conduzisse seus estudos, todas as universidades imploravam que desse aulas. Ele estava em alta. Por um tempo.

Mas o delírio não estava do lado dele. O sol começou a desbotar, as estrelas, a escurecer, e o relógio começou a andar para trás: ele voltou a ser um menino de dezesseis anos desengonçado e espinhento, na recepção de um hospital psiquiátrico, vendo dois homens levarem sua mãe para a ala de internação enquanto seu pai assinava os formulários junto ao balcão. Estava sozinho com o pai em uma casa vazia, caçando nas florestas e andando de caminhonete com ele, vivendo com o pé equilibrado em um eterno campo minado. Estava visitando a mãe extremamente medicada no hospital antes de ir para a faculdade, ouvindo-a resmungar sobre o jantar que iria fazer, com os olhos semicerrados, as mãos trêmulas no colo. E estava diante do túmulo do pai dez anos depois, cuspindo na terra recém-arada, chutando a lápide até quebrar o dedão. Naquelas cenas, Augustine assistia a si mesmo de longe. Via o próprio rosto, várias vezes seguidas, por dentro dos olhos de mulheres que tinha usado, colegas que tinha traído, fornecedores e carregadores de malas, assistentes e tecnólogos que tinha negligenciado e menosprezado, sempre ocupado demais e ambicioso demais para prestar atenção em qualquer pessoa que não ele mesmo. Pela primeira vez viu o mal que tinha causado, a dor, a tristeza, o ressentimento. Sentiu vergonha, e lá no fundo da casca de sua doença, ele a nomeou.

O calor e a beleza das paisagens eram tentadores, mas escapavam quando tentava retê-los. As outras memórias, mais dolorosas, foram um acerto de contas em tempo real. Longos minutos e segundos mais longos ainda: a sensação da faca de caça abrindo a pele viva e tesa de uma corça, a pulsação de seu sangue, o fedor metálico; as sensações de culpa e arrependimento, emoções que no passado confundira com desconfortos físicos, queimando no fundo de seu estômago, seus intestinos ou pulmões; o som do punho do pai contra uma parede, contra o próprio corpo, contra o corpo da mãe. Sua mãe antes de ir para o hospital: uma massa imóvel debaixo da colcha do casamento, dia após dia, semana após semana, depois vê-la se erguendo como uma fênix e chegando à sala de estar com uma faísca nos olhos, pronta para *fazer e acontecer*. Ela não parando até gastar tudo o que tinha – energia, dinheiro, tempo – e depois despencando mais uma vez entre as cobertas, onde ficava dormente até que se reerguesse uma vez mais ou o marido a arrastasse para testar sua determinação. Augie estava aprisionado nesses momentos graças à doença, mantido em cativeiro nas lembranças que queria esquecer.

---

Depois de um tempo – ele não saberia dizer quanto – a febre passou. Os pesadelos finalmente o abandonaram e percebeu que estava acordado. Fraco mas consciente; com fome. Sentando-se na cama, Augustine olhou ao redor, na sala de controle, esfregando os cantos dos olhos. O cômodo estava idêntico. Virou a cabeça e soltou um breve suspiro aliviado quando seu olhar a encontrou. Iris estava sentada no peitoril da janela, olhando para a tundra obscurecida. Quando o ouviu se levantando e afastando a pilha de sacos de dormir com os pés, ela se virou. Ele se deu conta de que nunca a tinha visto sorrir. Um dos dentes inferiores dela tinha caído e conseguia ver a dobra cor-de-rosa de suas gengivas aparecendo no espaço vazio. Ainda se via uma covinha em sua bochecha esquerda e a ponta de seu narizinho minúsculo estava vermelha.

— Você está horrível — disse ela. — Que bom que acordou.

Ainda era raro ouvir sua voz e mais uma vez se surpreendeu com o som grave, com a rouquidão. Ficou aliviado ao ouvi-la. Ela começou a rodear o ninho de sacos de dormir como um animal arisco, controlando a própria empolgação, analisando todos os detalhes antes de se aproximar. Revelou uma embalagem de carne seca selada a vácuo, uma lata de feijões verdes e uma colher, e os estendeu para Augie.

— Quer caldo também? — perguntou quando ele pegou a comida, destampou os feijões verdes e começou a colocá-los na boca. Ela abriu a embalagem de carne seca com os dentes e a deixou ao lado dele, depois foi ligar a chaleira elétrica. Estava faminto, de repente vivo de novo. Depois de esvaziar a lata, voltou a atenção para a carne, limpando o líquido do feijão da barba com as costas da mão.

— Quanto tempo eu passei apagado? — ele perguntou.

Iris encolheu os ombros.

— Acho que… cinco dias?

Ele assentiu. O número parecia correto.

— E você… você está bem?

Ela o encarou com um olhar estranho e se virou para a chaleira sem responder, tirando o papel laminado que envolvia um cubo de caldo e o jogando na caneca azul enquanto esperava a água ferver. A caneca estava quente demais, então ela a deixou esfriando sobre o balcão e voltou para seu lugar no peitoril, mais uma vez em silêncio, observando a tundra cada vez mais escura.

---

Augustine começou a testar seus músculos atrofiados na escada da sala de controle. Quando conseguiu descer até o primeiro andar e voltar para o terceiro sem levar um tombo, decidiu que era a hora de ir além. Atravessar a neve e o gelo o extenuava ainda mais do que subir os degraus, mas ele saía todos os dias, às vezes mais de uma vez. Depois de um tempo, sua resistência voltou. Andava pela passagem estreita escavada na montanha, passava pela vila abandonada das instalações anexas e chegava às montanhas abertas e ondulantes. Ficava sem fôlego, fraco, mas estava vivo, e a alegria desse simples fato preenchia seu corpo velho e cansado. Tanto a alegria da sobrevivência quanto o peso do arrependimento eram desconhecidos para ele, mas nenhum dos dois o abandonava, por mais que tentasse afastá-los. Os sentimentos dos pesadelos febris continuavam vívidos. Seus músculos doíam por conta do exercício, mas também das emoções desconhecidas que o atravessavam, como se o sangue de outra pessoa corresse por suas veias.

Muitas vezes Iris resolvia acompanhá-lo naquelas caminhadas, ou correndo na frente dele ou ficando para trás. Os breves intervalos de luz do dia se prolongaram, de pouco mais de uma hora a algumas horas, depois a uma tarde inteira. Com o passar dos dias, Augustine foi conseguindo chegar mais longe, sem nunca perder de vista o verde-esmeralda do pompom da touca de Iris. Ela estava diferente desde que ele tivera a febre, como se houvesse mais de si – mais energia, mais presença física, mais palavras. Antes, ela se refugiava em sua visão periférica, ficava sentada na sala de controle com ar indiferente, perambulava furtivamente pelos edifícios, sempre evasiva. Mas parecia que Augie não conseguia mais tirar os olhos dela. Iris estava em todo lugar e seu sorriso – ainda raro, mas de certa forma sempre se insinuando logo abaixo da curva das bochechas – era magnífico.

Um dia, quando o sol pairou por horas antes de começar a descer, Augustine foi mais longe do que vinha conseguindo desde o hangar, desde a febre. Ele passou a andar sempre a rumo ao norte, por cima das montanhas. Nunca para o sul, em direção à tundra e ao hangar e à cova estufada do lobo, marcada com veias de sangue cor-de-rosa que permeavam o branco. Ao norte, o Mar Ártico se estendia por sobre o topo do mundo, uma touca de azul-gelo que cobria o crânio da Terra. A costa ficava a quilômetros dali, uma distância que jamais poderia cruzar a pé, mas Augustine gostava de imaginar que, quando o vento soprava na direção correta, sentia o cheiro do ar salgado vindo do mar descongelado, que avançava sobre as geleiras e viajava até suas narinas aguçadas e minuciosas. Ele concluiu que quanto mais longe andava, mais forte aquele cheiro ficava.

Naquele dia, eles já tinham andando o suficiente para que os músculos de Augie queimassem e até Iris tinha diminuído o passo, arrastando as botinhas pela neve, em vez de levantar os pés toda vez, mas Augustine queria chegar mais longe. Havia algo adiante, repetia para si mesmo, algo que precisava ver. Ele não sabia o quê. O sol escorregou para trás das montanhas, lançando feixes de cor pelo céu como uma dançarina jogando lenços de seda pelo ar. Estava admirando o pôr do sol que se derretia na neve quando o avistou: o contorno sólido de um animal contra o céu mutável do norte. Era o urso polar que ele se lembrava de ter visto no primeiro dia de luz do sol – o mesmo urso, tinha certeza, não porque conseguia ver alguma característica específica, mas porque o reconhecia pela aceleração do próprio batimento cardíaco. Era tão grande que só podia ser um urso de pelagem longa e volumosa, de um amarelo profundo e cada vez mais velho. Augie estava a quase dois quilômetros de distância, mas viu esses detalhes com uma clareza telescópica. Era isso que ele vinha procurando. Era como se estivesse ao lado do urso ou montado em seu dorso imenso e arqueado, os dedos enfiados em sua pelagem desgrenhada, os calcanhares firmemente apoiados contra a caixa torácica larga e almofadada. Conseguia sentir o pelo grosso entre as juntas dos dedos, ver o tom amarelo do pelo, as manchas cor-de-rosa no focinho e sentir o odor almiscarado e podre de sangue velho.

O urso parou no topo da elevação e levantou o nariz. Virou a cabeça para um lado e depois para o outro, finalmente olhando na direção de Augie. Iris estava descendo uma encosta, usando as calças de neve para derrapar, e o pompom verde balançava enquanto ela andava, sem saber o que o homem via. Ele e o urso se olharam e, através dos quilômetros de neve e rocha irregular e vento impiedoso que os separavam, Augustine sentiu que uma estranha afinidade os conectava, mesmo a distância. Invejou o animal em sua enormidade, suas necessidades simples e seu propósito claro, mas um sopro de solidão também chegou rodopiando pela paisagem, uma sensação de melancolia e tragédia. Sentiu uma tristeza lancinante pelo urso, tão solitário na vastidão da montanha – uma criatura consumida pelos mecanismos do sustento, pelas tarefas de matar, morder e rolar na neve, pelos necessários arroubos de sono por entre os montes e as cavernas de neve, pelas longas caminhadas de ida e volta para o mar. Isso era tudo o que ele tinha, tudo o que conhecia, tudo de que precisava. Uma emoção se contorceu em seu estômago e Augustine percebeu que era uma frustração – direcionada ao urso, mas também a si mesmo. Sobrevivera à febre, mas para quê? Ele abaixou a cabeça e olhou a descida que havia à sua frente a tempo de ver Iris dando uma cambalhota e em seguida se sentando, com o pompom verde tingido de branco. Ela estava acenando para ele e sorrindo – uma criança brincando. A palidez habitual estava iluminada por dentro, um brilho cor-de-rosa se espalhando por sua pele branca. Quando Augie voltou a olhar para a paisagem da montanha, o urso tinha ido embora.

— Iris — ele chamou —, hora de voltar. No caminho de casa, ela ficou por perto, ou ao lado dele ou bem à sua frente, de tempos em tempos olhando para trás para ver onde ele estava. No fim do caminho, enquanto subiam a passagem da montanha que levava ao observatório, à sua casa na torre de controle, ela colocou sua mão enluvada na dele e a segurou até entrarem.

<hr/>

No início, Augie achara adequado que sua vida acabasse de forma tão silenciosa, tão simples: apenas a própria mente, o próprio corpo em decadência, a paisagem brutal. Mesmo antes do êxodo dos outros pesquisadores, antes do silêncio lúgubre e da suposta catástrofe – mesmo antes de tudo isso, ele viera até ali para morrer. Nas semanas que precederam sua chegada, quando ainda estava planejando seu projeto de pesquisa no Ártico em uma praia escaldante do Pacífico Sul, pensou que aquele estudo seria seu último. Um *grand finale*, o ponto alto de sua carreira, uma bela conclusão para o biógrafo que um dia escreveria um livro sobre ele. Para Augustine, o fim de seu trabalho era inseparável do fim de sua vida. Talvez seu coração continuasse a bater por mais alguns anos vazios depois que seu trabalho chegasse ao fim, ou talvez não; isso não o preocupava. Contanto que seu legado se destacasse nos anais da ciência, ele se contentava em perecer sozinho, a poucos graus do Polo Norte. De certa forma, a evacuação tinha tornado tudo mais fácil. Mas algo aconteceu quando olhou as montanhas árticas e viu o grande urso polar amarelo olhando-o de volta. Ele pensou em Iris. Sentiu gratidão por uma presença e não uma ausência. Aquele sentimento era tão desconhecido, tão inesperado, que moveu alguma coisa dentro de si, alguma coisa velha e pesada e teimosa. E com isso houve uma abertura.

Nos primeiros dias com Iris no observatório, ele tinha se perguntado inocuamente o que seria dela quando morresse. Mas depois do encontro com o urso, à medida que o sol permanecia no céu por cada vez mais tempo, começou a pensar nisso com mais cuidado. Começou a pensar para além da própria linha do tempo, estendendo-se à dela. Quis algo diferente para ela – conexão, amor, comunidade. Não queria continuar inventando desculpas para justificar sua inabilidade de oferecer a Iris algo além do mesmo vazio que oferecera a si mesmo.

Depois que os outros cientistas tinham evacuado o observatório, ele havia, sem muito afinco, tentado entrar em contato com os supostos últimos sobreviventes da humanidade para descobrir o que tinha acontecido lá, para além das fronteiras gélidas que estavam a seu alcance, mas assim que percebeu que os satélites estavam em silêncio e as estações de rádio comerciais estavam fora do ar, desistiu da busca. Acostumou-se à ideia de que não havia mais ninguém para contatar. Que algo, que tudo, tinha acabado. A realidade física de estar isolado do mundo não o incomodava – aquele sempre havia sido seu plano.

Mas desde então as coisas tinham mudado. De repente ele tinha sido invadido por uma intensa determinação para encontrar outra voz. A possibilidade de haver sobreviventes nunca lhe saíra do pensamento, mas, mesmo que se importasse o suficiente para procurá-los, o observatório era tão remoto que, do ponto de vista logístico, tal contato se tornava inútil. Se de fato localizasse um último reservatório de humanidade, seria impossível chegar até lá. No entanto, era a conexão em si que subitamente ganhara importância. Ele sabia que as chances eram mínimas – o mais provável era que sua busca não desse em nada, ou quase nada. Sabia que não seriam resgatados nem descobertos. Mesmo assim, se sentiu impelido por seu novo sentimento, aquele senso de dever tão desconhecido, aquela determinação para encontrar outra voz. Ele deixou o telescópio de lado e se concentrou nas ondas de rádio.

---

Quando era menino, talvez com onze ou doze anos, Augustine conhecia as frequências de rádio melhor do que o próprio corpo. Montou rádios de galena juntando arame, parafusos e diodos semicondutores, e logo passou a se dedicar a projetos mais complexos – transmissores, receptores, decodificadores. Fez rádios com válvulas termiônicas e transistores, analógicos e digitais, com ajuda de kits prontos e do zero, usando sucata. Construiu grandes antenas e dipolos no quintal de casa, pendurou amplificadores de sinal nas árvores – tudo o que pudesse fazer com os objetos sem uso que encontrava. Isso lhe tomava todo o tempo. Em dado momento, a dedicação de Augie chamou a atenção de seu pai e aquela nova intimidade foi uma surpresa para ambos. Seu pai era mecânico, não de carros, mas para fábricas de carros. As máquinas às quais ele dedicava seu tempo durante o dia eram enormes, maiores que casas, e por isso, quando o filho começou a mexer com os menores dos mecanismos, teve a curiosidade atiçada. Antes de começar a construir rádios, Augie era o filhinho da mamãe, mexedor de massa de bolo, descascador de batatas, acompanhante em idas ao salão de beleza. Fazia a tarefa de casa no balcão da cozinha quando ela se sentia bem o suficiente para cozinhar ou em seu quarto, encolhido aos pés da cama feito um cachorro, quando ela não estava. Ele era seu mascote, um menininho facilmente moldável para se adequar a todos os seus humores. Mesmo quando era criança, intuía, sem saber por quê, que seu pai odiava a proximidade dos dois.

Augie era muito sensível às oscilações de humor da mãe. Antevia a escuridão se aproximando antes que ela a sentisse. Sabia quando deixá-la se enfiar no quarto escuro e quando abrir as persianas; sabia convencê-la a voltar para casa quando as coisas fugiam do controle se estivessem fazendo algo na rua. Lidava com sua mãe com tamanha habilidade e sutileza que ela nunca suspeitou que pudesse haver alguma manipulação, nunca o viu como nada além de seu menininho, seu amigo de confiança, seu companheiro incansável. Ninguém mais era capaz de acalmá-la como ele fazia, muito menos seu pai. Augie maquinava os estados emocionais dela por necessidade. Só sabia protegê-la quando a controlava e, como foi ficando cada vez melhor naquilo, começou a achar que tinha decodificado sua doença, que a tinha derrotado – que tinha consertado a mãe.

No inverno em que ele completou onze anos, ela entrou na cama e só se levantou na primavera. Aquele foi o inverno em que Augie percebeu que ela era um enigma que nunca seria capaz de desvendar, que, apesar de todos os seus esforços e talentos, estava além de sua compreensão. Ele estava sozinho, de repente, e solitário. Não sabia o que fazer sem ela. Enquanto o pai praguejava contra o volume inanimado em posição fetal debaixo da coberta que era sua mãe, Augustine se refugiou no porão e encontrou um novo prazer na clareza dos eletrônicos: na junção de fios, no fluxo da corrente, nos simples mecanismos que se encaixavam e criavam algo tão maravilhoso que beirava a magia, extraindo uma sinfonia de música e vozes onde antes não havia nada. As aulas básicas a respeito de amperes e watts e ondas que aprendera na escola tinham sido um bom ponto de partida. Ele sempre fora um bom aluno. No porão escuro e mofado, sob um círculo de luz amarela, aprendeu o resto sozinho. Em raras ocasiões o pai de Augustine descia os degraus de madeira carcomidos e se sentava com o filho, e em ocasiões ainda mais raras Augustine gostava daquelas visitas. Geralmente ele vinha para repreendê-lo, para lhe mostrar seus erros, para se deleitar com seus fracassos. Àquela altura todos na casa já sabiam que Augie tinha uma inteligência incomum e seu pai fazia questão de castigá-lo por isso sempre que tinha a oportunidade.

Naquele momento, anos depois, no frio do Ártico, se lembrou daquele porão como se ainda estivesse lá sentado, sozinho em sua mesa de trabalho com suas bobinas de arame, seus transistores de germânio, amplificadores rudimentares, osciladores, *mixers* e filtros espalhados à sua frente. O ferro de solda ao lado de seu cotovelo direito, ligado e já aquecido, o diagrama de seu mais novo projeto à esquerda: um rascunho borrado a lápis, pequenas flechas e símbolos canhestros que fazia para se lembrar do fluxo da corrente. Seu pai não era bem-vindo naquelas lembranças, mas de vez em quando sua voz surgia, se intrometendo: "Só sendo muito imbecil para não saber consertar um transistor!", "Pelo jeito uma criança de dois anos fez isto aqui".

No observatório, na sala de controle, Augie fez questão de verificar mais uma vez os telefones via satélite e a rede de banda larga, para ter certeza de que não tinha deixado nada passar. A comunicação no posto avançado sempre tinha sido caótica, dependente principalmente de satélites, mas sem o telefone e a banda larga, sem ter nem cheiro de uma conexão via satélite, só havia o rádio amador. Ele revirou a torre de controle e as instalações anexas, procurando qualquer coisa que fosse útil, mas não encontrou quase nada. O equipamento só estava lá para o último dos casos. O sistema atual estava longe de ser o ideal; era suficiente apenas para que falasse com a base militar no extremo norte da ilha, geralmente usado para a comunicação com aviões que passavam pelo observatório. A fonte de energia era fraca e a sensibilidade da antena mais ainda; um sinal precisaria estar muito próximo e ser muito poderoso, ou pegar carona em uma onda do céu, para ser registrado. Isso se de fato houvesse alguém lá fora para ouvi-lo.

Isso o lembrou de seus anos no porão, quando ligava suas máquinas e transmitia o primeiro CQ do dia. Simples, direto, com um só objetivo. Ele procurava qualquer pessoa, não importava quem fosse.[1] Colecionava cartões postais de QSL — confirmações de comunicação via rádio entre dois operadores de rádio amador – de seus vários contatos e os guardava em uma pasta. Havia cartões carinhosos com indicativos de

---

1. No radioamadorismo, o código CQ é uma chamada de contato. Na língua inglesa, a pronúncia das letras remete à frase "seek you" ("procuro você"). (N. da T.)

chamada rabiscados por cima dos contornos do estado de origem do operador, cartões bobos com desenhos dos operadores pendurados em suas antenas como macacos ou roupas lavadas, cartões depravados com mulheres seminuas, de seios fartos, enroladas em equipamentos de rádio e sussurrando alguma coisa em um microfone de mão. Augustine ficava sentado diante de seu microfone no porão e sintonizava as frequências de rádio amador vazias, transmitindo sua chamada enquanto discava e, fosse depois de um minuto ou algumas horas, alguém cedo ou tarde lhe enviava uma resposta.

Uma voz invadia seus alto-falantes e dizia: "KB1ZFI, aqui é tal e tal na escuta". Eles compartilhavam suas posições e Augie calculava os quilômetros no atlas que sempre tinha por perto – quanto mais distante, melhor. Os postais de QSL eram só uma distração; era o contato em si que o deixava mais empolgado, a ideia de que podia enviar seu sinal para o outro lado do país, para o outro lado do mundo, e criar uma conexão imediata com alguém, em qualquer lugar. Sempre havia alguém do outro lado – alguém que ele não conhecia, alguém que não conseguia imaginar e nunca conheceria, mas que mesmo assim era uma voz. Não fazia questão de ficar batendo papo pelas ondas de rádio depois do contato inicial. Só queria saber se havia alguém lá e ficava satisfeito quando descobria que sim. Depois que a conexão inicial se estabelecia, ele às vezes tentava duas, três, meia dúzia de conexões, se as condições meteorológicas estivessem ideais e os sinais estivessem chegando longe. Quando terminava de enviar os CQ, desligava os equipamentos, assinava alguns cartões-postais para enviar – um simples globo terrestre com um sinal sendo disparado para o espaço, algumas estrelas espalhadas e seu próprio indicativo de chamada em letra de forma logo acima – e depois ficava mexendo nos eletrônicos na solidão silenciosa do porão. Aqueles foram seus momentos mais felizes quando menino. Sozinho, longe da crueldade das outras crianças da escola, longe da instabilidade da mãe, longe dos comentários desdenhosos do pai. Só ele, seu equipamento e o chiado da própria mente.

No Ártico, ele calibrou o equipamento e, quando finalmente ficou satisfeito, ligou tudo. Iris vinha observando seu trabalho com certa curiosidade, mas não disse nada. Ela estava lá fora, vagando pelas instalações anexas, quando ele começou a primeira transmissão. Augie a via pela janela, sua forma pequenina em contraste com a neve. Ele pegou o microfone de mão, apertou o botão de TRANSMITIR, depois o soltou. Pigarreou; apertou de novo.

— CQ — ele disse. — CQ, aqui é KB1ZFI, kilo-bravo-uno-zulu-foxtrot-india, câmbio. CQ. Alguém?

# SEIS

Sully flutuava de uma máquina a outra na cabine de comunicações. Ela deixava os joelhos levemente flexionados e os calcanhares encaixados um no outro e usava os braços para pegar impulso, como uma nadadora. Sua trança flutuava atrás dela e as mangas vazias de seu macacão, amarradas na cintura, pairavam na frente da barriga como membros extras. A *Aether* tinha avançado pelo cinturão o suficiente para que começasse a haver um atraso na transferência dos dados das sondas jovianas. As informações do sistema de Júpiter já estavam velhas quando alcançavam os receptores de Sully e ficavam cada dia mais defasadas à medida que se afastavam um pouco mais de lá e se aproximavam um pouco mais da Terra. Ultimamente vinha negligenciando as sondas e verificando as radiofrequências terrestres. Ela varreu todo o espectro de comunicação várias vezes seguidas e já não estava mais satisfeita em monitorar as bandas pré-determinadas da Rede de Espaço Profundo. Tinha que haver algum tipo de poluição sonora: conversas transmitidas por satélite, sinais de TV perdidos, transmissões de frequência muito alta ou ultra-alta que tinham escapado através da ionosfera e se perdido pelo espaço. Tinha que haver *alguma coisa*, ela pensou. O silêncio era uma anomalia, um resultado que não devia, não podia, estar correto.

Sully guardou aquelas informações para si. Não havia muito motivo para compartilhar ondas senoidais com os outros, eram apenas uma confirmação das mesmas más notícias, mas pelo menos o processo a ajudava a passar o tempo, a ajudava a sentir que estava fazendo alguma coisa. De uma forma ou de outra, quanto mais perto eles chegavam, mais ela descobria. *É estranho*, pensou, *o quanto as sondas jovianas parecem inúteis agora.* Trocaria tudo, cada byte de dado que tinham coletado, cada coisa que tinham aprendido, por uma só voz saindo do receptor. Só uma. Isso não era nenhum exagero, nem chantagem emocional, era só um fato. Ela tinha embarcado na *Aether* acreditando que nada poderia ser mais importante que as sondas jovianas, mas naquele momento... qualquer coisa passou a ser. Todo o propósito da missão parecia insignificante, sem sentido. Dia após dia, não havia nada além do binário digital das andarilhas mecânicas e os raios cósmicos das estrelas e de seus planetas.

Sully se impulsionou de volta para a Terrinha, flutuando pelas muitas curvas da nave espacial: trechos aparentemente vazios repletos de mantimentos e eletrônicos, os órgãos da *Aether* escondidos atrás de seus túneis cinza-claros. Quando Sully atravessou flutuando o corredor-estufa, com paredes contornadas por canteiros de vegetais aeropônicos, ela desamarrou as mangas da cintura e vestiu a parte de cima do macacão. Aproximando-se da junção de entrada, ergueu o braço e se apoiou em um dos suportes afixados às paredes acolchoadas, depois virou-se de ponta-cabeça para entrar com os pés primeiro pela junção que conectava o resto da nave à Terrinha. Ela se deixou cair por um pequeno túnel, com a gravidade a alcançando à medida em que se movia, e foi depositada na plataforma da centrífuga com um baque, bem entre o sofá e os equipamentos de ginástica. Os pés de Sully ficaram presos ao chão como se houvesse ventosas na sola de seus sapatos e ela ficou parada por um instante, enquanto seu corpo se recalibrava e encontrava seu equilíbrio. Fechou o zíper frontal do traje e soltou a trança, que caiu pesada em seu ombro, como uma corda. A gravidade centrífuga a fazia se sentir exausta instantaneamente, como se estivesse correndo por horas ou acordada por dias. Assim que sentiu que confiava em suas pernas, foi andando até o sofá e se sentou ao lado de Tal, observando enquanto ele jogava um jogo de tiro em primeira pessoa para disfarçar a própria fadiga. A jornada de dois anos começava a cobrar seu preço – ela sentia seus músculos enfraquecendo, sua saúde se deteriorando. No momento da partida, tinha estado na melhor forma física de toda a sua vida, mas não mais. Por um instante ela se perguntou como seria se readaptar à gravidade constante da Terra e em seguida interrompeu o pensamento no meio. Não fazia sentido pensar nisso naquele momento. Tal jogou o controle no chão e se virou para ela.

— A fim de jogar alguma coisa? — ele perguntou.

Ela balançou a cabeça.

— Acho que não — respondeu. — Talvez depois.

Ele suspirou e fez um gesto desdenhoso, rapidamente distraído pelo brilho que vinha da tela. Sully se levantou e seguiu a inclinação da centrífuga, passando pela área da cozinha e chegando ao lugar onde Thebes e Harper estavam lendo sentados, Harper no tablet, Thebes com mais um dos livros físicos que fizera questão de trazer – dessa vez era Asimov –, apesar da polêmica inicial a respeito do espaço que ocupariam. Não era tanto espaço assim, Thebes tinha argumentado na ocasião, e, já que ele nunca discutia com ninguém, o comitê de supervisão interveio e vetou os contrariados, atestando que a bagagem extra era um equipamento necessário ao bem-estar psicológico. A tripulação tinha feito piada na época, mas naquele momento, vendo Thebes virar as páginas, Sully ficou pensando naquela expressão. "Equipamento necessário ao bem-estar psicológico." A mente humana nunca havia sido testada assim. Será que eles poderiam ter se preparado melhor? Recebido um treinamento mais abrangente? Que ferramentas os ajudariam hoje? Parecia ridículo, mas talvez aqueles livros, folhas de papel feitas de árvores que um dia tinham crescido no planeta de onde vinham, cheias de histórias inventadas, eram o que mantinha Thebes tão mais centrado do que os outros.

Os dois olharam para cima ao mesmo tempo quando ela se sentou no banco.

— E a cabine de comunicações, aguentando firme? — Thebes perguntou.

Ela deu de ombros.

— Sim — respondeu. — Vocês dois comeram no horário?

Eles fizeram que sim.

— Guardei um pouco para você — disse Harper. — Ia avisar via rádio que íamos começar, mas imaginei que você estivesse enrolada.

Sully encontrou o prato esperando sobre o fogão, algumas tiras de carne bovina feita em laboratório, couve aeropônica e uma bolota de purê liofilizado de batata. Ela não conseguiu conter o sorriso quando viu a refeição arrumada com cuidado no prato e as porções um pouco mais fartas que o habitual.

— Nossa, que chique — ela comentou, levando o prato de volta para a mesa. Thebes apontou para Harper.

— Tudo obra dele — falou. — Hoje o comandante resolveu ostentar.

Sully levou à boca uma garfada de purê e em seguida espetou o garfo numa folha de couve.

— Deu pra ver.

— Humpft... — Harper fingiu que estava envergonhado, ou talvez de fato estivesse. Ela não sabia dizer. Ele colocou o tablet na mesa e falou um pouco mais alto para que Tal o ouvisse. — Alguém a fim de jogar?

Olhou para Sully enquanto falava, sabendo que ela era a única que ia querer jogar baralho. Tal recusou, assim como Thebes, e um "não, obrigada" abafado saiu das cortinas fechadas do beliche de Devi.

— E você, o que me diz, Sullivan? — Harper insistiu.

— Quero jogar, mas daqui a um minuto — ela disse, pensando na resposta apática de Devi. Sully foi até o compartimento dela e bateu de leve na lateral. — Oi, posso entrar? — Entrou sem esperar um convite. Atrás da cortina Devi estava encolhida, agarrando um de seus travesseiros contra o peito, com o nariz enterrado na parte de cima e as pernas encaixadas dos dois lados.

— Claro — Devi sussurrou com atraso, sem se mover.

— O que você fez hoje? — Sully perguntou, sentando-se na cama. Devi deu de ombros, mas não disse nada. — Você comeu alguma coisa?

— Comi — disse ela, sem dar mais detalhes. E então, depois de um minuto: — Me conta alguma coisa.

Ela esperou, mas Devi ficou em silêncio. Era só isso. "Me conta alguma coisa." Sully se deitou de barriga para cima e apoiou a cabeça nos dois braços, pensando em alguma coisa para contar. O que valia a pena relatar? Depois de um instante se lembrou de ter passado pelo corredor-estufa naquela manhã e tudo o que tinha pensado naquele dia começou a sair de sua boca – uma versão editada, sem nenhuma menção à Terra.

— Sabe aquele pé de tomate amarelo que não estava pegando? Hoje reparei que tinha algumas flores nela, talvez ainda dê alguma coisa. E o Tal disse que estamos quase terminando de atravessar o cinturão de asteroides, talvez leve mais algumas semanas. — Sully apoiou os pés no teto do compartimento de Devi e olhou os próprios dedos nos chinelos de borracha que todos tinham recebido. Eles pareciam estranhos vistos daquele ângulo, como cascos alienígenas. Ela deixou as pernas caírem, voltando para a cama. — As sondas jovianas continuam transmitindo, mas a quantidade de dados é tão grande que às vezes acho que não tenho forças para catalogar tudo. É difícil ver importância nisso. — Ela parou de falar por um instante, com um súbito receio de ter tocado em um tópico arriscado, mas Devi não disse nada. Sully prosseguiu em voz baixa, em tom de confidência, mudando de assunto. — Dei de cara com o Ivanov saindo do lavabo hoje, dei de cara literalmente. Ele foi um babaca do caralho, como se o fato de a nave ser minúscula fosse culpa minha, sabe? Como se ele achasse que ia estar bem melhor sem a gente, completamente sozinho ali, descontando aquele mau humor nas amostras de pedra lunar.

Funcionou. Devi enfim se virou e lhe deu um meio sorriso.

— Ele nunca ficaria bravo com as amostras dele — ela cochichou.

As duas riram baixinho, mas o sorriso de Devi murchou e desapareceu quase de imediato.

— Acho que ele é grosseiro porque sentir raiva é mais fácil que sentir medo — disse ela e parou de falar. Em seguida apertou o travesseiro junto ao peito com ainda mais força. — Olha, eu estou muito cansada. Mas obrigada por passar para me dar oi.

Sully assentiu.

— Me avisa se você precisar de alguma coisa — disse ela e se contorceu para sair do beliche. Harper estava esperando sentado à mesa, embaralhando as cartas, tabela de pontuação em mãos.

— Pronta? — ele perguntou.

— Estou pronta pra dar uma surra em alguém, isso sim — ela brincou. A piada lhe pareceu forçada e vazia depois de ter visto Devi tão abatida. — Quem sabe não é em você? — Seu prato ainda estava cheio de comida até a metade e, se antes já não estava quente, agora tinha ficado gelada. Ela não se importou, levando uma garfada folhosa de couve à boca e limpando o azeite de oliva do rosto. Eles jogaram buraco, como sempre. Sully ganhou a primeira partida, depois a segunda. Uma hora depois, Thebes lhes deu boa noite e se refugiou em seu beliche. Harper deu as cartas para a terceira partida e, quando era pequena e baixou a mão e virou o ás de espadas, Sully se lembrou de quando era pequena e tinha aprendido a jogar paciência. A centrífuga prateada da Terrinha se desfez e por apenas um segundo se viu diante dos dedos finos e delicados de sua mãe baixando cartas sobre o tampo da mesa que imitava madeira no meio do deserto do Mojave.

Sua mãe lhe ensinara numa tarde quando ela tinha mais ou menos oito anos e quando Jean trabalhava por longos turnos na unidade Goldstone da Rede de Espaço Profundo. As duas, mãe e filha, moravam no deserto. Era uma tarde escaldante e Jean – Sully sempre havia chamado a mãe pelo primeiro nome – tinha passado o dia inteiro presa em reuniões de processamento de sinal. Sem ninguém para cuidar da filha ou levá-la para casa, Jean emprestou um baralho de um de seus estagiários. Entre uma reunião e outra, ela a levou para sua sala, que na verdade mal passava de um cubículo, colocou-a sentada e lhe ensinou a distribuir as cartas. Sully ficou mexendo na placa de plástico da mãe, "Jean Sullivan, PhD", e fingiu prestar muita atenção.

— Aí é preto no vermelho, vermelho no preto, em ordem, até você conseguir organizar todos os naipes por cima dos ases. Entendeu, ursinha?

Na verdade, Sully já sabia jogar; tinha aprendido com uma babá. Mas, quando Jean perguntou se queria aprender, ela tinha se mostrado muitíssimo animada. Era, no mínimo, uma chance de ganhar mais cinco minutos com sua mãe. Não se incomodava em ficar presa no trabalho dela, àquela altura já estava acostumada. No que dependia de si, quanto mais tempo passasse com Jean, melhor. Sempre tinham sido só as duas e Sully preferia que fosse assim. Não questionava a ausência de um pai – não tinha outra referência.

Harper pegou suas cartas e ela automaticamente fez o mesmo, observando-as por alguns minutos e só então vendo o jogo que já tinha na mão: nove, dez, valete de copas. Baixou o jogo em um leque, comprou uma carta, em seguida fez seu descarte, cobrindo o ás preto irritante com um três. Olhou para Harper por cima das cartas e encontrou seus olhos, que já a observavam. Rugas profundas pontuavam o rosto dele e ela tentou lê-las como uma frase. Três travessões tortos acima de suas sobrancelhas, parênteses ao redor da boca, meia dúzia de hífens emanando dos cantos dos olhos, como os raios de um sol. Uma cicatriz fina e branca atravessando uma das sobrancelhas castanho-amareladas e outra no queixo, se destacando na barba que começava a crescer.

— No que você está pensando neste exato momento? — Harper perguntou, e a pergunta era tão íntima que a pegou de surpresa. Era o tipo de pergunta que um namorado teria feito. Ela se sentiu subitamente exposta e afastou uma inesperada película de umidade dos olhos, lágrimas que ela se recusava a derramar na presença de outra pessoa. Esperou até o nó na garganta se desfazer e ter certeza de que o timbre de sua voz não a entregasse antes mesmo da resposta.

— Eu estava pensando em Goldstone — ela respondeu. — Na época em que morei lá quando era criança. Minha mãe trabalhava no centro de processamento de sinal.

Harper continuou encarando-a. Seus olhos eram de um azul muito claro e quase metálico.

— Tal mãe, tal filha — ele disse. Era a vez dele, mas não comprou sua carta. Estava esperando que ela continuasse.

— Ela me ensinou a jogar paciência num dos verões. Eu já sabia jogar, mas queria que ela me desse atenção, então deixei que me ensinasse. — Sully organizou suas cartas, depois recomeçou o processo. — Engraçado, eu seria capaz de matar por alguns minutos da atenção dela. Ela só pensava em trabalho naquela época. Isso foi antes de se casar e ter mais duas filhas e parar de trabalhar de vez. Mas aí eu era mais velha e as gêmeas eram mais interessantes e... sei lá. Acho que eu não precisava mais dela do mesmo jeito e ela também não precisava de mim.

Com movimentos vagarosos, Harper pegou uma carta, a observou e voltou a deixá-la sobre a mesa.

— Quantos anos você tinha? — ele perguntou.

— Eu tinha dez quando ela se casou e meu padrasto nos fez voltar para o Canadá, que era o país dela. Ele tinha sido o namoradinho da escola, antes de ela se mudar para a faculdade e ir parar em Goldstone comigo. Não sei, acho que em dado momento ela simplesmente desistiu. Acho que esperava que tudo ficasse mais fácil à medida que eu crescia, à medida que ela se estabelecia na REP. Mas não; foi ficando mais difícil. Ela não conseguia parar um minuto. Isso sem falar naquele cara, o meu padrasto, um cara todo perfeitinho sempre à disposição, ainda apaixonado depois de todo aquele tempo, telefonando, mandando cartas. No fim ela só… desistiu. Pediu demissão. Foi para o norte. E se casou com ele, enfim… As gêmeas vieram logo depois; eu tinha onze anos quando elas nasceram, acho.

Os travessões na testa de Harper se sacudiram, subindo em direção ao cabelo. Ela encarou as cartas para não precisar ver o rosto dele, cheio de compaixão. *Para de falar*, censurou a si mesma. Tudo parecia tão simples quando dito em voz alta – uma infância normal, casamento e filhos –, mas Sully ainda pensava na decisão de trocar Goldstone pela solidão fria do Canadá. Em perder sua mãe amada e genial para dois bebês chorões. Em ganhar um padrasto que era gentil mas distante, correto mas desinteressado – nem cruel o suficiente para ser odiado, nem amoroso o suficiente para ser amado. Lembrou-se do telescópio que ela e Jean sempre levavam para o deserto na traseira da El Camino verde e enferrujada, só as duas e mais ninguém. Elas dirigiam com as janelas abertas e o cabelo comprido de Jean se espalhava pela cabine, um furacão escuro que batia no revestimento frouxo do teto do carro e chegava à abertura da janela, tentando tocar a noite fresca e seca.

Elas armavam o telescópio sobre um cobertor e passavam horas lá. Jean lhe mostrava os planetas, as constelações, aglomerados de estrelas, nuvens de gás. De vez em quando, a Estação Espacial Internacional surgia girando, uma luz clara e veloz. Aparecia e sumia em um piscar de olhos, rodopiando rumo a alguma outra parte do mundo. No dia seguinte, Sully ia para a escola cansada, mas contente. Sua mãe estava lhe mostrando o universo e as disciplinas escolares eram tão fáceis que conseguiria assistir às aulas em um estado de sonambulismo. No Canadá, quando sua mãe estava casada e grávida e depois monopolizada pelas gêmeas, Sully arrastava sozinha o telescópio para fora, levando-o para o deck gélido do segundo andar, rodeado de pinheiros. Os ramos cheios de agulhas sacudindo por sobre a plataforma de madeira e bloqueando sua visão do horizonte. As estrelas não pareciam tão claras sem sua mãe ao lado, mas as constelações ainda eram capazes de acalmá-la. Mesmo na solidão fria daquele lugar novo, ela conseguia encontrar o mapa que tinha aprendido a decifrar enquanto crescia – a latitude era diferente, mas os pontos de referência eram os mesmos. Ali, ainda conseguia ver a Polaris, queimando acima das pontas plumosas dos pinheiros altos.

— Enfim... — disse Sully, sem saber que outro assunto puxar. Harper baixou algumas cartas e fez seu descarte.

— Você... você tem irmãos? — ela perguntou, tentando preencher o silêncio e igualar a troca de informações pessoais, como se estivessem registrando suas pontuações: um ponto para cada revelação extraída.

— Tenho — disse ele, mas lentamente, como se não tivesse certeza. Por um instante pareceu que não ia dizer mais nada. — Dois irmãos, uma irmã.

Sully esperou e, depois de mais algumas rodadas de compra e descarte, ele finalmente prosseguiu.

— Meus dois irmãos já morreram, mas seria estranho demais não falar deles. Um morreu de overdose alguns anos atrás e o outro se afogou quando éramos adolescentes. Minha irmã mora em Missoula com a família dela. Tem filhas lindas, duas meninas. O marido é um baita de um babaca. — Ele baixou uma canastra com um sorriso malandro. — Agora você vai ter prejuízo, senhora especialista — ele disse, embora fosse óbvio que ela estava ganhando. Ela sacudiu a cabeça.

— Vai sonhando, Harper — disse ela. Pensou em perguntar quem era o irmão mais velho, mas percebeu que não precisava. Sabia que era ele. Tudo por conta de seu jeito de guiar a tripulação, de estimular todos a continuarem, como patinhos desobedientes que viviam se perdendo do grupo. O irmão mais velho que já tinha perdido dois dos caçulas. Não conseguia imaginá-lo no fundo de uma multidão e com certeza não no meio; ele sempre estaria na frente, sempre liderando, protegendo aqueles que vinham atrás.

Sully pensou em sua breve e bela vida como filha única. O gosto da areia do deserto na língua, os pontinhos de luz contra a noite negra e aveludada. Sabia que se fechasse os olhos poderia ficar lá, perdida em memórias, deitada ao lado de sua mãe, contornando a Ursa Menor, a primeira constelação que aprendera a encontrar, as duas com a cabeça apoiada no pneu traseiro da El Camino... mas ela não o fez. Ficou de olhos abertos, mantendo-os no homem que estava sentado do outro lado da mesa, ancorando-se com a textura de seu rosto, seu pescoço, suas mãos. O cinza tinha se infiltrado no cabelo cor de areia de Harper, misturando--se ao tom neutro como sombras prateadas. O penteado tinha perdido a forma desde o último corte, feito por Tal meses antes, quando ainda estavam passando pela órbita de Marte. Os fios estavam em pé, subindo de sua cabeça em tufos assimétricos, como se ele tivesse saído da cama naquele instante. Havia um cacho mais definido que balançava quando ele se mexia. Sully lembrou que o cabelo de sua filha ficava de um jeito parecido quando Lucy era muito pequena. Era quase impossível não voltar ao passado, não se perder pensando em tudo o que provavelmente nunca mais veria de novo.

A partida terminou e, quando contaram os pontos, Harper percebeu que tinha conseguido ganhar por muito pouco. Pareceu aliviado.

— Ufa — disse ele. — Achei que se eu perdesse mais uma vez ia precisar ficar mais humilde. Não foi o caso. — Ele amontoou as cartas e começou a organizar o baralho, endireitando as bordas. — Mais uma? — perguntou.

Ela deu de ombros.

— Acho que só mais uma.

Sully o observou dando as cartas. Com as mangas dobradas acima dos cotovelos, conseguia ver os pelos loiros e grossos que contornavam seus antebraços e seus pulsos fortes. Ele estava usando seu relógio, o mesmo que usara no dia em que o conheceu, o mesmo que sempre usava, com o mostrador junto ao pulso, o fecho virado para fora. Suas mãos eram largas, a pele da palma e as pontas dos dedos, grossas, as unhas cortadas rentes. Ela quis saber de quem ele sentia saudade, quem tinha deixado para trás. Em quem pensava naqueles momentos de ócio. Alguma amiga, amante, mentora? Sabia o currículo de Harper de cor, como sabia o de todos, mas memorizar que ele era PhD em aeronáutica e astronáutica depois de dois períodos na Força Aérea não era a mesma coisa que conhecê-lo: saber se admirava o pai ou quantas vezes tinha se apaixonado ou com o que sonhava quando via o pôr do sol de Montana na adolescência. Ela sabia que ele tinha atravessado a atmosfera da Terra e voltado mais vezes do que qualquer outro ser humano na história, que cozinhava melhor que ela, que jogava buraco muito mal, mas era ok no truco e quase bom no pôquer. Mas não sabia o que ele escrevia quando rabiscava alguma coisa em seu diário com espiral, nem em quem pensava logo antes de dormir.

Em vez de perguntar, ela imaginava as respostas: ele amava muito seu pai e desde sua morte sentia uma saudade intensa que nunca tivera antes. A mãe dele ainda era viva, mas a relação já não era a mesma. Ele tinha se apaixonado algumas vezes – uma durante a adolescência, um sentimento intenso e contínuo que, como uma luz, se apagou de repente; outra quando estava quase com trinta anos e pediu uma mulher em casamento. Ela disse sim e depois transou com um colega dele, deixando-o com o coração partido e mais desconfiado.

A terceira vez estava estampada na testa dele, mas Sully não conseguia ver.

Em vez disso, dentre todas as perguntas que flutuavam por sua mente, essa foi a que escolheu:

— Do que você mais sente falta da Terra?

Ela ajeitou as cartas que tinha em mãos sem ver quais eram. Preferiu olhar o rosto dele, o movimento de sua mandíbula quando ele comprimiu os dentes, o gesto melancólico da boca.

— Da minha cachorra, a Bess — disse Harper. — É uma labradora chocolate, estava comigo há oito anos e eu também fui dono da mãe dela. Parece bobagem, mas morro de saudade. Deixei ela com o meu vizinho. Ele ama a cachorra quase tanto quanto eu. Nunca me dei tão bem com humanos quanto me dava com a Bess velha de guerra.

No meio da centrífuga eles ouviram Tal desligar o videogame, andar até o lavabo e depois sair dele. Ele cumprimentou Sully e Harper balançando a cabeça, com um ar sério e sonolento, e em seguida deitou-se em seu beliche e fechou a cortina.

— E você? — Harper perguntou.

— Da minha filha, a Lucy. E de tomar banho quente. Ele deu risada.

— Acho que sinto mais falta das montanhas do que do banho quente. Ou de um campo vazio. — Harper baixou a voz e falou num sussurro dramático: — Eu seria capaz de empurrar o Ivanov para fora da câmara de ar se em troca pudesse andar em um campo por cinco minutos.

Sully deu uma risadinha discreta. Quando, por uma coincidência bizarra, Ivanov apareceu alguns segundos depois, atravessando a junção de entrada, não conseguiu segurar a gargalhada. Ela escondeu o rosto com as mãos quando Ivanov passou por eles e continuou andando a passos largos pela centrífuga. Já estava com um olhar taciturno e foi se deitar sem dizer uma palavra para ninguém. Harper lançou um olhar austero a Sully.

— Segura a onda, Sullivan.

Ela fez que sim, crispando os lábios para evitar um novo ataque de riso. De repente se lembrou do que Devi tinha dito a respeito do medo que Ivanov talvez sentisse e perdeu completamente a vontade de rir. Ela se perguntou se às vezes confundia tristeza com mau humor. Se ele poderia ser mais vulnerável do que ela imaginava. A luz de Ivanov se apagou detrás da cortina.

— Mas e o marido? — Harper perguntou, comprando uma carta.

— Ex — ela o corrigiu e estava prestes a dizer mais alguma coisa, mas percebeu que nada que pudesse dizer sobre ele faria sentido. Jack era um campo minado repleto de ressentimento e fragmentos mortais de alegria. Bastou que ela pousasse em uma lembrança mais leve e reconfortante, em que Jack dormia no sofá com uma Lucy de dois anos de bruços sobre seu peito, os dois roncando em uníssono, para que fosse arremessada de volta pela detonação inesperada de uma amargura enterrada a poucos centímetros dali. Lucy parou de dormir no colo de Sully aos oito meses de idade. Ela mudou de assunto.

— Consigo até te ver andando a cavalo por uma grande propriedade lá em Montana, montado no seu garanhão preto ou sei lá o quê, a velha Bess correndo ao seu lado. Sabe, eu sempre me perguntei... Por que você ainda quer andar com um bando de cientistas, com uns nerds? Caramba, você quebrou o recorde... Se aposenta logo!

Ele sorriu.

— Acho que sempre penso "só mais um passeio". Sabe? Só mais um, aí eu paro. Aí depois eles vão me chamar para fazer outro e eu vou pensar: "Por que não?". Mas você é bem nerd mesmo. Se eu soubesse no que estava me metendo desta vez, acho que teria ficado em casa.

Sully ficou de boca aberta, fingindo estar horrorizada.

— *Não* acredito!

— Eu sei, eu sei, absurdo. Mas com certeza vou me aposentar depois dessa... prometo. Já tenho o terreno todo preparado. Você vai visitar a mim e à Bess quando chegarmos em casa, né?

*Quando chegarmos em casa.* Essas palavras ficaram pairando no ar estagnado e reciclado. Sully deixou que se dissipassem e deu trela para a fantasia do convite.

— Acho que vou, sim — respondeu. Era uma ideia agradável. Ela nunca tinha visto a casa dele, mas imaginava algo pequeno, em um lugar mais isolado, com uma varanda na frente e um caminho longo na entrada, em um terreno cercado por acres e mais acres de espaço vazio. A caminhonete enlameada de Harper estaria estacionada na frente e Bess estaria sentada, em uma pose elegante, diante da porta. Ela mesma não tinha mais casa, tinha deixado todas as coisas armazenadas e saído de seu apartamento para fazer aquela viagem de dois anos. Era bom fingir que tinha um lugar, e alguém, para onde e para quem voltar. Sully flagrou Harper a encarando.

— O quê? — disse ela.

— Nada — ele respondeu —, só pensando.

— Pensando no quê?

Ele balançou a cabeça.

— Quando a gente desembarcar, eu te pergunto.

— Você está de brincadeira.

— Sem brincadeira. Preciso de alguma coisa que me estimule a continuar. — Ele lhe deu uma piscadinha. — Todos nós precisamos de alguma coisa que nos estimule a continuar.

Eles passaram mais uma hora jogando.

— Está ficando tarde — Harper disse.

Sully começou a guardar as cartas. Ele estendeu a mão e disse "bom jogo" daquele jeito dele, uma mistura de cavalheirismo com deboche. Ela pegou a mão dele, mas em vez de sacudi-las, eles só ficaram de mãos dadas por um instante. Ela sentiu a pressão do aperto, a aspereza de suas palmas calejadas, o calor seco da sua pele contra a dele. O instante passou e nenhum dos dois soltou. Ele a encarou e de repente ela ficou apavorada – por quê, não sabia ao certo. Ela virou a mão dele para olhar o relógio na parte interna do pulso.

— Eu deveria dormir — disse Sully, e soltou a mão dele. — Durma bem.

Ela subiu no beliche sem olhar para para trás, sabendo que se o fizesse ele ainda estaria olhando. Fechou a cortina e se sentou, encostando as pernas no peito, apoiando a testa nos joelhos e ouvindo Harper se mover pela centrífuga, escovando os dentes e depois apagando a luz em seu compartimento. *Quando chegarmos em casa.*

---

Na manhã seguinte, Sully só se forçou a acordar horas depois de o despertador ter tocado. As luzes estavam acesas com intensidade total para lá de sua cortina. O ruído abafado dos outros entrando e saindo do lavabo, abrindo e fechando suas cortinas, e perambulando pela centrífuga com seus chinelos de borracha a impediu de voltar a dormir, embora quisesse. Teria sido capaz de dormir o dia inteiro; vinha se sentindo tão cansada. Começou a trançar o cabelo depois de escová-lo rapidamente. Quando terminou, seus braços estavam doloridos. Sentia-se fraca, como se estivesse no fim do dia, e não no começo.

Todos tinham se refugiado em um canto separado da nave. Só restava Tal na Terrinha, observando em seu tablet um radar que exibia a atividade local no cinturão de asteroides. Na verdade o cinturão era pouco populoso, os milhões de asteroides ficavam espalhados por uma distância tão imensa que teriam sorte se cruzassem com algum na travessia. A passagem da nave pelo cinturão havia sido programada para um intervalo especialmente inativo chamado de lacuna de Kirkwood, quando todos os asteroides maiores eram varridos para uma ressonância orbital criada pela gravidade massiva de Júpiter. O risco de colisão com um era minúsculo, mas cabia a Tal a tarefa de assegurar que eles não se tornassem a exceção.

— Céu limpo? — Sully perguntou, pegando uma barra de proteína em um armário na área da cozinha.

— O mais claro possível — Tal disse, tirando os olhos da tela manchada do tablet. — Só poeira e pedregulhos vindos de milhares de quilômetros.

Sully descascou a embalagem da barra de proteína como se fosse uma casca de banana e se inclinou por cima do ombro dele.

— Eu detestaria ser esmagada por Ceres.

Tal bufou.

— É, eu também. Mas… não é nada para se preocupar, vou ficar de olho. E de qualquer forma acho que estamos a mais ou menos duas semanas da órbita de Marte. Então estamos quase lá.

Ela apoiou uma mão no ombro dele por um instante e em seguida se afastou da Terrinha, subindo a escada da junção de saída, segurando a barra de proteína entre os dentes. Depois de alguns degraus, sentiu seu corpo perder peso e se soltou, flutuando pelo resto do caminho. Algumas migalhas se soltaram da barrinha e pairaram diante de si. Ela as recolheu na mesma hora, como um peixe voraz, e se impeliu em direção ao corredor-estufa. Segurou um dos apoios de mão suspensos para ficar parada na frente dos pés de tomate, onde amassou algumas folhas, liberando o cheiro da planta no ar, e em seguida verificou a retardatária sobre a qual tinha falado com Devi no dia anterior. Notou que as florzinhas tinham desaparecido, sendo substituídas por saliências verdes minúsculas, e imediatamente sentiu vontade de compartilhar sua observação com a colega – sentir vontade de fazer qualquer coisa tinha se tornado uma raridade. Ela continuou andando, passando pela entrada do laboratório de Ivanov, onde todas as amostras de pedra lunar estavam sendo categorizadas. Pela porta o entreviu olhando pelo enorme microscópio instalado na parede, tirando um pedaço de rocha da platina e colocando outro. Agora ele passava a maior parte do tempo ali dentro.

Antes de se virar para entrar na cabine de comunicações, Sully passou direto, entrando no deck de comando, onde ficou flutuando diante da cúpula transparente por um tempo. Aquela visão já não era novidade, mas continuava magnífica. O profundo breu do espaço, decorado com pontinhos claros de luz: ou queimando em um vermelho contínuo ou pulsando em azul ou cintilando debilmente, como a piscadela de um olho sedutor por baixo dos cílios escuros do espaço e do tempo. Podia sentir o cheiro da seiva pegajosa do pé de tomate no dedão enquanto encarava o vazio, inalando o cheiro terroso da fotossíntese para acalmar seu coração, que tinha começado a bater mais rápido por influência do espaço acachapante e infinito que a rodeava. Sem começo, sem fim, aquela mesma coisa para sempre. Dali, a ideia da existência da Terra parecia uma ilusão. Como algo tão viçoso, diverso, bonito e protegido poderia existir em meio a todo aquele vazio? Quando pegou impulso para se afastar da cúpula, avistou Thebes trabalhando atrás de si, com um tablet em uma mão e uma das aberturas de manutenção aberta diante dele, uma colmeia de botões e fios e interruptores.

— Oi, Thebes — cumprimentou ela. Ele tirou os olhos do circuito.

— Bom dia, Sully — disse ele. — Só estou fazendo uma verificação nos sistemas. Percebi que o ajuste de temperatura da cabine de comunicações está um pouco desregulado, na verdade está operando numa temperatura muito alta... Você o resetou?

— Não — ela falou. — Não resetei. Mas percebi que a cabine tem andando muito quente. O sistema ambiental não é um dos projetos da Devi?

Thebes suspirou.

— É, sim — respondeu —, mas ela finalmente conseguiu dormir essa manhã e pra mim não tem problema.

Sully se demorou no deck de comando, observando enquanto ele mexia nos controles.

— Ela... melhorou um pouco? — perguntou, meio insegura, já sabendo que a amiga não tinha melhorado, mas querendo mais que tudo ouvir o contrário. Thebes deu de ombros, sem poder oferecer o que ela queria. Eles se entreolharam por um instante, em um silêncio cúmplice e compreendido.

Finalmente Thebes declarou:

— Tudo certo. Exatamente 21 graus.

Enquanto ele devolvia a tampa da abertura ao lugar, Sully seguiu até a cabine de comunicações e subitamente ficou preocupada. Quanto tempo faltava para que um dos erros de Devi se mostrasse fatal? Para que Ivanov e Tal brigassem sério? Para que a rotina precária de todos ruísse e alguma coisa desse muito errado? E se tudo desse certo, se de alguma forma conseguissem chegar em casa sem rebelião nem tragédia, o que aconteceria? O que estaria à sua espera? Que tipo de vida?

Na cabine de comunicações, Sully colidiu delicadamente contra a única superfície que não estava ocupada por algum tipo de equipamento, um espaço de armazenamento revestido que ficava do lado oposto à entrada. Depois de se acalmar e fazer suas tarefas iniciais, verificando os bancos de memória dos receptores, analisando as transmissões das sondas e depois enviando alguns comandos de volta ao sistema joviano, se dedicou exclusivamente à tarefa diária de rastrear as ondas de rádio em busca de restos de poluição sonora da Terra. Era um processo tedioso, e até então frustrante, mas continuava insistindo. Parar seria desistir – acatar as possibilidade sombrias que rondavam seus pensamentos havia meses –, e ela não desistiria. De tempos em tempos pegava o microfone de mão e transmitia alguma coisa, em voz baixa, para que nenhum de seus colegas a ouvisse falando. A fé de que haveria alguém para respondê-la ainda ardia. A chance de fazer contato só aumentaria à medida que se aproximavam da Terra e por isso mesmo, no vazio silencioso do espaço, sentia a esperança crescer com o passar dos dias e o encolhimento da distância. O chiado das ondas senoidais vazias preenchia a cabine e os dados das sondas jovianas continuava se acumulando, brutos, sem processamento, mas ela não se importava. As horas se passaram. Foi só quando começou a pensar em voltar para a centrífuga para comer alguma coisa que ela ouviu. Um estouro cacofônico, e depois nada; nem estática. Reiniciou os equipamentos às pressas, verificando todas as conexões e a telemetria armazenada enquanto isso. Estava tudo certo na cabine. Ela não conseguia entender.

No silêncio repentino e agourento, Sully se impulsionou para fora da cabine de comunicações, atravessou o corredor e entrou no deck de comando, onde olhou pela cúpula. Um gritinho lhe escapou. O que aparentava ser a principal parabólica de satélite da nave passou flutuando descontraidamente, pegando carona em uma rajada de vento solar, um braço decepado que dava adeus e se refugiava na escuridão.

# SETE

Certa manhã Augustine acordou mais tarde do que o habitual. O sol já estava alto e o albedo ofuscante da neve entrava pelas janelas como um holofote. Augie levantou a cabeça do travesseiro e observou as cobertas amontoadas a seu lado, apertando os olhos, cutucando-as até concluir que Iris não estava mais ali. Os sacos de dormir estavam frios, apesar da própria temperatura corporal, do sol forte que entrava pelas janelas e da caldeira robusta. A nuvem de sua respiração brotou acima de seu rosto. Ele se sentou e olhou ao redor, procurando-a, primeiro à mesa onde se sentava com seus livros, depois na cadeira em que ele ficava com seu equipamento de rádio, depois em cada uma das janelas onde a menina às vezes se empoleirava. Ela não estava em nenhum daqueles lugares. Tinha o acompanhado de perto durante sua doença e Augustine percebeu que havia semanas que sempre a encontrava. A mania incessante de se esconder, com a qual ele se acostumara no começo, tinha desaparecido.

Ele se levantou e começou a se agasalhar, preparando-se para a busca. Tendo dormido com meias de lã e ceroulas, sobrepôs uma camisa flanelada, um casaco forrado e um colete impermeável por cima do pijama de seda, depois enfiou as pernas em um par de calças de lona revestidas de flanela. Depois vieram os cachecóis, dois deles, a parca e as luvas desajeitadas, que ele vestiu antes da hora em sua pressa de sair e depois precisou tirar para poder calçar as botas. Na escada, uma lufada de ar frio bagunçou seu cabelo branco. Xingando, ele voltou pisando duro até a mesa para buscar sua touca, que estava estendida sobre o encosto da cadeira. Mesmo na primavera, vestir-se para sair ao ar livre no Ártico era um tormento. E então, enquanto puxava o gorro até as orelhas, olhou pela janela e a viu. Ele se lançou às escadas o mais rápido que pôde, os sons de sua urgência reverberando pelos degraus vazios: as pernas de lona encerada da calça raspando uma na outra, o baque das botas aterrissando pesadamente a cada lance, o chiado das luvas escorregando pelo corrimão, a vibração de seu fôlego pulsando dentro dos tímpanos.

Ele escancarou a porta e saiu em direção à montanha branca e ofuscante, cobrindo rapidamente os olhos com um par de óculos de esqui espelhados, para suavizar a claridade. Via as formas dela, para baixo da passagem pela montanha, logo depois dos anexos. Parecia que Iris estava deitada no chão, mas ele não tinha certeza, só sabia que a cor estava errada – ela estava usando azul-claro, a cor de sua camisola longa, não a cor de sua parca. A primavera estava chegando, mas continuava fazendo um frio devastador. Augustine correu, passando pelas instalações anexas e a alcançou, parando a seu lado sem fôlego e quase cego por conta da luz branca. Iris estava sentada na neve, com as costas retas e as pernas cruzadas, vestindo apenas seu pijama de seda fino e as grossas meias de lã com que tinha dormido. Ele caiu ao lado dela – a adrenalina que o tinha ajudado a chegar ali tão rápido estava quase no fim. Começou a tirar a própria parca para entregá-la a Iris.

— Você está bem? — perguntou, tentando abrir o fecho da parca com dificuldade. — Cadê sua parca, meu Deus, sua *bota*? Faz quanto tempo que você está aqui, ficou *louca*? — Sua voz foi ficando cada vez mais alta, até que estava praticamente gritando. Ele enfim conseguiu tirar parca, usando-a como um cobertor para embrulhar Iris. Pegando suas mãozinhas minúsculas, sentiu o fluxo quente mas não quente demais da circulação saudável. Inclinou-se para trás e a observou, dessa vez com cuidado. Ela sorriu e suas sobrancelhas se curvaram com um quê de dúvida, como se estivesse preocupada – como se fosse ele quem estava agindo de forma estranha. Iris soltou suas mãos, esticou o braço e passou os dedos mornos em sua bochecha arrepiada de frio.

— Olha — ela disse, apontando na direção de um vale próximo dali. Ele seguiu seu dedo e viu o pequeno rebanho de bois-almiscarados que sempre observavam naquela época em que o sol estava só começando a voltar. O rebanho tinha desaparecido na semana anterior, ou talvez fossem duas semanas, sem dúvida após encontrar algum outro vale onde podiam pastar. Augie mal notara a ausência dos animais, mas era óbvio que Iris tinha notado. Ela prestava atenção a essas coisas.

— Eles voltaram — sussurrou, completamente extasiada. Augie ficou ao lado dela por um instante, observando os animais que remexiam a neve com o focinho, em busca da grama que estava logo abaixo. Ele fechou os olhos e recuperou o fôlego, ouvindo o leve chiado dos cascos na neve e os chifres que raspavam o chão congelado. Quando abriu os olhos, a expressão de Iris era de puro encantamento, o rosto estava iluminado pela curiosidade. Ao puxá-la para seu colo, ela não reclamou, apenas se aconchegou e apoiou a cabeça sobre o coração trêmulo de Augie. Ele a abraçou. Seus pulmões finalmente relaxaram, sua voz saiu da garganta e voltou a afundar no esterno. Soltou o ar, longa e lentamente. Em algum lugar um lobo uivou, mas estava muito longe e Augustine não sentiu medo. Estava apenas cansado e preocupado, duas sensações às quais começava a se acostumar.

— A gente pode voltar agora, por favor? — ele lhe perguntou.

Ela fez que sim, ainda com os olhos presos à manada, e juntos eles se levantaram. Ele abaixou a cabeça, viu as meias de Iris, encrustadas de neve, e perguntou:

— Quer que eu te leve no colo?

Os dois sabiam muito bem que ele mal conseguiria carregar o próprio peso pelo caminho de volta. Iris sacudiu a cabeça, colocando a parca de Augie em suas mãos, em um gesto firme e sem palavras, devolvendo-a à pessoa que mais precisava dela. Esperou que ele fechasse a parca novamente e depois os dois voltaram a subir a montanha com dificuldade, passando pelas instalações anexas e seguindo o ziguezague da passagem íngreme até chegarem ao observatório.

Na sala de controle Augie verificou as extremidades de Iris – cada dedo das mãos e dos pés e até a ponta do nariz, procurando pela queimadura que imaginava estar escondida em algum lugar. Ela deixou. Tentou se lembrar dos sintomas sobre os quais lera antes de se mudar para o Ártico: pele descolorida, uma textura similar a cera. Como não encontrou nada de errado, começou a duvidar da própria mente. Repassou os detalhes mais uma vez: o momento em que a vira da sala de controle, o azul brilhante de sua camisola em contraste com o branco da tundra, a crosta de neve e gelo grudada nos fios de lã de suas meias, a sensação de sua mão morna contra a bochecha dele e de seu corpo pequenino em seu colo. A manada diante deles, os ruídos dos animais pastando. Não havia espaço para dúvida em suas lembranças.

Sua mente rebobinou para o início. Visualizou o momento em que a encontrara, logo depois da evacuação, sozinha em um dos dormitórios das instalações anexas, sentada na parte de baixo de um beliche, abraçando os próprios joelhos. Pensou na primeira vez que ela havia falado, para perguntar quanto tempo a noite polar iria durar; nos dois andando juntos sob as estrelas vívidas; na ida ao hangar, no lobo, nos sons de aflição da menina e na severidade de seu sofrimento; na febre que ele tivera, nos sonhos enfermiços, no cuidado que ela demonstrara durante todo o processo. Será que também tinha adoecido? Estaria doente de alguma forma que ele não podia ver? E ele, também estava? Talvez ainda estivesse na cama – ainda tomado pela febre depois de matar o lobo no hangar.

Ao segurar o braço dela, encontrou a pulsação, um pulso enérgico. O cabelo de Iris estava embaraçado e oleoso, montes grossos de cachos opacos caindo ao redor de seu pescoço e uma auréola de mechas mais curtas e mais macias emoldurando seu rosto muito branco. Ele apertou seu antebraço e observou a impressão digital breve e branca aparecer e em seguida sumir, ficando cor-de-rosa. Ela era uma menina normal e saudável. Iris o observou com um ar sábio, como se estivesse lendo sua mente, o que ao mesmo tempo o tranquilizou e o inquietou. Ele pediu que não saísse do observatório sozinha e ela deu de ombros, um gesto que o encheu de irritação. Não tinha pedido por nada daquilo, não queria companhia, nunca tinha concordado em ser responsável por outra vida, muito menos naquele momento, no fim de seus dias, mas... lá estava ela. E ele também. E eram obrigados a continuar juntos.

Augustine a observou por um instante, seu cabelo desgrenhado, a forma como os cachos ameaçavam se fundir e se transformar em dreadlocks grossos. Havia algo de feral nela, percebeu, e de repente sentiu vergonha de si mesmo. Em um arroubo de determinação dominadora, resolveu buscar o pente de madeira que às vezes usava na própria barba. Quando o ofereceu a ela sem dizer nada, a menina pareceu não saber o que fazer com ele, olhando-o como se fosse um objeto exótico. O pente estava longe de ser ideal, e desembaraçar seu cabelo era uma tarefa árdua, mas Iris foi paciente e Augie estava decidido a fazer aquela criança – uma criança pela qual se tornara responsável – parecer mais uma menininha e menos um boi-almiscarado. Ele fez seu melhor. No fim ainda havia algumas partes que precisou aparar e Augie tentou igualar as pontas para que o resultado parecesse vagamente um corte de cabelo. Os cachos escuros terminavam de forma abrupta logo abaixo das orelhas e uma franjinha curta tornou-se necessária quando o emaranhado que lhe caía sobre os olhos se mostrou impossível de desfazer. Iris passou os dedos por seu novo cabelo e demonstrou sua aprovação com um aceno com a cabeça. Não havia espelho, mas ela pareceu gostar da flexibilidade e da súbita leveza, sacudindo-o para a frente e para trás para testar o movimento do novo corte.

Depois eles comeram juntos, em meio aos restos do cabelo opaco e escuro: sopa, biscoitos de água e sal e uma lata de gengibirra dividida entre os dois. Depois de varrer o chão e lavar a louça, Augie foi para sua estação de rádio amador e ligou o equipamento, afundando na cadeira. Já tinha se tornado uma rotina diária. Ele viu Iris abrir seu livro de astronomia e começar a ler, comprimindo os lábios e segurando a capa com força, como se o tomo pudesse sair correndo. De vez em quando ela esticava o braço e segurava um cacho entre os dedos, experimentando a textura, enrolando-o no dedo indicador e depois soltando-o. Ela ainda tinha um quê selvagem, Augustine pensou observando-a brincar com seu cabelo, mas era mais difícil apontar um motivo. Parecia uma vira-lata recém-adotada – pouco habituada a receber cuidados, mas não mais abandonada. Nenhum dos dois saiu de seu lugar até que o sol tivesse afundado e a luz do dia tivesse escorrido por detrás das montanhas, indo saturar algum outro céu.

***

O rastreamento de estações de rádio continuava tendo o sucesso que Augustine já esperava: nenhum. Mas mesmo assim ele perseverou. Era um crescendo que já conhecia bem, uma forte determinação que o guiara ao longo dos anos, o esforço violento para vencer, dominar, entender; sua busca fria pelo conhecimento. Mas daquela vez era diferente: ali, no fim de tudo, ele tinha desistido da glória e continuava lutando por motivos que iam além da ambição, por motivos que não compreendia completamente. Na sala de controle no terceiro andar, ele se instalou em frente à janela da face sul, com vista para a tundra que se estendia rumo a climas mais quentes. Enquanto rastreava as frequências, se reclinou em uma cadeira de rodinhas revestida de um couro preto macio, surrupiada da sala do diretor no primeiro andar. Com o monte de equipamentos de rádio antiquados à sua frente e o globo sépia que tinha resgatado de uma das instalações anexas à sua direita, ele se acomodava para passar o dia inteiro ali, apoiava os pés no armário de arquivo logo ao lado da mesa e girava preguiçosamente o globo enquanto vasculhava as frequências, deixando o dedo se arrastar pelos oceanos, ao longo dos continentes. No começo fez anotações a respeito das bandas que tinha rastreado, mas à medida que o tempo se desenrolava e ele passava pelas mesmas bandas várias vezes seguidas, permitiu que seu método se tornasse mais lúdico e passou a rastreá-las como se tirasse cartas de um tarô oracular.

Iris passava a maior parte do tempo lendo, sentada à mesa do lado oposto da sala. O palpite de Augie era que ela havia lido o guia de campo do Ártico de cabo a rabo várias vezes antes de deixá-lo de lado, e depois o trocara por um livro de astronomia que ele havia encontrado no fundo do armário de um dos assistentes de pesquisa, com capa laminada e uma etiqueta com um código decimal, abandonado no caos da evacuação. Um livro de biblioteca transviado – *muito adequado*, pensou, enquanto ela limpava a capa manchada com a manga da camiseta e depois a marcava com novas impressões digitais à medida que lia. O silêncio dos dois sentados em lados opostos da sala era amigável, ambos compenetrados em seus projetos solitários.

Augustine deixou que sua mente flutuasse e contemplou o mistério da proximidade de Iris: sentada na sala de controle e, no sentido mais amplo, juntando-se a ele no fim da civilização – o limite da humanidade, tanto no tempo como no espaço. Perguntou-se como aquilo acontecera, como ela chegara àquele lugar e como tinha ficado, de onde vinha, a quem pertencia, se sentia algo a respeito dessas questões; ela nunca dissera nada sobre aquilo, nem uma vez, e de certa forma parecia inimaginável que um dia dissesse. Iris era um enigma, mas era o enigma dele, e sua presença o estimulava a continuar trabalhando, a lutar sem uma expectativa racional de sucesso. Era possível, ele pensou, em um devaneio, que ela fosse a única coisa que o mantivera vivo por todo aquele tempo.

———

Augustine não dormiu aquela noite, depois que voltaram da tundra. Ele tentou, mas, quando Iris começou a balbuciar enquanto dormia, soube que não iria conseguir. Então afastou-se dos sacos de dormir o mais silenciosamente possível, o sussurro sintético do tecido pedindo silêncio enquanto ele escorregava para fora e alcançava ao piso frio. De frente para o rádio amador, conectou os fontes de ouvido no receptor e ligou o equipamento. Do lado de fora da janela, a tundra emanava um brilho azul por baixo do rubor rosa-amarelado da lua cheia. Ele se acomodou na cadeira para ouvir o ruído branco que vinha das ondas do rádio. De tempos em tempos olhava para o volume debaixo dos sacos de dormir para ter certeza de que ela continuava lá, que seu peito ainda subia e descia, talvez acompanhado pelo leve contorcer de uma mente inconsciente fazendo cócegas em um braço ou uma perna.

O sintonizador fazia a busca de maneira automática. Augie pegou um dos atlas do Ártico que vinham juntando pó na sala de controle, apoiando-o no colo enquanto ouvia, folheando as páginas. Depois de um tempo, chegou ao mapa desbotado do lago Hazen, bem no centro do livro, um imenso corpo de água que ficava a cerca de oitenta quilômetros ao leste do observatório e no qual os pesquisadores costumavam pescar nas horas vagas. Lembrava-se das várias viagens que tinham sido organizadas, às quais nunca ia embora sempre fosse convidado, e das inúmeras histórias que eram contadas e ele nunca ouvia. *Pescaria é coisa de terráqueo*, falava consigo mesmo, debochando dos colegas e voltando às imagens de alguma galáxia distante. Quando precisava de folga, preferia o glamour exótico de outros lugares – praias tropicais, resorts luxuosos, matas fechadas. Naquele momento, no entanto, aquela jornada era praticável. Era desejável, na verdade. Talvez uma aventura fosse exatamente o que ele e Iris precisavam: uma jornada para darem boas-vindas à luz que se fortalecia cada vez mais. A neve e o gelo da montanha, que duravam o ano inteiro, dariam lugar às flores silvestres e à brisa quente na região do lago, mais próxima do nível do mar. Talvez a mudança de ares fizesse bem à sua pequena companheira. Talvez fizesse bem aos dois. Teoricamente, algumas das temperaturas mais altas do arquipélago haviam sido registradas lá: amenas como os vinte graus possíveis no alto verão. Augie deixou o dedo deslizar, contornando a forma azul no atlas, traçando o longo declive da costa oeste. E por que não deveriam ir? Ele já estava havia algum tempo ouvindo ruído branco e fazendo transmissões para o nada. A esperança minguava ante à probabilidade. Precisava de uma mudança. Se partissem logo poderiam usar as motos do hangar. A camada de neve não duraria para sempre, mas havia tempo.

Ele levantou um dos fones de ouvido e ouviu a respiração de Iris por um instante, antes de deixar o fone voltar ao seu lugar na lateral de sua cabeça. Augustine se sentiu um animal acordando depois de um longo sono invernal. Talvez até encontrassem algo útil no lago, algo como... e de repente se lembrou. Deixou o fone de ouvido pendurado ao redor do pescoço para ouvir os próprios pensamentos sem a estática tartamudeante. A costa do lago Hazen se gabava de ter uma pequena estação meteorológica com equipe sazonal havia décadas, desde os anos 1950, quando a comunicação via rádio era a única opção. Ele se lembrou da matriz de antenas que tinha visto em fotografias mais recentes da estação – imensamente superior à antena que havia no observatório. Tudo sugeria que o equipamento de transmissão também seria mais potente. Fechou o atlas com um movimento brusco. Mais um motivo. Estava decidido. Eles iriam.

Augustine estava rabiscando planos e listas de suprimentos quando o sol nasceu e Iris começou a se remexer. Ela se levantou enrolada em um saco de dormir, como se fosse um longo manto com capuz, e andou lentamente até onde ele estava, com seu novo cabelo arrepiado em direções inesperadas. Tocou o caderno em que Augie escrevia e em seguida apoiou a mão em seu ombro, encolhendo-se como se dissesse "como assim?". Ele cobriu mão dela com a sua e virou a cadeira para ficarem frente à frente.

— A gente vai viajar.

# OITO

— Que merda você fez? — Ivanov gritou para Tal, que brandia seu tablet de monitoramento de radar como se fosse uma arma. As vozes de ambos ressoavam pela centrífuga, atraindo todos em sua direção.

— Eu não fiz porra nenhuma — Tal retrucou, também gritando, o rosto vermelho feito uma beterraba. — Estou olhando para essa tela a manhã inteira e não aconteceu *nada*. Nem detritos, nem asteroides, nada num raio de oitenta quilômetros.

— Pois é, mas *alguma coisa* colidiu com a antena, não foi? Talvez, como estamos no principal cinturão de asteroides, tenha sido um *asteroide*, caralho! Ou você acha que a antena caiu sozinha?

— Chega! — Harper gritou. — Já chega.

Tal jogou o tablet em seu beliche e foi andando até o fogão, ficando de costas para o grupo enquanto se acalmava. As veias no pescoço de Ivanov continuavam protuberantes, mas por ora ele cruzou os braços e ficou de boca fechada.

Harper ajeitou a postura, como se pudesse invocar fisicamente o poder de seu comando diante da tripulação reunida.

— Quero discutir formas de restaurar nossa capacidade de comunicação e neste exato momento não dou a mínima para o que aconteceu nem como aconteceu, a não ser que isso seja relevante para chegarmos a esse objetivo. A essa altura a recuperação da antena provavelmente é impossível. Outras opções?

Os tripulantes ficaram em silêncio, olhando para o chão. Tal continuou de costas. Sully conseguia ouvir o chiado baixo e agudo dos dentes de Ivanov rangendo. Thebes estalava as juntas dos dedos, uma por uma. Devi desenhou um círculo no chão com a ponta do sapato.

— Outras opções — Harper repetiu, e dessa vez havia um alerta em seu tom de voz. — Agora.

— Podemos construir uma antena nova — Sully sugeriu. — Acho que tenho todos os componentes principais, ainda mais se usarmos o paraboloide do módulo de pouso. A sensibilidade não vai ser tão alta, mas deve funcionar.

Thebes entrelaçou os dedos e começou a sacudir a cabeça.

— Uma antena substituta é algo plausível, eu concordo — disse ele. — Mas a instalação vai exigir muita atividade extraveicular... Provavelmente duas caminhadas espaciais, uma para avaliar os danos e preparar o local, outra para a instalação em si. O risco é inevitável. Acho que devemos seguir esse plano, mas não precisamos ter pressa. A Terra não estava dizendo muita coisa, de qualquer forma.

— É um bom argumento — disse Sully. — As transmissões programadas das sondas se perdem se os receptores estiverem fora do ar, mas essa não é exatamente nossa prioridade neste momento. Nem tenho certeza de que o novo sistema conseguiria captar esses sinais, e no ínterim a Terra tem estado em silêncio todo esse tempo... Nenhuma poluição sonora, nenhuma atividade de satélite, nada. Eu tenho verificado. Tudo tem estado espantosamente quieto. Então é melhor irmos com calma para fazer do jeito certo.

Tal finalmente se virou e voltou a encarar o grupo.

— Se me derem alguns dias, posso tentar aumentar a sensibilidade do radar. Não sei se vai funcionar, mas há chances. Se vamos mandar gente viva lá para fora, eu gostaria de entender como está a população de micrometeoroides.

Os dentes de Ivanov rangeram de novo e o barulho fez Sully sentir aflição. Devi ainda não tinha dito nada. Harper suspirou e passou as mãos pelos cabelos, fazendo, sem perceber, *tsc tsc* com a língua enquanto pensava no assunto. Ele cruzou os braços e os descruzou em seguida. Enfim falou:

— Então vamos avaliar os danos da melhor forma possível daqui de dentro e começar a trabalhar na substituição da antena. Sullivan, Devi, Thebes, quero que vocês três trabalhem nisso juntos. Sully, não vamos nos preocupar com as sondas jovianas. Se pudermos captar os sinais, ótimo; se não, a Terra é o nosso foco. Tal, quero que você se dedique ao sistema de radar, para descobrir o que arrancou um pedaço da nave e o que podemos fazer para prevenir ou pelo prever antes de acontecer de novo. Ivanov, nós dois vamos fazer um balanço dos danos na câmera extraveicular. Obrigado, pessoal. Não se apressem, tomem cuidado, mas vamos em frente.

Devi não havia dito nada desde o início da reunião e Sully não sabia se ela tinha prestado atenção. Mas, quando as duas saíram da centrífuga para olhar o equipamento do módulo lunar, Devi virou-se para ela e começou a tagarelar. Estava cheia de ideias para a antena substituta que estavam prestes a construir juntos. Por baixo do fluxo de consciência sem fim da colega, Sully deixou escapar um leve suspiro de alívio. Se havia alguém que podia fazer aquele plano funcionar, era Devi.

———

Finalmente havia trabalho a fazer. Um trabalho importante. A *Aether* fervilhava pela primeira vez depois de deixar o espaço joviano, quatro meses antes. Sully, Devi e Thebes começaram andando pela nave em busca de componentes que pudessem ser usados. Eles roubaram a antena do módulo de pouso lunar e a cabine de comunicações estava cheia de duplicatas que podiam surrupiar. O projeto da antena substituta já estava progredindo quando Harper e Ivanov informaram que tinham conseguido descobrir muito pouco analisando o local de instalação. Sully e os engenheiros usaram a mesa da Terrinha como área de preparação, para que suas ferramentas não ficassem flutuando.

Continuavam trabalhando na antena quando as principais luzes de LED da Terrinha enfraqueceram automaticamente, sinalizando o fim do dia. Todas as luminárias dos compartimentos individuais estavam acesas, dando à centrífuga o brilho suave de uma iluminação de velas. Era meia-noite, de acordo com os relógios, mas as restrições do tempo já não pareciam relevantes. Eles estavam cansados, mas também revigorados. Aquele problema os acordara, os forçara ao presente. Finalmente tinham algo a fazer, um motivo para prestar atenção ao que acontecia. Até Ivanov reagira bem, agindo de forma mais amigável em meses.

Sully e Devi estavam cuidando da construção praticamente sozinhas, enquanto Thebes lhes entregava ferramentas e preparava os componentes de que precisavam.

— Furadeira — disse Devi, e Thebes colocou a furadeira em sua mão antes mesmo que ela pudesse levantar a cabeça.

— Alicate — Sully falou, e no mesmo instante Thebes apareceu a seu lado.

A construção da nova antena estava andando mais rápido do que qualquer outro projeto desde que a equipe trabalhara na logística dos pousos nas luas jovianas. Depois que Thebes e Devi saíram, Sully ficou sentada à mesa por mais uma hora. Ela fez mais alguns ajustes, mas principalmente pensou. Depois de organizar o espaço de trabalho, andou em direção aos compartimentos em que a tripulação dormia. Tal estava no sofá, lendo um caderno cheio de cálculos muito densos e ao mesmo tempo mexendo no tablet em seu colo. Harper e Ivanov estavam conversando em voz baixa perto do lavabo. Harper disse algo que ela não conseguiu ouvir direto e um sorriso sincero surgiu nos lábios de Ivanov. Ele então apoiou uma das mãos no ombro do comandante por um segundo e em seguida entrou no lavabo, enquanto Harper seguiu para o próprio compartimento. Sully notou que Ivanov tinha deixado sua cortina aberta. Olhando lá dentro, viu fotos que mostravam rostos corados e cabelos loiros, quase brancos, cobrindo todas as superfícies. Era a família dele e todos sem exceção sorriam. Ivanov voltou antes do esperado e a flagrou olhando. Ela ficou vermelha, esperando uma bronca, mas ele não pareceu incomodado.

— Exagerei um pouco, não acha? — ele perguntou.

Sully balançou a cabeça.

— Claro que não — ela respondeu.— Acho que está perfeito. Eu queria ter trazido mais coisas de casa, mas eu não... Bom, não pensei que fosse querer tanto.

— Você tem uma filha — disse ele, e não era uma pergunta, mas uma afirmação. — E seu marido... ele não entendeu?

Ela ficou surpresa, a princípio com sua coragem, mas depois com sua precisão. De alguma maneira, lá no fundo Ivanov a compreendia, e isso a surpreendeu. Não se falavam havia semanas, mas de repente ele a enxergou com mais clareza do que ela enxergava a si mesma. Lembrou-se de tê-lo visto jantando com a família no café ao ar livre em Houston, da ternura com que cortava a comida da filha em pedacinhos, da enorme atenção que dedicava à esposa enquanto ela contava uma piada, o amor visível no rosto de todos.

— Não, ele não entendeu — Sully disse.

— Minha esposa também não, mas tentou, e acredito que tenho muita sorte por isso. — Ivanov lhe deu uma palmadinha no braço. — Nem todo mundo tem uma vocação — disse ele, e em seguida encolheu os ombros. — Acho que eles têm dificuldade para entender. Boa noite. — E então entrou em seu beliche e fechou a cortina.

A única fotografia de Lucy pareceu tão pequena onde estava presa à parede, o espaço vazio ao redor era como um oceano. Sully esticou o braço e tocou o rosto da filha, já manchado de impressões digitais. Ela desligou a luz e se deitou na escuridão, mas, mesmo de olhos fechados, o negativo da fotografia lhe queimou o interior das pálpebras. Pensou que não iria conseguir dormir, de tão energizada que estava pela renovação do trabalho da equipe. Mas depois de um tempo adormeceu e sonhou com vagalumes que vestiam roupas de menina.

A luz da manhã cada vez mais forte para além de sua cortina a arrancou de seus sonhos, mas ela tinha ido dormir havia poucas horas. Fechou os olhos, ignorando o despertador, e quando os abriu de novo eram quase 1100. Enquanto vestia seu macacão e trançava seu cabelo, já tinha começado a pensar, planejando um suporte para a antena substituta. Harper estava diante da mesa comprida com um conjunto de plantas baixas da *Aether* abertas à sua frente e uma xícara de café solúvel. Ele não levantou a cabeça quando ela se sentou no banco ao lado dele.

— Dia! — disse ela, animada. Harper estava com as pálpebras inchadas, os cantos dos olhos vermelhos. Ele continuou olhando para baixo. — Conseguiu dormir um pouco, pelo menos? — ela perguntou.

Ele pareceu levar um susto.

— Ahn? Ah, não, não muito. Preocupado.

Ela olhou as plantas com mais atenção e viu que ele tinha começado a fazer anotações para as caminhadas espaciais.

— Quem vai fazer as caminhadas? Já decidiu?

Harper suspirou e esfregou a base das mãos nos olhos.

— Tem que ser você — disse ele vagarosamente, deixando as mãos caírem no colo — e tem que ser a Devi.

Sully assentiu. Havia algo de estranho em sua linguagem corporal, um ar relutante. Será que pensava que ela não fosse querer fazer a caminhada? Ou estava preocupado com Devi? Esperou para ver se ele diria algo mais e, depois de um instante, Harper acrescentou:

— Não sei se a Devi está em condições de fazer isso... emocionalmente. Mas também não sei se lá fora o Thebes vai conseguir improvisar tão bem quanto ela. Estou pensando nisso há horas. Tem que ser a Devi.

— Ela dá conta — disse Sully, mas, quando viu a expressão de desespero no rosto dele, de repente a mesma dúvida cruzou sua mente. Pensou nos pesadelos de Devi, em suas falhas recentes com os cuidados da nave. Nunca vira Harper tão indeciso e aquilo a assustou. Afinal de contas, ele era o comandante da nave. — Eu vou estar com ela e teremos você e o Thebes falando com a gente, nos guiando. Vai ficar tudo bem, Harper. A gente vai conseguir. Agora vai descansar um pouco, que você está um caco.

Ele deu risada.

— "Caco" é apelido...

Sully teve um impulso de esticar o braço e ajeitar o tufo de cabelo que estava em pé no alto da cabeça dele, como talvez tivesse feito com Lucy, mas não o fez.

— É mesmo. Eu exijo que você durma por algumas horas. Nós temos tempo, não se desgaste com isso.

Harper fez que sim.

— Eu sei, é que... Estou preocupado com... — Ele a encarou por um longo momento e em seguida baixou os olhos. Ela esperou, mas dessa vez ele não terminou a frase.

Sully esticou o braço e apertou o ombro dele. Depois pôs a mão no bolso do macacão, como que para se proibir de tocá-lo de novo.

— Também estou preocupada, mas ela é mais inteligente do que eu e você juntos. Se ela não conseguir, ninguém mais consegue. — Sully disse isso em um tom leve, mas Harper não estava sorrindo.

— Eu sei — disse ele. — É isso que me preocupa.

———

Dois dias depois, a antena substituta estava pronta e a primeira caminhada foi programada. Sully andou até a cabine de comunicações por força do hábito antes de perceber que sem antena não teria o que fazer lá. Ela passou os dedos pelos controles e botões das máquinas que contornavam as paredes, os visores escuros, os alto-falantes silenciosos. A cabine parecia mais um túmulo do que um módulo de comunicação. Quanto mais ficava ali, mais macabro o silêncio se tornava. Depois de um tempo ela saiu flutuando e atravessou o corredor, indo em direção ao deck de comando e à cúpula.

Devi estava lá, flutuando diante da visão envidraçada, com as mãos encostadas na grossa sílica vítrea. O coque bagunçado na nuca se afastava da cabeça dela, pairando como uma nuvem negra entre suas omoplatas. Ela estava vestindo um macacão vermelho-escuro, o mesmo de sempre, as pernas dobradas acima dos tornozelos, dois ou cinco centímetros de pele à vista entre o branco das meias e o vermelho do traje. Não usava sapatos. Para lá do vidro havia uma grande escuridão, cheia de profundidade e movimento e imobilidade e uma centena de milhão de pontinhos de luz que ficavam muito distantes para iluminar qualquer coisa, mas eram brilhantes demais para se ignorar.

— O que você está vendo? — perguntou Sully, pegando impulso para entrar na cúpula de cabeça e flutuar ao lado dela.

— Tudo — disse Devi, com ar de nervosismo, mexendo no zíper de seu macacão. Ela o puxou até o pescoço, depois voltou a abri-lo até o esterno, e repetiu esses movimentos sucessivamente até que o tecido cinza mesclado de sua blusa ficou preso nos dentes de plástico. Não fez questão de soltá-lo. — E nada. É difícil dizer.

Elas pairaram juntas em silêncio, olhando para a vastidão esvaziada. A ideia de entrar no vazio, de habitar o vácuo, fez a Terra parecer ainda mais distante. Lá fora não havia rede de proteção, nada que pudesse ancorar um astronauta flutuante à nave; só havia os cabos finos e as duas. Sully começou a dizer algo sobre a caminhada espacial, mas parou, não querendo falar sobre o assunto em um momento inoportuno e de repente pensando que talvez Harper ainda não tivesse falado com a colega.

— Eu sei — Devi disse de repente — da caminhada. Ele me falou ontem à noite. Ele está preocupado, não está? Porque eu tenho ficado tão... desconectada. E com você. Ele também está assim porque está apaixonado por você. Ele não tem que se preocupar. A gente vai resolver tudo isso.

Sully ficou atordoada e em silêncio por um longo instante. Ela já sabia que Devi tinha a capacidade de ver além da superfície – na maior parte do tempo dedicava esse talento a objetos mecânicos inanimados, mas, nas raras ocasiões em que se voltava para assuntos humanos, dizia verdades chocantes com uma precisão robótica. Era desconcertante. Sully sentiu uma onda de calor subindo pelo pescoço e tentou evitá-la. Devi dissera aquilo de forma tão simples, tão objetiva. Ela não questionou a veracidade daquela afirmação e foi um alívio, de certa forma, ouvir aquelas palavras ditas em voz alta. Saber que suas ideias a respeito do que poderia acontecer entre ela e Harper quando voltassem para a Terra eram calcadas em algo real, algo que tinha sido quantificado, qualificado e nomeado por alguém que estava do lado de fora – pela pessoa mais inteligente que conhecia. E continuava não sendo a hora certa. Ela não podia pensar em Harper naquele momento, não daquela maneira. E talvez a hora certa nunca chegasse. Evitou pensar nas palavras de Devi e se concentrou na caminhada espacial, olhando através da cúpula com determinação e um só propósito.

Depois de um instante elas ouviram Thebes chamar Devi. Antes de sair, ela pegou a mão de Sully e a apertou.

— Você também não precisa se preocupar — falou.

Com isso pegou impulso com os pés e seguiu pelo corredor. Sully ficou ali por um bom tempo, pensando. Ela observou o posicionamento incomum das estrelas diante de si até se convencer de que tinha reconhecido a Ursa Menor em meio ao caos. Estava em um ângulo estranho, mas só podia ser a ursinha que conhecia tão bem. Ela teve certeza e foi bom ter certeza de alguma coisa.

---

Sully e Devi repassaram o plano da missão com Harper dezenas de vezes, recitando suas ações como atores recitariam suas falas. As duas mulheres estavam tranquilas; o treinamento em Houston as havia preparado para todo tipo de reparo extraveicular e a primeira caminhada seria relativamente simples. Thebes estava verificando os trajes enquanto Tal não tirava os olhos do sistema de radar. Ivanov se ocupou apontando erros no código de computador atualizado por Tal, encontrando defeitos no plano de missão de Harper e mencionando, para Thebes, falhas no traje espacial que seriam altamente improváveis – uma equipe de testes de um homem só que lhes mostrava os pontos cegos da estratégia, as falhas da abordagem. Para variar, todos agradeceram suas críticas.

À medida que os preparativos foram sendo finalizados e a tripulação começou a se preparar para a caminhada, a camaradagem bem-humorada que tinham desenvolvido em Houston veio à tona, aquela sensação que haviam tido no bar antes do lançamento, quando ouviram a jukebox e beberam tequila juntos. Tal voltou a fazer piadas e Ivanov chegou até a sorrir para uma ou duas. Devi estava falando sem parar, empolgada com o projeto, engajada com a tripulação e com as tarefas mecânicas que lhe tinham confiado, e Thebes pareceu soltar um suspiro aliviado só de ver a tripulação reunida. Todos sentiram o impulso da situação os propelindo. Sully estava esperançosa como não ficava havia meses. Quem sabe as frequências da Terra não começariam a transmitir mais do que silêncio assim que as comunicações fossem possíveis de novo? Só Harper parecia estar em dúvida. Mesmo que a equipe estivesse envolvida no desafio de ressuscitar o sistema de comunicação, ele supervisionava o trabalho de todos com um ar apreensivo.

Na véspera da caminhada, Harper puxou Sully de lado no deck de comando. Enquanto falava, atrás dele o breu reluzente da visão da cúpula a hipnotizou. Era eletrizante. Sabendo que em poucas horas sairia pela câmara de ar e entraria no vazio, teve dificuldade para se concentrar no rosto dele, para afastar o olhar dos sutis movimentos dos átomos que rodopiavam a poucos centímetros do vidro e encontrar seus olhos, que a encaravam profundamente.

— Sully — disse ele. — Sully. — Ela não fazia ideia de quantas vezes ele já tinha dito seu nome.

— Sim, desculpa, estou ouvindo.

— Eu quero que você me prometa que se tiver alguma coisa estranha, se alguma coisa começar a dar errado, mesmo que seja só um pouco, você vai abortar a missão e voltar na mesma hora para a câmara de ar. Eu sei como é estar lá fora, mas, por favor… Não ter as comunicações on-line não vai matar ninguém. Sempre podemos tentar de novo. Sempre podemos esperar para aportar na Estação Espacial Internacional. Sempre podemos… Não sei, mas temos outras opções, tá? Sei que ficamos próximos nesses últimos meses, você e eu… Porra, Sully, a gente já quase não se diverte… Mas preciso saber que você vai obedecer às minhas ordens quando estiver lá fora. Me diz que você entendeu.

— Entendido, comandante.

— Então combinado. Descansa um pouco. Abrimos a câmara de ar amanhã às 0900, vamos nos preparar.

Harper se virou e voltou flutuando para a Terrinha, deixando Sully sozinha no deck de comando. Ela o observou indo embora e em seguida permitiu que seu olhar flutuasse novamente em direção à cúpula. Pensou nas palavras de Devi, se perguntando como seria sentir o mesmo que Harper – se é que já não sentia. Sem saber a resposta, tentou rejeitar aquela possibilidade e deixou o brilho negro do espaço preencher sua imaginação com todo o seu vazio.

# NOVE

Augustine foi andando sozinho até o hangar. Iris ficou para trás, com os preparativos. A caminhada exigiu muito dele, mas de certa forma pareceu a coisa certa, como um castigo por seus muitos pecados. No hangar, tudo estava como tinham deixado. As portas de carga e descarga estavam abertas e a neve tinha entrado e se acumulado em encostas esculpidas pelo vento, a constelação de soquetes continuava espalhada pelo concreto manchado de combustível. As duas motos de neve estavam descobertas e a lanterna que havia levado para a última jornada continuava exatamente onde a deixara. Ele tentou dar partida na moto de neve que conseguira fazer funcionar da última vez, mas em meio ao tumulto havia deixado a chave na posição de LIGADO e a bateria se esgotara. Augie testou a outra e com persistência conseguiu fazê-la funcionar. Pisava no acelerador toda vez que o motor perdia velocidade e, depois de um tempo, o veículo começou a emitir um zunido tranquilo – a lataria cinza e lustrosa vibrava e uma fumaça branca saía do escapamento –, dispensando suas intervenções.

Augie sentou-se e analisou os controles. Estava acostumado a ser o passageiro daquela máquina específica, mas em alguns instantes decidiu que já tinha se inteirado das principais funções. Quando era jovem, andava de moto – uma moto de neve não devia ser tão mais difícil. Não havia faixa amarela dupla, nem trânsito, nem nada em que pudesse bater, era só movimento para a frente pela tundra vasta e vazia. Ele saiu de ré do hangar sem grandes dificuldades e recolheu alguns dos galões de combustível cheios com o veículo em ponto morto, depois os prendeu ao suporte de bagagem com uma corda elástica. Pensou na cova tingida de cor-de-rosa que estava a poucos metros dali, arruinando a pista imaculada. Evitara aquela direção, mantivera os olhos presos ao hangar, mas naquele momento, prestes a seguir viagem, percebeu que não conseguia partir sem ao menos lançar um olhar rápido para a escada tombada e o monte de neve ensanguentada.

A roda solta da escada ainda girava preguiçosamente ao vento e a fina camada de neve nova e macia que cobria a tundra já abarrotada se movia pelo chão em espirais emaranhadas e guiadas pelo vento. Passando a perna por cima do assento da moto, Augie deu as costas ao túmulo e sentiu as vibrações do veículo em sua corrente sanguínea, sacudindo seus órgãos à medida que pisava no acelerador e se afastava do hangar para voltar a subir a montanha.

Iris abriu a porta da sala de controle e desceu a escada saltitando para encontrá-lo no meio do caminho.

— A gente vai de moto? — ela perguntou, ofegante. Nunca a tinha visto reagir assim, com tamanha alegria. Seu rosto inteiro pareceu transformado, tornando-se mais infantil e menos selvagem. Ele se lembrou de que ela era só uma menininha e essa consciência trouxe à tona sentimentos que não compreendia de todo. Ternura, talvez, mas também outra coisa, algo mais soturno: medo. Não dela, mas por ela. Será que a jornada era segura? Será que ele havia pensado em todos os detalhes? Será que deveria ser mais zeloso com aquela pequena centelha de vida que de alguma forma acabara sob seus cuidados? Perguntou-se o que o pai dela faria em seu lugar, mas esse pensamento era tão bizarro, tão incompreensível, que ele afastou o medo e a ternura e ocupou a cabeça com outras coisas.

Na sala de controle, os dois repassaram os suprimentos. Havia tantas coisas que precisavam levar, tantas coisas que precisavam deixar para trás, e sabiam tão pouco sobre a estação meteorológica do lago. Era impossível saber o que encontrariam lá. Reuniram as necessidades básicas: a barraca e os sacos de dormir térmicos, comida e água, combustível extra, uma troca de roupas muito quentes para cada um, capacetes e óculos de proteção, um fogareiro de acampamento, um mapa, uma bússola e duas lanternas. Encararam todo o resto como itens supérfluos que só levariam se sobrasse espaço: os livros de Iris, mais roupas, baterias adicionais e um segundo galão de combustível. Eles arrastaram a bagagem e a fixaram ao veículo. Com uma passageira e todo aquele equipamento, a moto de neve teria que aguentar muito peso, mas Augie estava encolhendo com a idade e Iris sempre tinha sido um chaveirinho. O veículo era robusto, feito para enfrentar terrenos íngremes e intocados e suportar um peso considerável. Podia não lidar tão bem, mas os levaria aonde precisavam chegar.

Fecharam o observatório, cuidando para que houvesse aquecimento suficiente para que a tubulação não ficasse congelada e o telescópio não rachasse. Enquanto regulava a caldeira, Augie se perguntou para quem a deixava acesa

– talvez para eles mesmos, se precisassem voltar, ou talvez para ninguém, se o Lago Hazen se revelasse um local acolhedor. Cedo ou tarde a caldeira ficaria sem combustível, é claro. O frio invadiria o prédio, a tubulação ficaria congelada, as enormes lentes do telescópio rachariam. A geada entraria pelas janelas e mais cedo ou mais tarde tomaria conta de seu santuário, a aconchegante sala de controle, assim como havia acontecido com o restante do posto. Não ia demorar para o inverno se mudar para cá de vez.

Iris envolveu a cintura de Augie com os bracinhos e os dois seguiram em direção à tundra, desviando para o leste antes de o hangar surgir no horizonte. Segurou firme, agarrando-se a ele, enquanto as pedras cobertas de neve sacudiam os dois de um lado para o outro. O capacete dela era um pouco grande e ele havia insistido que usasse três gorros como enchimento. Os óculos de proteção também estavam largos – o único olho aberto e amarelo engolia praticamente seu rosto inteiro –, mas um alfinete apertava o elástico ao redor da cabeça tão pequenina. Quando enfim chegaram ao nível do solo, a travessia ficou mais tranquila e Iris relaxou as mãos. A jornada já havia começado – não adiantava mais questionar as decisões. Depois de dirigir por quatro ou cinco horas pelo amplo espaço branco, Augustine deixou a moto de neve desacelerar e parar.

Eles desceram para beber um pouco d'água e comer biscoitos água e sal. O rosto de Iris estava terrivelmente vermelho e marcado pelo contorno branco dos óculos, e mechas de cabelo escuro escapavam dos vários gorros, enrolando-se de maneira bagunçada em suas bochechas. Por ora ela parecia empolgada com a aventura. Augustine olhou para trás, observando o caminho que tinham trilhado, mas a silhueta do observatório já havia desaparecido.

A atmosfera ao redor deles era turva e cintilante graças à cortina de neve que ondulava em sintonia com o vento. Ele estava concentrado desde que saíram, contando os quilômetros, lutando contra o impulso de dar meia-volta e retornar à toda velocidade à segurança que tinham deixado para trás. Apegava-se à vaga esperança que se estendia à frente, à crença de que estavam fazendo a coisa certa. O vazio imóvel que os rodeava era ameaçador.

Quando terminaram de comer, Iris voltou a colocar os óculos e depois os gorros, um por um. Augustine amassou o pacote dos biscoitos e o enfiou no bolso da parca enquanto Iris subia na moto de neve. Ele pressionou o botão de arranque, mas nada aconteceu. Pressionou-o de novo. Nada. Seu coração começou a bater mais rápido e ele soltou um suspiro longo, lento, glacial. *Calma*, pensou. *Estava funcionando há cinco minutos.* Tentou mais uma vez, depois remexeu a chave, o regulador, mais uma vez o botão de arranque. Apoiou os óculos no pescoço, encarando a moto de neve emudecida, sem acreditar no que via. Ele desceu e deu um passo para trás, como se dali pudesse enxergar melhor o problema, mas tudo o que viu foi uma máquina que não compreendia. Um pânico amargo lhe subiu pelo fundo da garganta. Estavam à deriva, a quilômetros do observatório e a ainda mais quilômetros da estação meteorológica. Não havia nada entre um e outro – nem oásis, nem abrigo, nada além da tundra vazia e interminável. Era provável que morressem congelados se tentassem caminhar. Iris se remexia inquieta na garupa da moto, esperando para ver o que ele faria. Augustine despencou na neve – não por escolha própria, mas porque suas pernas não o amparavam mais. Havia sido muito tolo em abandonar o único santuário que havia naquela ilha abandonada. Apoiou a nuca na lateral do veículo e olhou para o redemoinho branco do céu lá no alto. O vento já começava a apagar seus rastros. Só restava isto: a morte quieta e fria que só agora passava a considerar intolerável. O pé pequenino de Iris encostou em seu ombro e, sem pensar, ele esticou o braço e agarrou a bota da menina com a mão enluvada, segurando-a contra a bochecha.

— Desculpa — disse ele, mas o vento levou suas palavras embora antes que pudesse ter certeza de que as pronunciara. Fechou os olhos e sentiu a ferroada da ventania nevada na pele exposta. Detrás das pálpebras viu pontinhos de luz espalhados pela escuridão e quando abriu os olhos a intensa brancura da neve o cegou por um instante. Seria um fim silencioso – eles poderiam tentar seguir em frente ou voltar atrás, ou ficar onde estavam, ao lado da moto de neve imóvel. Em todas as direções Augustine via a mesma conclusão. O mesmo desfecho. Imaginava os olhos de Iris costurados pelo gelo, um azul de hematoma se infiltrando por suas bochechas. Era culpa dele. Ele os trouxera até ali, ele os havia tirado da segurança do observatório e os levado àquele deserto branco e hostil.

Já tinha olhado por um tempo a válvula de combustível, que ficava escondida ao lado do apoio para pé do lado direito, quando se deu conta do que via: um interruptor parado entre as posições de LIGADO e DESLIGADO. Augustine se ajoelhou e aproximou o rosto da válvula. As palavras eram inconfundíveis – talvez Iris tivesse chutado o interruptor quando desceu? Ele o girou até a posição de LIGADO e se levantou lentamente. Fez um apelo mudo quando levou a mão ao botão de arranque. A moto de neve voltou à vida com um rosnado e o alívio inundou o corpo de Augie. Suas mãos tremiam no guidão e ele as apertou para dissipar os tremores. Sentiu a ameaça da paisagem mais do que nunca, mas apesar dela seguiu adiante com a moto – rumo ao espaço em branco, que se estendia por quilômetros finitos disfarçados de infinidade, sob um sol baixo e indiferente.

Quando a luz começou a esmorecer, eles pararam e armaram a barraca para passar a noite. Augie vinha procurando uma rocha, uma árvore ou até um monte de neve que pudesse bloquear o vento e proteger um pouco o acampamento, mas não havia nada em nenhuma das direções, então ele fixou a barraca ao lado da moto. Ela tinha formato de tenda, um cone alaranjado no meio do cenário branco. A fluorescência do tecido destacava os tons azuis da neve. Enquanto se acomodavam, Iris tirou o capacete e dois dos três gorros e passou o jantar inteiro com a touca verde-esmeralda com um pompom no alto e os óculos amarelos. Não havia material para fazer uma fogueira. Os dois se amontoaram do lado de dentro enquanto o vento uivava ao redor, empurrando e esticando o tecido alaranjado contra as estacas de alumínio. Os pinos da barraca chiavam em seus buracos rasos. Augustine torceu para que aguentassem até a manhã seguinte, para que a cobertura não saísse deslizando pela vastidão lisa e escorregadia da tundra enquanto dormiam. Ele tinha enterrado os pinos na neve sólida o máximo que a lata de feijões assados que usara como martelo havia permitido. Eles aqueceram os mesmos feijões sobre o fogareiro a querosene, com a barraca aberta para que o ar circulasse. A escuridão se alastrou.

Iris cantarolava, acompanhando o som que o vento fazia ao atingir o tecido. Palavras eram inúteis, não havia nada a dizer. Augustine mastigou a comida e ouviu o gemido desolado da corrente de ar, que de repente lhe pareceu aterrador e mais uma vez se perguntou se deviam voltar. Se cometera um erro ao afastar Iris da segurança já conhecida do observatório. Depois do jantar, os dois saíram pela abertura da barraca para ver as estrelas. O céu estava repleto delas, mas naquela noite as constelações não passavam de um simplório pano de fundo para o rio ondulante da aurora boreal, que fluía pelo ar em correntes verdes e roxas e azuis de luz dançante. Eles se afastaram um pouco do brilho do lampião elétrico que queimava do lado de dentro, hipnotizados pela aurora, prontos para seguir uma das trilhas cintilantes de luz, para subir direto ao céu. Depois de um tempo, as luzes esmaeceram e sumiram. Augie se virou, sem saber ao certo quanto tempo tinham passado ali, e viu a casca laranja iluminada da barraca e um último fio verde brilhando sobre ela e desaparecendo pouco a pouco.

Naquela noite dormiram profundamente, com o fôlego se elevando das narinas como vapor, com os corpos bem agarrados, buscando inconscientemente algum calor, enquanto o vento continuava uivando e cantando ao seu redor.

———

Pela manhã comeram outra lata de feijões, dessa vez com pedaços de porco, e em seguida desarmaram a barraca. Limparam os vestígios da noite da tundra e mais uma vez seguiram rumo ao leste. O dia se esparramou diante deles, pálido e infinito. Não parecia que avançavam pelo caminho, e sim que andavam sobre uma esteira invisível. Mais tarde viram uma lebre-do-ártico passando pela tundra, saltando com energia sobre as patas traseiras como se estivesse montada em um pula-pula, mais interessada na altura do que na distância. Naquela noite, quando montaram o acampamento mais uma vez, viram mais uma lebre, ou talvez a mesma, saltitando por perto. Augie apontou em sua direção, enquanto Iris sorvia uma colher cheia de creme de milho que tinham esquentado no fogareiro a querosene.

— É que assim elas veem mais longe — disse ela. Augie ficou sem palavras por um instante. Era tão raro que ela falasse que ele sempre demorava um pouco para reagir. Iris devia ter um conhecimento muito profundo da vida selvagem do Ártico, percebeu, e pensou naquele guia de campo que ela lera e relera tantas vezes que provavelmente sabia de cor. Sentiu uma leve pontada de arrependimento por nunca ter se esforçado para aprender qualquer coisa sobre o lugar em que vivera nos últimos anos; pelo menos não por iniciativa própria. A criança a seu lado conhecia os lobos, os bois-almiscarados, as lebres. Augustine só conhecia as estrelas, que estavam a bilhões de quilômetros dali. Passara toda sua vida se mudando sem parar e nunca tinha se preocupado em saber mais sobre a cultura ou a fauna ou a geografia que encontrava em seu caminho, as coisas que estavam debaixo de seu nariz. Elas pareciam fugazes, triviais. Seu olhar sempre preferira o distante. Ele só acumulava conhecimento sobre seu entorno por acidente. Enquanto seus colegas exploravam as regiões de seus vários centros de pesquisa, fazendo trilhas na mata ou conhecendo as cidades, Augustine só se aprofundava ainda mais nos céus, lendo todos os livros e artigos que apareciam em seu caminho, passando setenta horas semanais no observatório, tentando vislumbrar o que houvera treze bilhões de anos antes, alienado ao momento em que vivia.

Houvera outros acampamentos, outras noites em que passara observando as estrelas, mas, fosse por culpa da bebida que o abastecia naquela época ou pela preocupação com o céu lá no alto, e não com o momento em si, Augustine mal se lembrava daquelas viagens. Sempre mantivera a cabeça erguida em direção aos céus, deixando de olhar para tantas paisagens incríveis da Terra. Eram só os dados que ele coletava, só os eventos celestes que registrava que ficavam em sua memória. Quando pensou no tempo que tinha vivido, lhe pareceu extraordinário que tivesse vivenciado tão pouco.

Naquela noite houve outra aurora boreal, de um verde puro, que durou por muito tempo. Os dois ficaram sentados na abertura da barraca com a lanterna desligada até as últimas ondulações se apagarem no céu. Quando finalmente voltaram para seus sacos de dormir, a mente de Augustine estava em chamas. O olhar maravilhado de Iris tinha sido quase tão incrível quanto a aurora em si. À medida que adormecia, ele se esqueceu do quanto tinham andado e ainda tinham pela frente. Pensava apenas no som da respiração de Iris a seu lado, no sussurro do vento, no frio arrepiante em seus dedos dos pés e das mãos, e na sensação nítida e desconhecida de estar vivo, atento, satisfeito.

---

Houve mais um dia inteiro de viagem, mais uma noite na tundra, e depois, na manhã do quarto dia, eles chegaram ao pé das montanhas. Àquela altura o terreno se tornara cada vez mais acidentado. Rochas paleozoicas se sobressaíam da neve em fragmentos escuros e irregulares e na metade da manhã já era difícil encontrar um caminho pelo qual a moto conseguisse passar. Do outro lado da cadeia de montanhas, o lago Hazen surgia estendido sob os picos escarpados. Como nunca tinha feito aquela jornada antes, Augustine ficou surpreso e chocado com o terreno. Será que havia uma passagem pelas montanhas? Uma rota mais fácil que ele perdeu? O caminho era traiçoeiro, mas eles seguiram em frente, os rebites afiados triturando a neve e o gelo à medida que avançavam, subindo a montanha. Progrediram cuidadosamente com a moto por horas e, quando encontraram um caminho em linha reta, o solo se aplainando em uma ladeira suave, Augie deixou escapar um suspiro de alívio e permitiu que a máquina ganhasse velocidade, correndo pela paisagem como se estivessem de volta à tundra lisa e vazia. Os esquis avançavam cortando a neve em pó, projetando uma crista branca diante deles, como a espuma de uma onda. Tanto o alívio quanto a velocidade duraram pouco. Quando o terreno voltou a se tornar acidentado, Augustine não conseguia ver nada além da neve espalhada pelo ar. Não demorou muito para que um seixo escondido os pegasse de surpresa e jogasse ambos os passageiros para fora do assento. Enquanto se precipitava pelo ar, passando por cima do guidão, Augie se perguntou se seu corpo suportaria a aterrissagem, se deveriam ter dado meia-volta, se seria capaz de se levantar novamente. O impacto o deixou ofegante, mas, enquanto esperava para recuperar o fôlego, ele movimentou todos os membros, um a um, e ficou aliviado ao perceber que não havia nada de errado. Virando a cabeça, viu que Iris estava por perto, já de pé, observando o anjo de neve que fizera onde tinha caído. Quando se sentou e parou para avaliar os arredores, percebeu que a moto de neve teve perda total. A máquina estava caída de lado e um dos esquis estava partido ao meio. Levantou-se devagar e foi ver se havia alguma solução, mas o motor só gemeu quando ele endireitou a moto e tentou dar partida novamente. *Não haverá viagem de volta.* Onde Augie tinha ouvido essa frase antes? Ele se esforçou para lembrar. Reunindo os equipamentos que podiam carregar e deixando o resto para trás, Iris e Augie seguiram em frente, cambaleando pelas pedras expostas e pelo gelo puro com peso nas costas e dor no corpo.

Eles andaram por horas. O terreno mais uma vez se tornou íngreme e, quando finalmente chegaram ao topo de um dos menores picos da cadeia de montanhas, estavam exaustos e o dia estava acabando. Mas, do alto, viram o lago lá embaixo pela primeira vez – uma enorme folha de gelo. Sob o sol poente, conseguiram ver a estação meteorológica, no sopé da montanha, apenas algumas cabanas e uma matriz de antenas alta, mas ainda assim uma visão que os encheu de esperança. Era a sua nova casa; não havia mais como voltar. Eles acamparam pela última vez e de manhã começaram a descer. Horas depois, quando finalmente alcançaram a planura em que ficava o acampamento, a luz tinha acabado de começar a esmaecer.

A estrutura do alojamento não era grande coisa. Uma cabana baixa de lona verde, em forma de meio cilindro, ficava ao lado de duas cabanas brancas maiores em formato similar, cada uma com uma pequena chaminé, aninhadas à beira do lago sobre uma plataforma plana e coberta de neve. À direita delas, havia um jardim de antenas altas e finas e uma pequena cabine de rádio. As margens do lago ainda estavam cobertas de branco, mas a terra pedregosa começava a aparecer. No meio do lago havia uma pequena ilha e Augie conseguia enxergar algumas lebres-do-ártico saltando alto no ar e o encarando de volta com um ar inquisidor do outro lado da água gelada. O gelo chiava e ressoava como se alguém esfregasse sinos congelados uns nos outros. Era um som novo e reconfortante que substituía o uivo devastador do vento que varria a tundra. As rajadas glaciais com as quais tinham convivido por tanto tempo não existiam na estação meteorológica. Enquanto Augustine examinava o minúsculo acampamento que ficava ao lado do vasto lago, uma brisa morna e leve passou bagunçando sua barba congelada. A primavera estava chegando. O degelo tinha começado.

# DEZ

A câmara de ar se abriu. Sully observou a porta mecânica se mover para trás e revelar o buraco aberto do espaço logo ali fora, sem fundo e vazio. Devi saiu primeiro e Sully foi logo atrás. Ela levou um instante para respirar e olhar ao redor enquanto segurava a borda da câmara, depois deu um passo rumo ao nada. A *Aether* parecia imensa vista do lado de fora, mas uma boa parte da nave eram tanques de armazenamento, escudos antirradiação, painéis solares, sistema de propulsão – componentes que a tripulação nunca via pelo lado de dentro. Ela lançou seu olhar à centrífuga rodopiante, tão pequena em comparação ao resto da nave. Era impressionante que eles seis tivessem vivido ali por tanto tempo, apinhados no meio de todo aquele espaço. Ela pegou impulso e passou pelas áreas da estufa e de preservação da vida, depois pelas cabines de pesquisa e análise, e chegou à frente da cúpula arredondada, onde acenou com sua imensa luva branca para os quatro rostos grudados no vidro.

— Por enquanto tudo bem — disse ela para o mecanismo de comunicação do capacete.

Virou-se para ver Devi a alguns metros de distância, olhando não para a *Aether*, mas para os confins do espaço. Sully se virou para olhar também e de repente a nave não pareceu tão grande. Pareceu microscópica. Ela ouviu Harper em seu ouvido, perguntando se Devi estava pronta.

— Entendido, estou pronta — a colega repetiu.

As duas se dirigiram vagarosamente aonde a base da parabólica de satélite se conectava ao casco da *Aether*, na popa da nave, em frente do sistema de propulsão e atrás dos tanques de armazenamento. A ferramenta de modificação remota, um braço longo e flexível, estava do outro lado da nave, onde podia atuar em problemas extraveiculares que surgissem nos alojamentos em que os astronautas trabalhavam e viviam, mas o braço não era longo o suficiente para alcançar o local onde a antena estivera. Devi e Sully avançaram vagarosamente, rastejando pelo enorme casco como um alpinista pela face de uma montanha, presas pelos cabos de segurança, que flutuavam atrás delas como a teia prateada de uma aranha. Do deck de comando, o resto da tripulação acompanhava tudo pelas câmeras extraveiculares acopladas a seus capacetes. Harper as ajudava a seguir o cronograma, às vezes fazendo sugestões sobre a rota quando titubeavam, mas ficando em silêncio a maior parte do tempo, deixando que as duas seguissem em um ritmo próprio.

Sully valorizou Harper mais do que nunca naquele momento, quando tudo o que a separava do vazio era um cabo fino. O último comandante que a tinha supervisionado, em sua missão espacial anterior, costumava dirigi-la o tempo todo, dando ordens como se ela fosse um avatar de videogame e não uma especialista em sua área. Isso tinha acontecido quando morara na Estação Espacial Internacional, em sua primeira viagem ao espaço, uma dúzia de anos antes, logo depois de ter concluído o programa de candidatos a astronauta. Fora uma missão de pesquisa de dez meses. Ela era inexperiente, não idiota, mas ficou de boca fechada. Àquela altura já tinha ouvido boatos de que o comitê de seleção da *Aether* estava iniciando suas buscas e, de acordo com este boato, qualquer pessoa que estivesse indo para o espaço durante a busca já era uma das candidatas. Queria tanto um lugar naquela lista que chegava a doer.

Aquela primeira jornada a convencera de que seria capaz de fazer qualquer coisa que estivesse ao seu alcance para conseguir um lugar na *Aether*. Àquela altura o planejamento já estava acontecendo havia anos e a nave em si estava sendo montada no espaço, orbitando o planeta enquanto construíam seus componentes na Terra. Em um determinado momento do dia ela conseguia ver a *Aether* da Estação Espacial Internacional, o sol refletindo em seu casco, brilhando a distância como uma estrela criada pelo homem. Quando a nave retornasse de sua longa jornada até Júpiter, aportaria na estação e se tornaria um apêndice permanente. Não havia um só astronauta no programa que não teria dado a alma por um lugar em sua primeira viagem – um lugar na história do mundo, logo ao lado de Yuri Gagarin e Neil Armstrong. Ninguém sabia ao certo quando a equipe seria selecionada, nem quando a missão teria início, mas tanto veteranos quanto novatos vinham fofocando sobre aquilo havia anos quando Sully finalmente se graduou, deixando de ser candidata e se tornando astronauta.

Flutuando de marca a marca, procurando apoios para as mãos na lataria que tinha sido sua casa por quase dois anos, ela se lembrou do dia em que haviam anunciado a busca pela tripulação da *Aether*, sete anos antes. Também se lembrou do dia em que haviam lhe oferecido uma vaga na tripulação, dezesseis meses depois daquilo, e da cara de Jack quando lhe contara. Àquela altura eles estavam vivendo separados, mas nenhum dos dois havia falado a palavra "divórcio" até então. Não conseguiu se lembrar da expressão de Lucy porque não foi ela quem lhe contou. Havia sido Jack. Concordaram que seria mais fácil se a notícia viesse dele, mas ambos sabiam o verdadeiro motivo – que Sully não conseguiria lidar com a tarefa de contar para sua única filha que iria, por vontade própria, passar mais de dois anos longe dela. Tinha valido a pena? Faria tudo de novo? Todo o trabalho árduo e o sacrifício e o treinamento infinito tinham-na trazido até ali: ao lugar mais solitário do Sistema Solar. Ela quase riu alto. Ah, se a Sully do passado tivesse sido alertada sobre como tudo acabaria. Mas mesmo se soubesse, não teria feito nada diferente. As palavras de Ivanov lhe voltaram à mente: "Nem todo mundo tem vocação". Lá fora, flutuando no vazio, ela sentiu uma serenidade triste: tinha ido atrás da sua vocação. Não saía da nave desde Calisto e o dia estava bonito para fazer uma caminhada, como todos os dias e todas as noites que tinham vindo antes. Ela deixou suas lembranças recuarem e seu futuro rodopiar para longe. Nada daquilo tinha importância. Só o próximo apoio para as mãos importava e depois o próximo.

— Tente o quarto casulo de armazenamento, deve ter uma escada no lado contrário a você. — Era Harper, confundindo sua pausa com indecisão. Ela olhou por cima do ombro e vislumbrou Devi, atravessando a fileira de cabines de armazenamento do outro lado da nave.

— Entendido — ela disse, saltando pelos casulos lisos e cilíndricos, rotulados com numerais pretos e altos. Ela agarrou os apoios que ainda não tinha conseguido enxergar. As duas mulheres chegaram à popa, de onde a antena tinha sido arrancada, ao mesmo tempo. Sully apoiou sua mão branca no ombro de Devi, que lhe fez um sinal de joia.

— Tudo bem por enquanto? — Sully perguntou.

— Tudo bem por enquanto — Devi repetiu.

Elas se impulsionaram até o local correto e começaram a trabalhar na avaliação dos danos e preparação para a instalação.

---

Sully fechou a câmara de ar atrás delas e esperou a pressurização antes de começarem a tirar seus trajes espaciais. Tinham passado mais de cinco horas lá fora. O resto da tripulação estava apinhada do outro lado, esperando que voltassem para dentro da nave. Depois de um tempo a câmara interna soltou um chiado e Harper a abriu. Devi e Sully passaram e se juntaram aos outros no corredor-estufa. Ivanov cumprimentou Sully com um aperto de mão. Thebes e Tal a abraçaram. A expressão preocupada de Harper se transformou em alívio e Sully passou um braço em volta dos ombros de Tal para não precisar decidir se abraçaria o comandante como se fosse um amigo ou apertaria sua mão como se fosse um colega. Parecia que Thebes não queria largar Devi; ele a abraçou por um longo tempo, como um pai reencontrando sua filha. Os outros seguiram Harper de volta ao deck de observação e se reuniram na cúpula, conversando sobre a próxima caminhada espacial. Eles repassaram a filmagem extraída das câmeras dos capacetes.

A missão havia sido bem-sucedida, no sentido de que tinham traçado um plano lógico para a instalação da antena substituta e tinham arremessado algumas peças do sistema antigo, que estavam danificadas demais, em direção ao cinturão de asteroides, onde ficariam girando sem rumo por mais de um milhão de vidas humanas. Houve elogios e cumprimentos por todo lado enquanto aceleraram as filmagens do dia, deixando os momentos mais complexos passarem em tempo real; mas, quando a tela escureceu, o clima ficou mais sombrio. O sucesso da segunda caminhada era menos garantido. O reparo seria improvisado na hora. Não houvera treinamento subaquático para o que aconteceria em seguida. A equipe listou os riscos e suas possíveis soluções, mas depois de algumas horas Harper deu a sessão por finalizada. A tripulação estava exausta, a movimentação dos últimos dias começava a se mostrar no rosto de cada um.

— Tirem um dia de descanso — disse ele. — Quero todos descansados para o segundo round. Vamos começar a fazer o jantar e depois repassar os detalhes.

Ivanov insistiu em cozinhar, algo que nunca fazia. Ficaram sentados à mesa, observando enquanto ele improvisava um ensopado esquisito de tomates enlatados, batatas, couve e linguiça congelada, que no fim acabou sendo bem saboroso. Tal pegou sua tigela para beber o caldo vermelho-vivo até o fim e voltou para pegar ar com uma mancha alaranjada na boca.

— Não é de todo ruim — declarou e se serviu pela segunda vez.

Ivanov deu de ombros.

— Receita antiga — respondeu ele e quase sorriu, mas não o fez.

Enquanto comiam, revisaram os planos para a segunda caminhada espacial. A nova parabólica era muito menor, tinha sido retirada do módulo lunar, mas com alguns ajustes e adições eles tinham dado um jeito de fazê-la funcionar. Thebes iria recalibrar o sistema de dentro da nave enquanto Sully e Devi o instalariam do lado de fora. A parte mais difícil seria tirar o equipamento da câmara de ar para levá-lo aonde precisava ficar.

Tal, Thebes e Harper limparam a mesa depois do jantar, enquanto Ivanov jogou uma partida de videogame. Sully e Devi estavam caindo de sono na mesa da cozinha e foram para suas camas quase imediatamente após a refeição. Em um dado momento da noite, Sully acordou ouvindo a colega choramingar em seu compartimento. Ela abriu a cortina, foi andando pela centrífuga e entrou no beliche dela. Devi estava tendo um pesadelo e, quando a acordou com um chacoalhão, o terror em seus olhos era tão profundo e violento que também a perturbou.

— O que foi? — Sully sussurrou. — Pesadelo? Você está em segurança, Devi, está tudo bem.

Ela se agarrou à camiseta de Sully, puxando o tecido cinza fino como se afogada, e levou um instante para perceber que estava acordada. Depois de um tempo, voltou a se deitar no travesseiro molhado de suor, ainda com a respiração entrecortada e os músculos retesados.

— Me conta o seu sonho — Sully instruiu.

Devi se encolheu, encostada nela, e estremeceu.

— A gente falhava.

— O que acontecia?

— Perdíamos a antena. Eu a deixava escapar e ela saía flutuando em direção ao Sol e aí nós duas… também flutuávamos em direção ao Sol. Era culpa minha.

Sully começou a fazer cafuné nela, como devia ter feito uma vez com Lucy, passando os dedos pelos fios para desembaraçar com delicadeza qualquer nó que encontrasse. Devi fungava com o rosto entre as mãos, o peito estremecendo com soluços reprimidos. Sully imaginou o sonho que lhe fora descrito e ele também a assustou. Não só porque elas poderiam falhar ou porque todos poderiam morrer sem nunca voltar para casa, sem nunca saber o que tinha acontecido com a Terra e com todos que estavam no planeta – mas porque poderia ser por sua culpa. Sully mais uma vez se deu conta da enorme responsabilidade que as duas tinham.

Devi adormeceu de novo, mas ela permaneceu ali, e a cabeça da tripulante mais jovem ficou aninhada contra a curva de seu ombro. Seu braço doía, mas não o moveu, esperando e pensando, até que o amanhecer artificial começou a tomar conta da Terrinha. Finalmente saiu do beliche de Devi e voltou para o dela, andando delicadamente pela centrífuga silenciosa, com os pés descalços e as pernas nuas, o cabelo comprido oleoso e ondulado por conta da trança de ontem. Em seu compartimento, trocou de calcinha e regata, colocou o macacão e amarrou as mangas ao redor da cintura. Começou a pentear o cabelo e separar mechas com os dedos, e abriu sua cortina enquanto as trançava, vendo as luzes ficarem mais claras, depois mais fortes, depois mais brilhantes.

---

Aquele foi um dia repleto de preparativos. Thebes estava examinando os trajes e os kits de ferramentas para a atividade extraveicular, fazendo testes para detectar lacres com defeito e outros possíveis problemas. Ivanov estava fazendo um exame médico completo em Sully e Devi antes da segunda caminhada, enquanto Harper e Tal preparavam a antena de satélite para o transporte. Além de suas funções como astrogeólogo,

Ivanov era o médico da *Aether*. Ele não praticava a medicina havia décadas e não levava muito jeito para lidar com pacientes, mas fazia a coleta de sangue de forma rápida e indolor. A segunda caminhada espacial duraria no mínimo oito horas, talvez mais – aproximadamente o dobro da saída do dia anterior. Quando Ivanov terminou o exame de Sully, ela saiu do laboratório e foi até o deck de comando, onde Harper e Tal estavam assistindo à filmagem da primeira caminhada.

— Camaradas — disse ela. — Não estão preocupados, né?

— Claro que não — respondeu Harper, em tom de deboche. Tal crispou os lábios enquanto sacudia a cabeça com uma convicção cômica, de braços cruzados e sobrancelhas arqueadas. Aquela marra era pura piada. Todos estavam preocupados.

— Que bom, eu também não. — Sully foi flutuando em direção à cúpula e olhou para fora. À distância conseguiu ver Marte, ainda apenas um pontinho de luz perdido entre as estrelas. Na base de controle, Harper e Tal voltaram ao processo de reconhecimento, rebobinando e revendo o vídeo até ficarem satisfeitos, depois seguindo para a próxima gravação. Sully continuou na cúpula, comungando com a escuridão que estava do outro lado, a paisagem selvagem que estava prestes a habitar mais uma vez – perigosa e bela e desconhecida. Ela sabia que estava preparada; tinha sido aprovada no exame físico de Ivanov e o passo a passo da caminhada estava perfeitamente registrado em seu cérebro, mas havia uma emoção que se revolvia e não deveria estar ali. O sonho de Devi. Devia ser medo. Um medo firmemente enraizado que crescia em um lugar dentro dela onde a razão não existia. Outra pessoa poderia ter chamado aquilo de intuição, mas não Sully. Ela subestimou aquela emoção, chamando-a de nervosismo, e deu as costas à janela, voltando à nave, voltando ao plano.

# ONZE

Augie e Iris chegaram ao pequeno acampamento à margem do lago enquanto a escuridão caía e entraram cambaleando na primeira barraca que encontraram, um simples mas bem-vindo descanso do frio glacial. Apesar da precariedade, do cheiro marcante de bolor congelado e da parca mobília, fazia anos que Augie não morava em algo tão parecido com uma casa. Havia quatro camas de campanha com colchões de lona, um forno a óleo, um fogareiro a gás e alguns outros móveis. Os bastões de alumínio que mantinham a colcha de vinil da cabana no lugar se envergavam sobre suas cabeças. Ele se sentiu como se estivesse sentado dentro da barriga de uma baleia, admirando sua caixa torácica. No meio do cômodo havia uma mesa de carteado com algumas cadeiras dobráveis ao redor, e um pouco adiante havia uma escrivaninha coberta de previsões meteorológicas e relatórios climáticos, um pequeno gerador, alguns caixotes de madeira que faziam as vezes de estante de livros. Uma dúzia de lampiões a querosene com armações de vidro escurecidas estavam amontoados no centro da mesa e uma coleção de tapetes estragados e descombinados estava espalhada pelo piso de compensado. Naquele único cômodo havia uma sensação de conforto que o posto Barbeau inteiro nunca tivera – um quê de intimidade, de aconchego. Era claro que vidas haviam sido vividas ali dentro. Refeições haviam sido feitas, livros haviam sido lidos, jogos haviam sido disputados.

Eles deixaram as bagagens no chão e começaram a observar mais de perto as coisas que tinham sido abandonadas ali. As caixas estavam cheias de livros baratos, principalmente romances água com açúcar, além de alguns exemplares de suspense e um ou dois de receitas básicas. Os colchões das camas estavam cobertos de um plástico protetor e, ao retirar o primeiro deles, Augustine encontrou alguns cobertores de lã, um lençol amassado e um travesseiro endurecido enfiado dentro de outro plástico. Ele sacudiu o lençol e esticou seu elástico para cobrir as beiradas do colchão fino. Ajeitou o travesseiro. Dobrou novamente os cobertores.

Na mesa acendeu alguns dos lampiões, depois abriu a porta da frente para deixar que o restinho de luz natural entrasse. O odor bolorento do abandono começou a se revolver ao redor dele e a sair, pouco a pouco se misturando ao ar. Iris tinha voltado para fora e estava sentada na neve a poucos metros da beira do lago, desenhando o número oito com uma pedra. Augustine encontrou uma rocha para se sentar e ficou com ela por um instante, apreciando a vista. Tinha sido tomado por uma sensação de alívio. A jornada tinha valido a pena. Eles tinham conseguido. Não haveria viagem de volta e mesmo assim… se sentia seguro onde estava. Sem o fantasma da evacuação, o vazio avultante do hangar e da passarela, aquele lugar parecia mais um oásis do que um destino de exílio.

O sol já tinha ido embora, capturado pelas montanhas que rodeavam o lago, e o céu se aprofundou, tingindo-se de azul escuro. Não faltaria tempo para explorarem o local nos próximos dias. Eles ficaram sentados em silêncio e escutaram o gelo. Um lobo uivou em algum lugar muito distante e em seguida outro respondeu do lado oposto do lago. Continuaram sentados. A escuridão total recaiu e uma coruja coberta de neve passou por cima de suas cabeças, pousando em um dos mastros das antenas, de onde observou com curiosidade os dois humanos. As estrelas começaram a brilhar no céu.

— Está com fome? — Augustine perguntou e Iris fez que sim. — Vou fazer alguma coisa — ele disse, levantando-se com dificuldade. Estava ansioso para dormir na cama; não ia ser pior do que o ninho que tinham feito no observatório e só poderia ser muito, muito melhor do que o chão congelado sobre o qual tinham passado as últimas noites. Quando se aproximou da cabana, viu o brilho dos lampiões a querosene iluminando as paredes e o tremeluzir de suas chamas próximo à entrada. Estava contente por terem vindo.

Lá dentro, ele acendeu o forno, mas deixou a porta aberta para que Iris pudesse entrar quando terminasse de apreciar o primeiro corpo d'água que via em... não sabia quanto tempo. Não via água desde que tinha sobrevoado os fiordes no caminho de volta para o posto avançado do observatório depois de sua última viagem, mais de um ano antes. O lago congelado era um lembrete de que uma estação mais gentil chegaria rápido. Ele fechou os olhos e imaginou como a paisagem estaria em um mês, quando o sol da meia-noite tivesse nascido e o lento fluxo da primavera chegasse até eles. Imaginou a maciez da lama, a virilidade da grama atravessando a terra estéril, o vidro líquido da superfície derretida, e uma serenidade o preencheu. Poderia parar de lutar contra a paisagem, só por um momento, só dessa vez. Desde a evacuação, desde Iris, sentira seus pés mais no chão do que em anos. Houvera um tempo em que as mudanças no céu significavam mais para ele do que a terra sob seus pés, mas não naquele momento. Já tinha olhado para cima por tempo suficiente; era bom pensar no solo, imaginar a vida que logo voltaria àquela terra.

À medida que o forno começou a aquecer a cabana, Augustine tirou alguns agasalhos e começou a remexer as caixas e os pacotes empilhados ao redor do fogão a gás. Havia comida em abundância e suspeitou que uma das outras cabanas teria um estoque ainda maior separado para os longos invernos, ainda mais considerando que as travessias para buscar suprimentos deviam ser muito raras em um lugar como aquele. Encontrou uma frigideira, grudenta de óleo velho e poeira, e a lavou em uma bacia de latão com a água de um grande tanque isolado que ficava no canto da cabana. Quando colocou a frigideira sobre o fogareiro quente, a umidade começou a chiar e a espirrar. Ele despejou uma lata de carne bovina na panela e, quando ficou marrom e tostada, a serviu em dois pratos e fez ovos em pó mexidos. Havia uma lata enorme de café solúvel e leite, tanto em pó quanto condensado – *quanto luxo*, Augie pensou – e, enquanto Iris comia, colocou um pouco de água para ferver e em seguida sentou-se ao lado dela.

— Deu para comer? — ele lhe perguntou e ela demonstrou que sim acenando com a cabeça entre grandes colheradas de carne.

Quando a água estava pronta, Augie serviu uma xícara de café para si mesmo, adoçado com uma dose generosa de leite condensado, e concluiu que era a melhor coisa que já tinha bebido – melhor até que uísque. Eles continuaram sentados à mesa depois de comerem, com os pratos empilhados à frente e o forno sibilando ao lado, calados, só aproveitando os tons de silêncio. Os lampiões a querosene iluminavam a cabana e o forno a mantinha surpreendentemente aquecida, até quando a temperatura do lado de fora começou a despencar. Augustine colocou os pratos dentro da bacia, decidindo limpá-los na manhã seguinte, e depois abriu mais uma das camas para Iris. Não estavam acostumados a dormir tão longe um do outro; no observatório eles se enrolavam juntos no ninho para se aquecer. Iris ficou olhando Augie dobrar o plástico e sacudir o lençol, depois encaixá-lo ao redor do colchão. Eles pegaram seus sacos de dormir para temperaturas abaixo de zero e os colocaram sobre as camas.

Durante a noite, Augie acordou e ouviu os uivos de uma matilha de lobos-do-ártico. Pelo som, pareciam estar perto – nas montanhas atrás do acampamento, imaginou, talvez sentindo o cheiro da moto de neve abandonada e marcando-a como propriedade deles. *Podem pegar pra vocês*, Augie pensou, e voltou a dormir.

———

De manhã, ele ficou deitado na cama por alguns minutos a mais, apreciando o calor do forno, que continuava funcionando de vento em popa. Quando se levantou, se encolheu ao ouvir a cartilagem de suas juntas estalando, os ossos batendo uns nos outros como dominós que caíam pelo corpo todo. Estava dolorido porque tinha caído da moto no dia anterior, mas ficaria bem. Achou uma esponja e sabão, aqueceu um pouco de água e lavou a frigideira e os pratos do jantar da noite anterior. Quando terminou, foi até o lado de fora, andando sem rumo, e olhou para a cabana, vendo a fumaça ascendendo, aos rodopios, da pequena chaminé prateada e se dissipando no céu azul--claro. O sol já subira, ultrapassando com folga as pontas das montanhas ao redor. Ele ouviu Iris antes de vê-la, a batida oca da percussão improvisada acompanhada do cantarolar lamentoso que só poderia vir dela. Seguiu o som e a encontrou sentada em cima de um bote virado, na margem do lago, batucando no casco com um pedaço de madeira, sentada sobre as pernas magras, o pompom verde de sua touca balançando no ritmo da música. Augie acenou para ela, que acenou de volta antes de voltar à sua composição. Havia algo de diferente nela e Augie demorou um pouco para entender o que era: ela parecia feliz. Ele deixou que continuasse sua música e voltou para o acampamento.

Lá estavam as três cabanas, duas grandes e brancas, uma verde e menor, enfileiradas, com uma pilha de combustível, querosene e botijões de gás atrás delas. Augustine inspecionou uma após a outra. A outra cabana branca era mais vazia do que a deles, mas praticamente igual. Nela havia mais duas camas – um dormitório de reserva, pensou, talvez para o verão, quando a população do pequeno acampamento aumentava. Na cabana verde, encontrou o estoque de comida e mais acessórios culinários. Aquela parecia ser a tenda da cozinha, teoricamente usada daquela forma nos meses mais quentes e mais agitados do verão. Durante o inverno, a operação devia encolher, contando apenas com a tenda na qual tinham se instalado. A cabana da cozinha estava abarrotada de alimentos enlatados e desidratados, um sem-fim de opções – mais salada de frutas e café solúvel e creme de espinafre e carne enlatada misteriosa do que eles seriam capazes de consumir em anos. A variedade era impressionante, as quantidades eram grandes e a qualidade, questionável, mas era muito melhor do que o que vinham comendo antes. Naquele lugar eles não passariam fome, nem morreriam congelados; isso era certo.

De volta ao lado de fora, o ar estava parado. O sol aquecera o vale ao redor do lago e a temperatura estava quase amena – cerca de dois graus, pensou. Afrouxou o cachecol e ficou em pé, imóvel, deixando a luz solar banhar sua pele velha e castigada. Não conseguia se lembrar da última vez em que se sentira tão bem. Na ilhazinha próxima ao centro do lago, viu as lebres-do-ártico saltando para cima e para baixo em seus bancos de neve, observando-o. Ele se perguntou se passavam o verão ali ou atravessavam o gelo para chegar ao continente antes que fosse tarde demais e tudo virasse água, testando a própria sorte nas montanhas que contornavam o lago. Ou talvez – sorriu ao pensar nisso – elas fossem nadadoras.

Havia mais uma instalação que ainda não havia examinado. Era a cabine de controle, que ficava ao lado da matriz de antenas de rádio, e ele a deixara por último. A estrutura robusta de madeira e metal ficava separada do amontoado de cabanas, mais próxima da matriz do que dos dormitórios. Augustine foi até a cabine de rádio e levou a mão à maçaneta, depois parou por um instante, sem saber por quê. *Isso sem dúvida pode esperar*, pensou, deixando a mão cair junto à lateral do corpo. Ele tinha vindo por causa do rádio – por uma chance de entrar em contato com o que restara do mundo externo –, mas de repente aquilo deixou de parecer uma prioridade. Eles podiam construir um lar naquele lugar e não era isso o que ele mais queria? Virou-se para olhar o acampamento e viu Iris deitada de barriga para cima sobre o bote virado, olhando para o céu, com sua baqueta rústica de madeira encostada no peito como se fosse um buquê de flores de enterro. Ele se afastou da barraca e voltou para perto dela.

— Quer andar comigo? — convidou-a.

Ela levantou a cabeça e tirou as pernas do bote, dando de ombros; era um "sim". Augie pegou sua mão e a ajudou a se levantar.

— Vamos — disse ele —, vamos conhecer o lugar.

———————

O gelo continuava sólido, apesar dos rangidos que fazia. Eles patinaram pelo lago, de um lado a outro, às vezes caindo, tentando apostar corrida e girar e pular sobre sua superfície grossa e escorregadia. Iris quis ir até a ilha, mas na metade do caminho Augustine começou a tropeçar. Era como se suas pernas não obedecessem. Da segunda vez que caiu de joelhos, os dois deram meia-volta e retornaram ao acampamento. As lebres-do-ártico observaram os dois humanos indo embora com orelhas erguidas e narizes trêmulos. Ele parou para descansar a quase duzentos metros da margem e Iris esperou ao seu lado, atenta e muda, encostando a palma da mão na testa dele como se estivesse brincando de médica.

De volta ao acampamento, Augustine deitou-se em sua cama e Iris fez café. Ficou aguado e muito escuro – ela não tinha usado pó suficiente nem leite condensado –, mas ele o bebeu com gratidão e fechou os olhos. Quando os abriu de novo, a luz do dia estava esmaecendo e Iris estava sentada à mesa de carteado, lendo um dos romances água com açúcar. Ela mexia a boca enquanto passava os olhos pela página. Amantes com roupas ao vento se abraçavam na capa.

— Está gostando? — perguntou ele com uma voz rouca de quem não falava há dias. Ela deu de ombros e fez um movimento oscilante com a mão: *mais ou menos*. Terminou a página e deixou o livro sobre a mesa, virado para baixo, depois se levantou e começou a remexer na área da cozinha. Passado um tempo, percebeu que a menina estava reproduzindo a refeição da noite anterior. Sentiu o orgulho brotar, porque ela tinha prestado atenção, porque lhe ensinara algo útil mesmo que não tivesse a intenção. *Talvez seja assim que pais se sintam*, pensou. O cheiro da carne o deixou com fome e, quando a comida ficou pronta, ele se arrastou até a mesa, onde os dois comeram de frente para os lampiões a querosene. Depois que terminou de lavar a louça, Augie se virou e encontrou Iris dormindo na cama dele, enrolada ao redor do livro como uma lua crescente. Fechou a porta, usando um só trinco pequeno para que o vento não a escancarasse durante a noite, e aqueceu as mãos úmidas diante do forno. Em seguida apagou os lampiões e se deitou ao lado dela, os dois aninhados no colchão estreito. Iris se mexeu delicadamente e o livro caiu da cama, mas ela não despertou. Prestes a adormecer, ele se concentrou na respiração da menina e finalmente identificou a fonte do medo e do incômodo que o vinham acometendo aquele tempo todo: amor.

———

Augustine tinha passado o ensino médio e boa parte da faculdade sob um manto de invisibilidade social. Era calado e inteligente e vivia atento a tudo. Só quando estava no último ano da faculdade percebeu que as duas garotas que estavam sentadas a seu lado na aula de termodinâmica estavam apaixonadas por ele – que poderia se envolver com qualquer uma das duas, talvez com ambas, se quisesse. Mas será que queria? O que iria fazer com elas? Já tinha transado uma vez, no ensino médio, e até que tinha achado prazeroso, mas caótico e constrangedor demais para ser algo que valesse a pena. Mas, ainda assim, aquela energia romântica era novidade. Era algo que ia além das peças de quebra-cabeça do corpo humano; era um mistério da emoção. Um experimento que nunca tinha podido conduzir antes, por falta de variáveis. Como não costumava se esquivar de projetos desafiadores, Augustine não hesitou e transou com as duas mulheres em rápida sucessão. Descobriu que elas faziam parte da mesma sororidade e as duas passaram a se comportar de maneira agressiva, tanto uma com a outra quanto com ele, assim que perceberam que estavam namorando o mesmo rapaz. O semestre chegou ao fim entre lágrimas e bilhetes maldosos e uma das garotas desistindo do curso, mas para Augie o experimento havia sido um sucesso. Tinha aprendido algo e descoberto que havia muito mais a aprender.

Nos anos que se seguiram, continuou fazendo experimentos com aquelas emoções. Desenvolveu técnicas de atração novas e mais eficazes. Seduzia suas cobaias de forma meticulosa, sem desperdiçar esforços nem elogios, e, quando finalmente se apaixonavam, ele as rejeitava. No começo era gradativo – parava de ligar, parava de dormir na casa delas, parava de sussurrar galanteios em suas lindas orelhinhas. As cobaias começavam a suspeitar que iriam perdê-lo, logo depois de decidirem que o desejavam, e passavam a se esforçar em dobro para mantê-lo envolvido. O sexo ficava mais ousado e ele aproveitava na hora, mas depois as constrangia, desvalorizando-as por se oferecerem tão facilmente. Os convites para jantar ou ir ao cinema ou ao museu se tornavam unilaterais. Depois de um tempo, parava de vez de sair com elas e passava a debochar daquelas mulheres, sem nunca dizer que estava terminando a relação ou sequer recorrer ao tradicional "não é você, sou eu". Simplesmente desaparecia. Se tivessem coragem de procurá-lo, fazia com que se sentissem loucas – convencendo-as de que nunca estivera envolvido a sério ou que nunca tivera nenhuma atração por elas. Nunca se sentia culpado por nada, só curioso.

As mulheres que Augustine tratava como um experimento chamavam-no das coisas de sempre: babaca, cafajeste, filho da puta, sacana. E também havia os termos mais clínicos: mitômano, sociopata, psicopata, sádico. Ele ficava intrigado com aqueles nomes e havia momentos em que se perguntava se estavam corretos. Babaca sem dúvida, mas sociopata? Aos vinte anos e no começo dos trinta, antes de seu cargo no Novo México, parecia ser algo possível. Observava naquelas mulheres emoções que ele mesmo nunca tinha sentido, testemunhando a dor que causara sem o mínimo lampejo de compaixão. Tentava se lembrar: será que havia amado sua mãe ou só a havia manipulado em nome do próprio conforto? Será que, mesmo naquela época, conduzia experimentos com ela para ver o que funcionava e o que não funcionava? Será que ele sempre tinha sido daquele jeito? O fato de essa possibilidade não chegar a perturbá-lo parecia tornar tudo ainda mais plausível.

Não era nada pessoal – nunca era nada pessoal. Queria entender os limites do amor, ver que tipo de flora nascia do outro lado, que tipo de fauna vivia lá. E a paixão e o desejo... Será que eram diferentes? Será que se manifestavam por meio de sintomas diferentes? Ele queria entender essas coisas de forma clínica, testar os limites do amor, suas falhas. Não queria senti-lo, só estudá-lo. Era uma atividade recreativa. Mais um campo de estudo a ser explorado. Seu trabalho verdadeiro era bem mais ambicioso, mas suas perguntas a respeito do amor não eram fáceis de responder. Ele nunca ficava satisfeito. E Augustine estava acostumado a encontrar respostas satisfatórias, por isso seguiu em frente.

Não era que não sofresse as consequências de seu comportamento. Cedo ou tarde acabava passando dos limites. As mulheres – as cobaias – começavam a ficar muito imprevisíveis, muito excessivas. Dava de cara com elas em cafés, as via no trabalho ou caminhando por sua vizinhança. E todas se conheciam mutuamente, já que para ele a melhor forma de pular de mulher em mulher era explorar o círculo social de uma parceira. Augustine não se importava o suficiente para pedir desculpas; era mais fácil simplesmente se afastar, encontrar um novo observatório, um novo projeto de pesquisa ou cargo de professor-adjunto e começar de novo. Aquele era só um projeto secundário, um experimento que fazia nas horas vagas e não chegava nem aos pés de seu trabalho de verdade, em meio às estrelas. Ele gostava da variedade de corpos, dos diferentes seios e barrigas e pernas que podia explorar quando precisava de um descanso de sua pesquisa, mas não passava daquilo. Às vezes sentia pena, mas nunca compaixão – não conseguia entender as reações com que o confrontavam. Pareciam exageradas, ridículas.

Seu pai já tinha morrido quando ele conquistou o título PhD e sua mãe estava isolada em um hospital psiquiátrico. Não tinha mais nenhum parente, nenhum exemplo de amor no qual se inspirar, só lembranças turvas de um convívio disfuncional e uma infância infeliz. Nunca tinha se interessado pela televisão ou por literatura. Queria aprender com a vida, por meio da observação. E assim o fez: aprendeu que o amor ficava escondido atrás de um vórtice rodopiante de emoções desagradáveis, o centro invisível e inacessível de um buraco negro. Era irracional e imprevisível. Não queria compactuar com aquilo e seus experimentos apenas confirmaram, diversas vezes, que o amor era uma coisa extremamente indigesta. À medida que o tempo passava, começou gostar mais de bebidas e menos de mulheres. Era mais fácil. Uma fuga melhor e mais simples.

Aos trinta e poucos anos, ele aceitou um cargo no Jansky Very Large Array em Socorro, Novo México, terra de algumas das melhores oportunidades do mundo na área da radioastronomia. Àquela altura, Augustine já era conhecido entre seus colegas e também por outras pessoas. Era jovem e fotogênico, o que o fez cair nas graças da imprensa, e seu trabalho estava revolucionando seu nicho. Mas ele sabia que suas contribuições só ficariam na memória das pessoas se de fato deixasse sua marca. Estava quase pronto, quase chegando lá, mas ainda lhe faltava a teoria que colocaria seu nome na lista dos pioneiros da ciência. Sua fama de babaca mulherengo o acompanhava aonde quer que fosse, mas o mesmo valia para sua fama de pesquisador inovador e meticuloso. Todos os centros de pesquisa queriam recebê-lo e teve algumas experiências como professor contratado por universidades. Mas Augustine odiava dar aula. Queria – ou melhor, precisava – descobrir coisas.

A vaga no Jansky Array tornou-se uma rara ocasião em que Augie se afastou de seu tema de pesquisa principal, a óptica, já que a bolsa praticamente caiu em seu colo, sem necessidade de papelada tediosa ou blablablá burocrático. Talvez alguns anos de radioastronomia fossem exatamente o que levaria sua pesquisa a um novo patamar. Comprou a passagem e fez a mala, só uma, o mesmo monte de couro desgastado que vinha carregando pelos oceanos e continentes desde a época da graduação. Em Socorro, o receberam de maneira calorosa e ele se adaptou rápido, contente com a mudança de paisagem e impressionado com o tamanho do centro de pesquisa. Ficou por quase quatro anos – mais do que havia imaginado, mais do que em qualquer lugar desde a universidade –, e foi lá que conheceu Jean.

# DOZE

— Que dia perfeito para uma caminhada — Devi disse, sorrindo para Sully através do capacete. O reflexo da *Aether* atravessou o visor espelhado. Embora quase não conseguisse ver o rosto da outra debaixo da imagem refletida, Sully conseguia reconhecer seus dentes quando ela sorria, grandes e brancos sob o brilho. A imobilidade do espaço ao redor delas era completa, como a quietude da manhã antes de os pássaros começarem a cantar, antes de o Sol acordar a Terra, só que ali não havia amanhecer, nem meio-dia, nem crepúsculo. Era só aquele eterno momento de silêncio. Sem antes, nem depois, só uma brecha infinita de tempo que separava a noite do dia.

Ela se sentiu tranquila. Ela se sentiu capaz. Impulsionando a si mesma e a antena pelo espaço vazio, sentindo a leve vibração de sua unidade de propulsão, de vez em quando ouvindo uma transmissão de Devi ou Harper. A popa da nave se aproximava cada vez mais; estava quase lá. Os pormenores da instalação exigiriam horas de trabalho, mas ela tinha tempo pela frente. E tinha ferramentas.

Tinha um plano, uma parceira, uma equipe; tinha até uma mochila a jato, caramba. Iria dar tudo certo. Viu Devi encostar no local da instalação, logo à frente, e aproximou a carga para fazer um pouso mais suave. A colega já tinha aprontado os cabos de segurança, prendendo-os assim que Sully se aproximou o suficiente, para que a nova antena pudesse ficar flutuando a alguns metros da nave enquanto reconfiguravam os fios e conectavam o mastro ao casco. A parabólica flutuou em suas amarras, um braço comprido com uma pata grande e redonda que acenava para elas. As duas também se prenderam ao local de instalação. Cabos soltos flutuavam do ponto de conexão como os cachos serpentinos de Medusa. Devi organizava os fios de forma meticulosa e intuitiva, separando-os e emendando-os para que se adequassem ao mecanismo da nova antena de satélite. Sully fornecia as ferramentas quando a outra as solicitava, prendendo as que sobravam a seu cinto utilitário.

Horas se passaram enquanto elas trabalhavam, quase sempre em silêncio. De vez em quando Devi esticava o braço e pedia uma ferramenta do cinto de Sully, mas as duas não conversavam. Devi estava concentrada, como deveria estar, e Sully estava atenta, como deveria estar. Tudo caminhava conforme planejado. E, ainda assim, algo não estava certo. Sully bebeu um gole de água do canudo que ficava dentro de seu traje e girou o pescoço de um lado a outro, de dentro do espaço apertado de seu capacete.

— *Aether*, tempo, por favor — disse ela.

— Seis horas desde o início da atividade extraveicular — Harper respondeu. — Vocês estão indo muito bem.

— Quase pronta para conectar — informou Devi. — Sully, você pode descer o mastro para, digamos, uns dez centímetros acima do local de conexão?

— Entendido — Sully respondeu e começou a bobinar a parabólica com os cabos, puxando-a para baixo em direção ao casco da nave e deixando-a pairar logo acima da área na qual a outra estava trabalhando.

— Perfeito — disse Devi. — Agora segura ele aí enquanto eu conecto.

Demorou mais uma hora para que a conexão elétrica fosse estabelecida. Àquela altura, Sully estava começando a ficar inquieta. Juntas as duas mulheres baixaram a antena, Devi devolvendo os fios à abertura, Sully direcionando o movimento do mastro, até que finalmente o sistema estivesse posicionado e pronto para ser afixado com parafusos ao casco da nave. Estavam quase terminando. Sully bebeu mais um gole d'água e apoiou sua luva grande demais no ombro de Devi.

— Ótimo trabalho — falou. Devi não respondeu. Continuou imóvel sob a sua mão, e a nuvem de apreensão que vinha seguindo Sully desde o começo da caminhada se solidificou e se condensou, transformando-se em medo real. — Ei, você está bem? — Manteve a voz firme, mas dentro de sua cabeça repetia *não, não, não* sem parar, como se passasse os dedos pelas contas de um terço.

Um estouro de estática invadiu a frequência da nave, depois ouviu uma série de palavrões abafados, mal disfarçados por alguém que cobriu seu microfone.

— Devi? O que aconteceu? — Sully fez uma manobra e se aproximou, ainda segurando o mastro da antena, de forma que conseguisse ver através do visor de Devi. A estática ressurgiu.

— Temos um problema com o dióxido de carbono no traje da Devi aparecendo aqui. Devi, você está bem? — Thebes perguntou de dentro da nave. — O nível de oxigênio do traje acabou de despencar.

Sully olhou para além do reflexo da nave no visor de Devi e soube que algo estava errado. Ela parecia atordoada, seus olhos tinham começado a perder o foco, a se revirar para trás. Já estava se esforçando para continuar desperta.

— Responda. O que está acontecendo aí fora?

As duas mulheres se entreolharam por um longo instante e Devi pronunciou as palavras com dificuldade.

— É o depurador — ela sussurrou. — Um defeito no cartucho de hidróxido de lítio. Eu não percebi porque... — Ela puxou o máximo de ar que conseguiu, mas não havia oxigênio suficiente para saciar seus pulmões. Estava sufocando dentro do capacete. — Eu devia ter percebido.

— Voltem para a câmara de ar — ordenou Harper, quase gritando.

— Acho que não dá tempo — Devi disse. Seus braços tinham começado a se sacudir, se contraindo e estremecendo, e Sully viu a ferramenta que ela estava segurando se soltar de seus dedos enluvados e sair girando para longe delas, rumo ao vazio. Tudo acontecia tão rápido que Sully mal teve tempo de reagir antes que Devi estivesse inconsciente, balançando e se afastando de seu cabo como uma árvore ao sabor da brisa. Sully ficou paralisada, com as mãos presas ao mastro da nova antena de satélite.

— Devi. *Devi.*

Franzindo o cenho, Sully olhou além dos reflexos no visor da outra e viu seu rosto, sua expressão mais relaxada do que estivera em meses, como se estivesse dormindo, sonhando com algo agradável. Os pesadelos tinham acabado. O medo e a solidão tinham acabado. O silêncio estarrecido da *Aether* enquanto o resto da tripulação verificava seus sinais vitais. Soube antes que a voz de Thebes confirmasse.

— Sully... ela se foi. Ela tinha razão, era tarde demais. Não dava para você... Não tinha nada que pudesse fazer.

Só teve uma vaga noção das frases que vieram depois, exigências ansiosas que vinham de dentro da nave, de Thebes, de Harper, mas não conseguia compreendê-las. As palavras não significavam nada para ela. Ela ficou olhando para dentro do capacete de Devi, vendo a amiga sonhar. Não tirou as mãos do mastro, protegendo a antena por instinto, mas não havia espaço para mais nada. Ondas de choque a atravessaram, comprimiram seus pensamentos, abafaram as vozes, e quando enfim aquele repuxo a libertou, as vozes tinham desaparecido, não sabia exatamente quando. Minutos atrás? Horas? Mas ainda havia trabalho a fazer. Ela tinha que terminar.

— *Aether* — disse ela.

— Sullivan — Harper respondeu imediatamente.

— Eu preciso... — Ela parou e engoliu em seco. Bebeu um gole d'água. Engoliu de novo. — Preciso que você me diga o que fazer.

Ouviu Harper soltar um suspiro retesado do outro lado do dispositivo de comunicação e Thebes resmungar alguma coisa que não conseguiu entender.

— Você está com a furadeira? — Harper perguntou.

Ela verificou o cinto.

— Sim, estou com a furadeira.

— E os parafusos?

Ela olhou na pochete, dando uma palmadinha nela com a mão livre.

— Sim, estou com os parafusos.

— Do jeito que nós treinamos. Os dois primeiros vão ser difíceis porque você precisa segurar o mastro no lugar, mas depois pode soltar e usar as duas mãos. Entendido?

Ela não conseguiu se mexer.

— Eu acho… — começou a falar, mas Harper a interrompeu.

— Não — disse ele —, sem pensar. Só um parafuso por vez, Sully.

Foi exatamente o que ela fez. Quando terminou, soltou Devi do cabo sem pedir a permissão de Harper. Sabia que era o que a amiga ia querer – o que qualquer um deles iria querer.

Sully ficou observando-a flutuar e se afastar, ficando cada vez menor, encolhendo até o tamanho de uma estrela e depois desaparecendo de vez. Será que ela flutuaria para sempre? Ou cairia no Sol? Em uma estrela distante? Sully pensou na *Voyager* saindo do Sistema Solar e embarcando numa suspensão infinita. Torceu para que acontecesse o mesmo com Devi – para que de alguma forma permanecesse intacta, seu corpo sem vida cruzando o universo em uma jornada infinita e incompreensível. Sully ficou um bom tempo sem se mexer, só olhando para a escuridão vazia, pedindo em silêncio para que o nada cuidasse bem de sua amiga.

---

Na manhã seguinte, acordou gritando. Um terror mais intenso do que jamais sentira antes. A sensação continuou muito depois de ter aberto os olhos, chiando dentro de seus ossos. Ela observou Devi flutuar, um pontinho branco minúsculo em um vazio negro e infinito, várias vezes seguidas. No começo, tentou reimaginar a história, visualizando um final diferente – evocando cenas em que se apressava para levar a amiga de volta para a câmara de ar e chegava no último segundo, ou em que percebia que o depurador de $CO^2$ estava com defeito bem antes de se tornar tóxico –, mas essas reconstituições não lhe traziam consolo. Devi tinha partido e Sully continuava ali. Não parecia fazer sentido, mas era a realidade.

Ela tinha feito o que Harper dissera, deixando de lado seus pensamentos e instalando os parafusos, um por um – uma hora de trabalho disfarçada de uma vida inteira –, depois tinha voltado para a câmara de ar. Havia tirado o traje e entrado na nave, onde os quatro restantes a esperavam em silêncio. Tinha passado por eles sem dizer nem uma palavra, voltado à centrífuga, voltado a seu compartimento e fechado a cortina. Ela tinha dormido e não dormido. Ela tinha pensado e não pensado. O pesadelo da caminhada espacial seguia seus pensamentos aonde quer que se escondesse, inconsciente, subconsciente, consciente. Não conseguia fugir porque estava literalmente ao seu redor: o vácuo no qual ela tinha caído poucas horas antes. O breu venenoso, congelado e fervilhante que para eles era a estrada, o céu e o horizonte, que cercava a *Aether* e todos que estavam dentro dela com uma indiferença violenta. Eles não eram bem-vindos ali. Eles não estavam seguros. Depois de um tempo Sully parou de tentar fugir do terror e deixou que aquela dor latejante se alinhasse a seu batimento cardíaco, deixou-a entrar em sintonia com sua respiração. O terror invadiu sua fisiologia e se tornou parte dela. Nunca mais estaria segura. Sabia disso agora.

A morte de Devi tinha mexido com algo profundo que estivera à espreita no inconsciente de Sully. Incapaz de seguir cronologicamente, seu cérebro começou a repetir todas as coisas horríveis que lhe tinham acontecido, tudo que a machucara em sua vida. O rostinho em formato de coração de Lucy olhando de volta, emoldurado pelo ombro de Jack enquanto ele se afastava no aeroporto – no dia em que Sully os deixou para ir a Houston, torcendo para que a separação funcionasse, sabendo que poderia não funcionar, e partindo mesmo assim; embarcando no avião com a gola da camisa ainda úmida das lágrimas da filha. Depois o momento de abandoná-los mais uma vez, um pouco antes do lançamento de seu primeiro voo espacial, quando Jack já a havia presenteado com os documentos do divórcio e Lucy estava tão inacreditavelmente crescida, falando frases completas e muito eloquentes, o loiro de seu cabelo começando a escurecer, a confiança inocente em seus olhos começando a desaparecer; o meneio desconfiado de suas sobrancelhas quando Sully só conseguia pensar em frases como "Vou voltar tão rápido que você nem vai perceber".

Depois seu retorno: bater em uma porta que antes pertencera à casa dela, ser cumprimentada pela fulana de tal, embora soubesse desde sempre que seu nome era Kristen, as letras estampadas em seu cérebro de forma permanente e dolorosa, como uma tatuagem da qual se arrependeu. Ver a filha se aninhar no colo da fulana, sentir que Lucy não queria sair da casa com ela quando foram ao cinema, o breve mas perceptível revirar dos olhos de Jack quando lhe disse que precisava voltar para Houston até segunda-feira, a visão dos três sentados no sofá juntos na sala enquanto ia sozinha para a porta da rua, sabendo que sua família vivia com amor e segurança e que ela não tinha nada a ver com aquilo. Saber que fora substituída e que a substituição era para melhor – uma mãe melhor, uma esposa melhor, uma pessoa melhor do que ela jamais poderia ser.

Naquele dia, recebeu visitas. Cada um dos colegas da tripulação passou por seu compartimento, alguns mais de uma vez, mas suas vozes, as batidinhas que davam com os dedos na parede, pareciam muito distantes. Harper e Thebes chegaram a abrir a cortina e olhar para ela com olhos tristes, mas tudo o que conseguiu dizer foi "amanhã", porque o que mais precisava era terminar aquele dia e chegar ao seguinte. Era a única forma de fugir do dia em que tudo acontecera e ir além dele – nem sequer um dia de verdade, só uma fresta de silêncio entre luz e escuridão em que ela tinha segurado firme a antena enquanto Devi morria a seu lado. Sentiu-se levemente envergonhada por dispensar seus colegas, seus amigos, vendo a dor que se escondia nas linhas de expressão ao redor de seus lábios, acima de suas sobrancelhas, e mandá-los embora com uma só palavra: "amanhã". Não havia outra solução. O dia já estava cheio.

———

Quando seu despertador tocou no horário de sempre, ela estava exausta por conta da noite mal dormida, mas se levantou mesmo assim. Não podia passar mais um dia escondida, não que soubesse como, mas não havia outro jeito. Tinham trabalho a fazer, uma missão a completar. Ela precisava configurar a nova antena de satélite – o motivo pelo qual tudo tinha acontecido. Sentou-se e trocou a regata e a calcinha, depois vestiu um macacão limpo e fechou o zíper até o pescoço. Passando os dedos por sobre a costura de seu monograma, contornou a inicial de seu primeiro nome – um nome pelo qual nem Jack costumava chamá-la. Ela era Sullivan desde a faculdade, Sully para abreviar. O nome que herdara de sua mãe. Fechou os olhos e imaginou o monograma de Devi, linha branca em contraste com o bordô que sempre preferira nos uniformes da *Aether*: NTD. N de Nisha.

— Nisha Devi — ela sussurrou. Depois disse de novo. E de novo, como um cântico. Ou talvez uma oração.

Na cozinha, ela encontrou Tal, que comia pasta de mingau de aveia direto de uma daquelas embalagens não perecíveis em que vinham a maior parte dos alimentos. Seu cabelo preto se projetava para longe da cabeça em cachos desajeitados, tão grossos e secos que ficavam do mesmo jeito tanto na Terrinha quanto nos ambientes de gravidade zero.

— Oi — disse ele, com um tom cauteloso.

— Bom dia — ela respondeu e sentou-se de frente para ele com o próprio prato de pasta de mingau de aveia.

— Que bom que você levantou — disse ele.

Ela concordou com a cabeça. Eles comeram em silêncio e, assim que terminou seu café da manhã e jogou fora a embalagem, Tal se pôs atrás de Sully e apoiou as duas mãos em seus ombros.

— Foi horrível e não foi culpa sua — sussurrou ele, apertando delicadamente os ombros dela, e em seguida deixou os próprios braços caírem ao lado do corpo. Sully se obrigou a continuar comendo o mingau, embora estivesse com gosto de lama e ela estivesse enjoada. Haveria muitas coisas que não iria querer fazer naquele dia, coisas que a fariam se sentir doente, mas que faria mesmo assim. Todas essas coisas. Era uma dívida com Devi.

Na mesa, à sua frente, estava o baralho com que ela e Harper costumavam jogar. "Costumavam" no passado? Ela se perguntou se aquela sensação um dia iria embora, se conseguiria rir de corpo inteiro ou trocar provocações bobas com Harper de novo, embaralhando as cartas em cascata como tinham feito poucas noites antes. Não parecia possível. Voltou a se lembrar do dia em que sua mãe lhe ensinara a jogar sozinha, em Goldstone. "Uma forma de se ocupar", dissera na ocasião. E fora útil: as horas que Sully havia passado sozinha no escritório da mãe pareciam ofuscar o resto de sua infância. A escola era um borrão, seus amiguinhos do ensino fundamental não tinham rosto, eram entidades sem nome que saíam e entravam em suas lembranças. Só aquele escritório continuava nítido em sua memória, as manhãs à mesa da cozinha, quando ouvia a mãe ler as manchetes dos jornais, as noites em que andavam de carro pelo deserto. Eram só o estalo das cartas de plástico contra a mesa de plástico, o grunhido do ar-condicionado, as vozes abafadas emanando da sala de controle que pareciam reais. Ela tinha tanto orgulho de Jean que nem por um minuto guardou mágoa pelo tempo que a mãe poderia ter passado lhe ensinando a nadar de peito ou andar de bicicleta ou fazer um ovo frito com gema mole.

Em um dos anos, Jean foi promovida e a notícia foi um milhão de vezes melhor do que qualquer nota dez ou estrela dourada, porque era o esforço *das duas*, o sacrifício conjunto de ambas, que se concretizava. Sully não se incomodava por ficar isolada no escritório escuro e empoeirado, porque sabia que Jean estava fazendo um trabalho importante – praticamente mudando o mundo, ali naquele corredor. Quando criança, admirava Jean mais do que qualquer outra pessoa. A partir do instante em que entendeu o que sua mãe fazia, Sully soube que queria seguir seus passos.

Aconteceu algo similar com a mitologia do pai sem nome e sem rosto. O trabalho que ele fazia era maior e mais importante do que qualquer família. Sempre que Sully perguntava, Jean lhe dizia que ele era um homem brilhante, que era tão inteligente e tão dedicado a seu trabalho que não sobrava espaço em seu coração para as duas. Jean lhe disse que deveria sentir orgulho da vocação do pai – que soubesse que não tinha pai porque o mundo precisava mais dele do que ela.

— Ursinha — Jean dizia —, seu pai é grande demais para uma família só. Mas você e eu... nós temos o tamanho perfeito para vivermos juntas.

Então ela completou dez anos e sua mãe se casou, e a proporção mudou. Foi quebrada. Elas se mudaram para o Canadá com o novo marido da mãe e Jean engravidou antes de o ano terminar, dando à luz gêmeas poucos meses depois de Sully ter completado onze anos. Jean parou de trabalhar, desistiu da pesquisa e se entregou à maternidade, mergulhou de cabeça. Ela se envolveu com as gêmeas recém-nascidas como nunca havia se envolvido com a primogênita. O orgulho que Sully sentia se dissipou. De que tinham valido todas aquelas tardes, se aquele tinha sido o resultado? Aquele trabalho todo, aquele sacrifício todo? As gêmeas foram crescendo cada vez mais. Começaram a falar e Jean as ensinou a lhe chamarem de "mamãe". Sully nunca a chamara assim. Não lhe restara nada, não havia espaço para uma adolescente revoltada em sua nova família, então ela se candidatou a uma vaga em um colégio interno e passou a voltar para casa só quando fechavam os dormitórios e não tinha mais aonde ir. No começo, torceu para que sua mãe tentasse se opor de alguma forma, para que houvesse telefonemas suplicantes, cartas obsequiosas – alguma prova de que a revolta de Sully era percebida –, mas sua ausência foi aceita sem discussão. Ela se formou, decidiu não participar da formatura, e foi para o sul fazer faculdade, voltando ao lugar onde tinha sido mais feliz.

Jean morreu antes que Sully se formasse na faculdade – um quarto filho inesperado, natimorto. Nunca despertou da cirurgia e Sully não conseguiu chegar a tempo para o enterro. Os funcionários da funerária deixaram Jean parecendo uma desconhecida. No velório, ficou sentada ao lado das gêmeas, duas menininhas de cabelos castanhos e olhos castanhos-avermelhados, como os do pai. Percebeu que tinha ficado órfã. O que restava daquela família nunca lhe pertencera.

Harper se sentou a seu lado e lhe passou uma xícara de café puro. Ela recobrou a atenção de súbito e ficou com vergonha; estava de luto pela pessoa errada.

— Você está com cara de quem precisa disto aqui — disse ele.

Ela sorriu, para que ele se sentisse melhor, mas foi uma sensação discrepante, como uma máscara que não cabia.

— Preciso mesmo — respondeu ela e bebeu um gole. O café queimou o céu da boca, mas Sully não se incomodou. Era um alívio sentir algo tangível, algo imediato e desconfortável que a distraísse de todo o resto, mesmo que só por um segundo. — Desculpe. Por ontem — falou, bebendo mais um gole.

Ele sacudiu a cabeça lentamente, apertando os lábios.

— Você não devia pedir desculpa por uma coisa assim. Cada um precisa de uma coisa diferente. Você precisava de tempo. Hoje parece melhor. Fico contente.

Ela deu de ombros e segurou firme a xícara que estava à sua frente.

— Acho que sou uma pessoa coerente, se é isso que você quer dizer.

— Há — disse ele, uma risada sem vida cortada ao meio. Ele mordeu o lábio inferior, constrangido. Não era permitido rir, pelo menos por enquanto. — Por ora é o suficiente.

Sully se levantou e deixou a xícara de café sobre a mesa, ainda cheia. Ficou rodeando por um instante, sem saber o que fazer, aonde ir.

— Vou trabalhar — disse enfim.

— Trabalhe — Harper concordou, balançando a cabeça. — Acho que o Thebes já está na cabine de comunicações. Ele vai gostar de ver você.

— Então é pra lá que eu vou — Sully respondeu.

# TREZE

Eles estavam no lago Hazen havia quase duas semanas – tempo suficiente para explorar cada centímetro do acampamento –, mas mesmo assim havia alguma coisa a respeito da cabine de rádio que deixava Augie inquieto. Ele a evitava, como se atrás daquela porta houvesse poder em demasia, alcance em demasia; um ouvido capaz de escutar coisas que não queria saber. Não havia telescópio no acampamento, nenhuma janela que mostrasse as estrelas, então, em vez de trabalhar, passava o tempo brincando com Iris. Eles iam até a ilhazinha no meio do lago e andavam de mansinho para assustar as lebres-do-ártico, rindo quando saíam saltando pela neve, em pânico, pulando para a margem e desaparecendo pelas montanhas que rodeavam o vale. Ele a ensinou a jogar xadrez com um antigo conjunto de plástico que encontraram, com algumas moedinhas no lugar dos peões que faltavam. Fizeram esculturas de neve.

E fizeram banquetes. A abundância e a variedade de alimentos não perecíveis na tenda da cozinha eram empolgantes depois da monotonia e das reações de sobrevivência do observatório. Era um museu de latas – carne assada, bolo de carne, frangos assados inteiros embebidos em salmoura, atum, todo tipo de vegetal imaginável, até berinjela e quiabo, tudo enlatado. E também havia barras de cereal, barras proteicas, barras de granola, balas amanteigadas, barras de carne; ovos em pó, leite em pó, café em pó, mistura para panqueca em pó; uma quantidade absurda de manteiga, banha e gordura vegetal. Iris se apaixonou por salada de frutas enlatada, saboreando cada cereja embebida em calda com os olhos fechados e um sorrisinho no rosto. Augie ficou mais entusiasmado com os acessórios para assar, com a possibilidade de conjurar alguma coisa fresca e quente, e começou a testar receitas de pão-de-ló e *scones* cravejados de gotas de chocolate e passas, depois avançou para os pães caseiros. O estoque de bicarbonato de sódio e fermento em pó era enorme, uma quantidade que duraria pela vida de uma dúzia de homens e uma dúzia de anos, e havia quantidades igualmente vastas de cebola e alho em pó, pimenta-caiena, canela, noz-moscada, sal e pimenta-do-reino. Ele usara um forno poucas vezes desde que era criança, quando ficava fazendo companhia para sua mãe, mas o prazer de medir e misturar e untar a forma o invadiu novamente. Ela sempre começava projetos ousados na cozinha e geralmente não os concluía, deixando o caos e os ingredientes crus aos cuidados de Augie, enquanto se distraía com alguma coisa nova. Ele tinha esquecido que se saía bem ao terminar aqueles projetos, mas, mais que isso, tinha esquecido que gostava daquilo. Era um sentimento desconhecido. Esforçou-se para se lembrar da última vez que realmente tinha gostado de algo.

Os dias continuaram crescendo e a neve que os rodeava continuou encolhendo. A grama brotava de algumas das colinas mais baixas que rodeavam o acampamento, depois algumas flores silvestres apareceram, se apinhando em montinhos de cor, contornadas pelos restos do gelo. O equinócio passou rápido e antes que Augie se desse conta o solstício recaía sobre eles – a chegada do sol da meia-noite. Nunca estivera no Ártico por um dia polar inteiro; ele sempre fugia para o sul quando os aviões de carga começavam a chegar, fazendo sua jornada bienal em busca de suprimentos, no verão, quando a estrelas sumiam do céu até o fim da estação, deixando-o sem nada para fazer e sem motivo para ficar. À medida que o clima esquentava e a neve derretia, começou a perceber que tinha deixado de viver muitas coisas.

Quando escolhera o Observatório Barbeau como local de pesquisa, cinco anos antes, já era um homem velho, e já estava quase no fim de sua carreira, começando a entender que tinha feito muita besteira na vida. Ele se sentiu atraído pelo isolamento e pelo clima agressivo, o cenário que mais combinava com seu interior. Em vez de guardar o que fosse possível, fugiu para o topo de uma montanha do Ártico, a nove graus do Polo Norte, e desistiu de tudo. A angústia o seguia aonde quer que fosse. Esse fato não o incomodava e certamente não o surpreendia. Ele merecia e, àquela altura, já esperava que fosse assim.

Mas, enquanto observava Iris correr pela margem do lago, saltando sobre as pedras e pela camada de gelo, uma estranha sensação o invadiu, uma confusa mistura de alegria e arrependimento. Nunca estivera tão feliz e tão triste ao mesmo tempo, o que o fez pensar em Socorro. Aqueles anos no Novo México eram as lembranças mais nítidas, mais vívidas que tinha. Só naquele momento, décadas depois, ele finalmente compreendeu que Socorro havia sido sua melhor oportunidade de ter uma vida que fosse daquele jeito – ficar sentado à beira do lago, sentindo o cheiro da primavera, olhando Iris, se sentindo grato e completo, se sentindo vivo. Quando conheceu Jean, tantos anos antes, ela o tinha arrancado de sua contemplação distanciada e o jogado no calor da emoção. Não podia apenas observá-la; precisava tê-la e ser visto por ela. Ela era mais do que uma cobaia, uma variável a ser quantificada. Ela o irritava, o confundia. Ele a amara, claro que sim, e só então conseguiu admitir. Naquela época não era tão fácil. Ela tinha 26 anos e ele tinha 37 quando ela contou que estava grávida. Ele só conseguiu pensar em seus pais e em seus próprios experimentos cruéis. Não queria estar apaixonado e disse a Jean que nunca seria pai. "Nunca", falou. Ela não chorou, se lembrava disso porque tinha imaginado que choraria. Só o encarou com aqueles olhos grandes e tristes. "Você é tão problemático", ela dissera. "Queria que você não fosse tão problemático." E aquilo foi tudo.

Ele havia encontrado um cargo no Chile, no deserto do Atacama, onde já tinha morado uma vez. Deixou o Novo México o mais rápido possível e esqueceu Jean o máximo que pôde. Só anos depois se permitiu pensar nela, pensar no que poderia e no que já tinha acontecido – uma criança, com seus genes e talvez com seus olhos, talvez sua boca e seu nariz, mas sem ele em sua vida. Uma criança sem pai. Ele tentava expulsar aquela ideia de sua mente consciente, mas ela sempre voltava a se intrometer. Depois de um tempo, telefonou para Socorro e descobriu o pouco que havia para se descobrir. Jean tinha ido embora do Novo México pouco depois da partida dele, mas mantivera contato com alguns dos colegas do projeto de pesquisa. Augustine ficara sabendo que ela havia dado à luz uma menina, nascida em novembro, em algum lugar no deserto do sul da Califórnia. Conseguira encontrar o endereço de um emprego de Jean e deixou o papel guardado na carteira por meses, atrás de sua habilitação.

Ele esperou o aniversário da menina e então enviou o telescópio amador mais caro que podia pagar. Sem bilhete, sem endereço de devolução. Jean saberia quem o enviara e poderia decidir o que dizer à sua filha. Perguntou-se o que ela já tinha contado à menina sobre seu pai, se tinha mentido e dito que ele morrera, ou que era prisioneiro de guerra, ou caixeiro viajante, ou se tinha contado a verdade e dito... o quê, exatamente? Que ele não a quis? Que não amava nenhuma das duas? Continuou mandando presentes por alguns anos, nunca um cartão, só um investimento ocasional nos próprios genes. Gestos que não poderia descrever como doces, mas que pareciam melhores do que nada. De vez em quando ele mandava um cheque para Jean. Sabia que ela os descontava, mas só recebeu uma mensagem uma vez: um envelope branco e simples com uma foto dentro. Foi enviado para um endereço antigo, o observatório em Porto Rico, depois que já havia se mudado para o Havaí, e o envelope levou mais alguns meses para chegar até ele. A menina parecia a mãe, o que lhe pareceu algo bom. No ano seguinte, o presente enviado para o endereço de sempre no sul da Califórnia foi devolvido com a etiqueta de "endereço inválido". Nunca mais teve notícias das duas. Perdê-las foi quase um alívio; enviar os presentes todos os anos só o fazia lembrar da própria inaptidão para ser qualquer coisa além de um endereço de devolução em branco e um cheque de valor mediano. A dedicação apaixonada e promissora com que tinha começado sua carreira tinha se limitado a uma obsessão solitária. Ele sabia desse fato sobre si mesmo havia anos. Não precisava de mais provas.

Duas andorinhas-do-mar tinham começado a fazer um ninho no chão, não muito longe do acampamento. Ao que tudo indicava, os bichos pensavam que eram donos do lago inteiro, então, sempre que se atrevia a chegar mais perto para olhar o ninho, Augie era presenteado com ataques e gritos, e as bombinhas cinzas e brancas com pés vermelhos surgiam de dentro do amontoado de penas. Parecia que Iris não provocava tais demonstrações de cólera, mas Augie mal podia andar na direção delas sem ser atacado. Mais de uma vez levou uma bicada agressiva no topo da cabeça e depois de um tempo passou a se proteger com um pedaço quadrado de compensado que encontrara jogado pelo acampamento. Depois de alguns encontros com uma criatura que sem dúvida era maior e mais forte do que elas, as andorinhas-do-mar desistiram de atacar e deixaram que olhasse. Ele ficou intrigado com o fato de terem se rendido tão fácil, mas pensou que aves que passavam a vida inteira viajando entre as regiões da Antártida e o Ártico – quase 71.000 quilômetros de migração por ano – não deviam ser as criaturas mais inovadoras do mundo. O ninho progrediu muito bem. Pelo que tinham sobrevoado em sua longa jornada? Como tinham sobrevivido e resolvido fazer aquela mesma viagem despropositada todos os anos? Augustine viu as andorinhas-do-mar se preparando para a chegada dos filhotinhos e ficou maravilhado com sua tenacidade – criavam novas vidas no fim do mundo. Uma delas virou a cabeça para olhá-lo com um só olho. "O que você sabe que eu não sei?", Augustine lhe perguntou. Mas a andorinha só chacoalhou as penas e saiu pulando.

Certa manhã o sol nasceu e decidiu não se pôr. Por alguns dias afundou detrás do cume da montanha à tarde, mas nunca desceu além do horizonte e logo começou a ficar alto e claro sem intervalo. Dentro de poucos dias após a chegada dele, Augie e Iris perderam totalmente a noção do tempo. Havia muito ele perdera a contagem dos dias, mas sabia que deviam estar em meados de abril, já que o sol da meia-noite havia nascido, da mesma forma como saberia que era fim de setembro quando o lago fosse banhado por dias de crepúsculo, quando o sol pairasse logo abaixo do horizonte antes de se pôr completamente e mergulhar o Ártico em mais uma noite longa e escura.

O tempo não importava mais. O único motivo para acompanhar sua passagem era se manter conectado com o mundo externo, mas sem qualquer tipo de conexão isso deixava de fazer sentido. A luz e a escuridão sempre tinham sido o relógio da Terra, e Augie não via motivo para não o seguir àquela altura, mesmo naquela estranha latitude. O inverno o derrubara – e suas articulações, seu sistema imunológico, seu humor sempre tinha sido lento e taciturno –, mas com a luz infinita no céu ele sentia uma espécie de animação, uma carga de eletricidade que corria pelos seus nervos. Sua vida assumiu um ritmo agradável: dormia quando estava cansado, cozinhava quando sentia fome, visitava as andorinhas quando tinha vontade de fazer uma caminhada e montou uma varandinha a céu aberto na boca da cabana, com uma cadeira de área externa meio torta que algum residente do passado havia construído com peças de compensado sem uso, uma caixa de transporte fazendo as vezes de banco. Augustine se aconchegava e se sentava em sua cadeira, franzindo o cenho diante do albedo brilhante da neve sobre o lago, esperando que o ar frio que se demorava sobre a planura fosse remexido por correntes mais quentes.

Iris também se adaptou com facilidade. Começou a preferir cochilos curtos a longas horas de sono ininterrupto. Ela comia quando Augie colocava um prato à sua frente; do contrário, se tivesse fome, pegava uma barra amanteigada na tenda da cozinha ou procurava alguma coisa entre os outros alimentos não perecíveis. Passava muito tempo no gelo, patinando para um lado e para o outro, às vezes fazendo a jornada até a ilha para assustar as lebres. Procurava outros ninhos, que estavam sempre no chão porque não havia arbustos nem árvores, só vegetação baixa e pedras. A coruja que tinham visto no primeiro dia se tornou uma ideia fixa, assim como os uivos muito distantes dos lobos das montanhas que ficavam para trás. Em uma noite muito clara, ou talvez fosse dia, já não importava mais, Augie acordou com o som de um corpo grande e peludo se esfregando na lateral da barraca. Endireitou-se na cama e viu que Iris também estava dormindo. Percebeu que era um lobo se coçando, separado da cabeça de Augustine por meros milímetros de vinil e isolamento. Ele estremeceu ao pensar nisso, mas praticamente não se incomodou e logo voltou a dormir. Os outros habitantes do lago e das montanhas ao redor tinham se acostumado à nova presença humana que havia no local. Pouco a pouco, Augie também passou a aceitar seus vizinhos.

Um dia eles acordaram sob a claridade e descobriram que a neve finalmente tinha desaparecido. O gelo do lago começou a ficar mais ruidoso, a se movimentar e gemer contra a margem. Poças de gelo derretido se multiplicaram e o azul-claro da água se tornou opaco e cinzento. Depois de um tempo a camada de gelo se partiu e o vento leve soprou os fragmentos, fazendo-os se chocarem uns contra os outros, o som de taças se encontrando num brinde ao verão. Outro dia – Augie imaginava se tratar do começo de julho –, uma ventania passou uivando pela superfície do lago e levou os cacos de gelo para longe, em direção à margem enlameada, onde se chocaram contra a terra como ondas sólidas e quebradiças de quartzo branco. A água lavou o solo marrom e macio, e a enseada começou a se aquecer. Não demorou muito para que a temperatura ficasse amena o suficiente para que Augustine pudesse ficar sentado só de ceroulas em sua cadeira caseira, enquanto Iris andava descalça pela praia pedregosa.

Pouco depois de o lago ter descongelado, após uma longa noite de sono e um café da manhã vagaroso, Augie foi até o bote virado e o devolveu à posição normal. Notara que havia um motor de popa, dois remos e alguns equipamentos de pescaria na cabana de dormitórios que não vinham utilizando. Ele reuniu tudo menos o motor, que talvez não conseguisse carregar sozinho e arrastou as coisas até a margem. Iris ficou empolgada ao ver aquilo e começou a empurrar o bote em direção ao lago, um centímetro de cada vez. Juntos o colocaram dentro da água.

— Truta para o jantar? — disse ele com uma piscadela e Iris soltou um gritinho agudo inédito, pulando ora num pé, ora noutro, como se de repente o chão estivesse muito quente e só lhe restasse fugir para o bote. Fazia muito tempo que tinham comido algo tão fresco. A vara de pescar estava enguiçada; tinha trazido uma isca alaranjada no bolso e uma faca de caça afiada acoplada ao cinto. Ele entrou na cabana para buscar um recipiente para colocar o peixe, depois recolheu um pouco do gelo da margem do lago para colocar no fundo. Iris já estava esperando no barco, atenta e muito animada. Augie deu um belo empurrão no bote e em seguida saltou para dentro, flutuando para longe.

Augustine remava enquanto Iris ficou sentada na proa, de frente para a ilha e passando as mãos pela água. Será que ela já tinha andado de barco alguma vez na vida?, ele se perguntou. Parecia tão pequena, diminuta em contraste com as montanhas, as ilhas, o lago em si. Seus ombros pareceram estreitos demais para sustentar um ser humano. Quando avançaram o suficiente dentro do lago, deixou os remos de lado e pegou a vara. Já tinha pescado, quando era menino, mas naquele momento se sentiu desengonçado e inseguro. Ele brincou com a linha por um momento e a mecânica do arremesso lhe voltou à memória. Sua primeira tentativa não foi tão boa, mas na segunda a linha chegou mais longe e aterrissou com um leve baque na água. Começou a girar o molinete devagar, o suficiente para manter a isca dançando na ponta. Iris o observava com atenção, para ver como se fazia. Depois que puxou a linha, ele arremessou de novo e lhe entregou a vara. Ela a pegou sem titubear e começou a girar o molinete. Eles se revezaram, Augie arremessando, Iris girando o molinete, mas não tiveram que esperar por muito tempo. A linha começou a se sacudir e em seguida a ponta da vara se curvou em direção à água, no início muito de leve, depois com força, até que estivesse a poucos centímetros da superfície do lago. Iris arregalou os olhos e segurou a vara com mais força. Voltou-se para Augie, esperando alguma instrução.

— Segura firme e não para de girar. Parece que você pegou um dos bons.

Quanto mais ela o puxava para perto do barquinho, mais o peixe resistia. De início, pensou que deveria pegar e girar o molinete ele mesmo, mas ela estava se saindo bem. Logo o peixe apareceu espirrando água na lateral do bote, levantando uma espuma branca. Augie pegou a rede e o recolheu, imaginando que esta truta tinha 2,5 quilos, sendo mais comprida que um dos braços de Iris e com o dobro da grossura. O peixe se debateu no fundo do bote, exaurido, mas determinado a voltar para a água. Augustine pegou a faca e estava prestes a enfiar a lâmina no cérebro da truta para cortar a medula espinhal. Parou por um instante e olhou para Iris, lembrando-se da ternura que ela demonstrara pelo lobo naquela noite no hangar.

— Acho que você não vai querer ver — disse ele.

Ela sacudiu a cabeça com um ar corajoso e manteve os olhos fixos no peixe.

Ele cortou a espinha da truta com a faca e tirou o anzol da boca, depois passou a lâmina pelas guelras, um pequeno corte de cada lado. Segurou o peixe sobre a lateral do bote enquanto o animal sangrava e o fluxo escuro e espesso escorria da cauda para a água fria e transparente do lago. Procurou Iris com os olhos e a flagrou fazendo uma careta.

Ele riu de sua expressão.

— Desculpa, menina — falou. — Não dá pra comer peixe vivo.

— Eu faço o próximo — ela disse, provocando.

Augie colocou a truta no recipiente que tinha preparado e uma mancha cor-de-rosa se espalhou pelo gelo. Ele lavou as mãos e a faca no lago e dobrou a lâmina na direção do cabo.

— Certo — disse ele. — Quer jogar dessa vez?

Passou a vara para ela e lhe ensinou a segurar a linha com o dedo indicador e a soltá-la na hora certa.

Ela fez que sim, impaciente.

— Eu sei — ela disse, ignorando Augie. — Deixa eu fazer.

———————

Depois de se refestelarem com a truta assada, as ervilhas enlatadas e o purê de batatas pronto com bastante alho em pó, Iris e Augie ficaram sentados do lado de fora da barraca, vendo as ondulações que atravessavam a superfície do lago como laços feitos de luz. Depois, quando Augustine acordou e se viu sentado em sua cadeira de quintal, era impossível saber quanto tempo passara dormindo – a água continuava se mexendo, o sol continuava queimando seus pés descalços. Ele viu um pequeno rebanho de bois-almiscarados bebendo água do outro lado da margem. Puxou o chapéu de abas largas que tinha encontrado na tenda da cozinha para perto dos olhos e franziu o cenho, observando a água. Havia oito deles e, quase escondido naquelas camadas volumosas das peles invernais já quase desprendidas, estava um nono: um bezerro minúsculo grudado ao corpo da mãe enquanto ela bebia do lago. Augie se virou para Iris, mas sua cadeira estava vazia e não a enxergou em canto nenhum. Talvez ela estivesse dormindo. Levantou-se com dificuldade, apoiando-se nos ásperos braços de madeira compensada da cadeira, e andou até a beira da água.

Os bois-almiscarados continuaram mergulhando o focinho. Ele notou que o bezerrinho estava ficando agitado, zurrando e esfregando o casco na terra macia, passando a cabeça na parte traseira do corpo da mãe, que ainda sentia tanta sede.

— *Umingmak* — Augustine falou baixinho. Era "boi-almiscarado" na língua inuíte; não sabia onde aprendera aquela palavra, nem como se lembrava dela. "Os barbados."

Ele levou as mãos ao rosto e sentiu o emaranhado de cabelo grosso no queixo e pescoço, os longos tufos em sua cabeça – ainda volumosos depois de tantos anos. Sorriu e sentiu os cantos da própria boca com os dedos, só para ver se estava sorrindo do jeito certo.

# CATORZE

Trabalhar era um alívio. Sully não queria fazer intervalos para não correr o risco de perder a concentração absoluta em que vinha mantendo seu pensamento confinado, mas estava tão exausta que a atenção lhe escapava. Thebes tinha trabalhado a seu lado na cabine de comunicações por boa parte da manhã. Eles não tinham falado sobre a caminhada espacial – não tinham falado sobre nada que não fosse a tarefa daquele momento. Sully se sentiu grata pelo silêncio. Colocar o novo sistema de comunicação para funcionar era a única coisa com que conseguia lidar. Temia que o menor gesto de empatia pudesse deixá-la em frangalhos e acabasse voltando para seu beliche, com a cortina fechada, olhando para as próprias mãos mas vendo Devi, escondida sob o volumoso traje branco, ficando cada vez menor e por fim sumindo. Foi Thebes quem sugeriu que fizessem uma pausa para o almoço.

Ela o observou passando pela junção da entrada à sua frente. Sully notou que, pela primeira vez, mesmo na gravidade zero os ombros dele estavam sem forma. Thebes parecia esvaziado, como um tubo de pasta de dente usado pela metade, e ela percebeu que não tinha pensado no resto da tripulação em nenhum momento. Não vivera a tragédia sozinha, todos a tinham vivido. Todos tinham visto Devi sair flutuando – Sully estava presente na hora, mas o restante da tripulação assistira a cada detalhe pelas câmeras acopladas nos capacetes. Aquele mesmo momento passava em replay na cabeça de todos eles, não só na dela. Precisava lembrar a si mesma que não estava sozinha. Entrou pela junção atrás de Thebes e aterrissou na Terrinha, sentindo o peso do próprio corpo ser restaurado.

Os outros tripulantes – Thebes e Harper, Tal e Ivanov – estavam sentados ao redor da mesa, esperando por ela. Viu lágrimas escorrendo pelo rosto de Ivanov e percebeu que ela mesma também chorava – soltando, em silêncio, a água que vinha se acumulando detrás de seus olhos desde que acordara naquela manhã. Lambeu uma lágrima salgada dos lábios e se sentou com eles. Passaram ao redor da mesa a última travessa de torta de carne, uma das refeições pré-preparadas e embaladas em papel alumínio que vinham guardando para uma ocasião especial. Comeram em silêncio, voltaram a passar o prato, comeram um pouco mais. Quando a torta acabou e as bandejas foram limpas, Ivanov pegou as mãos de Tal e Harper, e os outros seguiram seu exemplo. Todos baixaram a cabeça juntos, encostando o queixo no peito.

— A *Aether* perdeu sua filha mais jovem. Proteja-a — disse Ivanov.

Eles continuaram assim por um longo tempo e, quando começaram a sentir dor no pescoço, Thebes levantou a cabeça e acrescentou:

— Ela foi muito amada.

Não era muito, mas era verdade e ajudou. O período passado na *Aether* tinha sido longo e difícil e bonito, mas a cada momento todos naquela mesa tinham amado Devi. Sully olhou para seus colegas e de repente lhe ocorreu que eram sua família – que sempre tinham sido.

---

Naquela tarde, eles receberam o primeiro sinal desde que a antena principal quebrara, uma semana antes. Sully girou o botão de volume para que ela e Thebes pudessem desfrutar do chiado da telemetria que vinha da sonda de Europa, que voltava à vida diante deles, sussurrando nos alto-falantes. Sully fez uma ronda por todas as máquinas, verificando se estavam recebendo os sinais corretamente e salvando tudo no disco rígido. As caminhadas espaciais tinham melhorado a disciplina da equipe – pelo menos a perda tinha servido de alguma coisa. Ela pensou no momento em que Devi lutara para se manter consciente. Dizendo-lhe que era tarde demais. Era capaz de sentir o mastro que segurava desajeitadamente, de ver o brilho espelhado do visor da amiga. Vivenciou mais uma vez o desamparo que sentira enquanto se segurava à parabólica e via Devi falecer: incapaz de se mover, incapaz de resolver o problema assustador que acontecia diante dela, a poucos centímetros. Enquanto se perguntava, não pela primeira vez, como Devi não tinha notado antes – se percebera que os níveis de oxigênio de seu traje estavam despencando, se notara o problema, sem dizer nada. Sully nunca saberia.

Mais uma vez voltou-se ao sinal instável e ao sibilo confuso que emanava dos alto-falantes. Ainda havia trabalho a fazer e ela mergulhou nele de cabeça, indo de uma máquina a outra, testando o ganho, mexendo nas configurações do silenciador de áudio. Os sinais foram ficando um pouco mais limpos e o feedback, um pouco menos ruidoso. Ao fim do dia, ela e Thebes tinham calibrado o novo sistema de comunicação da melhor forma possível. Chegaram à maior qualidade de recepção que o sistema permitiria. Se houvesse alguém tentando chamá-los de volta para casa, eles ouviriam.

Sully ficou na cabine escutando depois que Thebes saiu. Ela se sentiu... "conectada" não era a palavra correta, porque não havia nada lá fora com o que se conectar, mas se sentiu menos sozinha. Tinha feito sua parte, tinha estendido o tapete vermelho eletromagnético. Se ninguém se beneficiasse dele, se as boas-vindas fossem ignoradas, mesmo depois de tanto tempo e trabalho e sacrifício, não seria sua culpa. Ela teria dado seu melhor. *Eles* teriam dado seu melhor. Estavam conseguindo atravessar a turbulência da perda e do isolamento e chegar a um espaço mais calmo – um espaço no qual o sinal do Controle da Missão se preparava para chegar até eles em plena velocidade, no qual ela estava pronta e disposta a ver o que aconteceria em seguida.

Já era tarde quando Sully decidiu voltar para a Terrinha. Encontrou Tal em seu lugar de costume, com os dedões posicionados sobre um controle de videogame, com uma diferença perceptível: Ivanov estava sentado ao lado dele, com outro controle nas mãos. Nunca os vira jogando juntos. O cabelo loiro de Ivanov estava penteado para trás, com suas bochechas coradas brilhando por conta do esforço da competição, a habitual rigidez de seus traços transformada em uma dureza mais suave, mais maleável. Tal parecia extremamente empolgado, com os olhos castanhos arregalados, os dentes à mostra diante da tela, a barba grossa e negra que tomara conta do rosto ainda mais volumosa, como se até seus folículos capilares estivessem reagindo à extrema inovação que era ter um oponente real, um oponente que queria muito vencer. Os dois homens não levantaram os olhos para ela, imersos nos desafios de seus avatares. Sully seguiu pela curva da centrífuga em direção à longa mesa da cozinha. Harper e Thebes estavam sentados frente à frente jogando pôquer, apostando nozes e parafusos da caixa de ferramentas de Thebes. Sully se sentou ao lado dele para assistir.

— O Thebes me contou que estamos em pleno funcionamento de novo — Harper disse, baixando um *full house*. Thebes assobiou através do diastema dos dentes da frente e baixou as cartas que tinha.

Sully assentiu.

— Estamos. Mas não tem muita coisa lá fora pra gente ouvir.

— Quer entrar no jogo? — Thebes lhe perguntou, embaralhando as cartas com suas mãos elegantes e escuras, passando as unhas cor-de-rosa por elas, como se fossem borboletinhas.

— Não, obrigada — disse ela. — Acho que só vou assistir.

— Agora vamos pegar carona na órbita de Marte a qualquer momento — Thebes disse enquanto Harper cortava o baralho. — Depois vem o estilingue e voltamos para a Terra. Acho que nossa chance de receber algum sinal mais fraco vai aumentar à medida que nos aproximamos.

Ela olhou para Ivanov e Tal, ainda envolvidos no jogo de videogame, unidos pela concentração e competição, depois voltou a olhar para Thebes e Harper. Harper notou que ela continuava observando as mãos de Thebes enquanto ele olhava suas cartas, inclinando-as sem tirá-las da mesa.

—Tem certeza de que não quer jogar? — ele perguntou.

— Certeza — ela respondeu. — Acho que vou voltar para a cabine de comunicações rapidinho. Esqueci uma coisa. — E se levantou da mesa.

— Não vai comer nada? Todo mundo já jantou — disse Harper. — Era tipo uma lasanha. Deixamos um pouco pra você. — Thebes deixou os cantos de suas cartas baterem na mesa. Ela pegou uma porção de frutas cristalizadas na cozinha e mostrou a ele antes de guardá-las no bolso. Não pretendia comê-las, mas Harper ficou satisfeito. Enquanto saía da Terrinha, ouviu Ivanov dar um grito triunfante, seguido de um grunhido baixo vindo de Tal.

Ela passou pelo corredor-estufa devagar, deixando-se arrebatar pelo verde vivo das plantas aeropônicas. Elas afastavam os pensamentos e coloriam a sua mente, saturando os cantinhos escondidos de seu cérebro – verde, a cor do lugar que chamavam de casa. Perguntou-se se conseguiria sustentar aquela sensação, se conseguiria tornar permanente aquela paz verdejante, mas tão logo pensou nisso todo o resto a invadiu de repente e aquela iridescência flamejante se desbotou. Era impossível. Ela era só um pontinho de consciência perdido em um oceano de caos, não muito diferente da *Aether*. Atravessando o vácuo do espaço, com paredes finas que fraquejavam sob as forças violentas do cosmos, perdendo partes de si mesma pelo caminho, igual à nave na qual viviam.

Sully parou por um instante diante da entrada do deck de controle, mas não entrou. Preferiu ficar longe da piscina de breu que ficava logo ali, do outro lado da cúpula. Ela se virou e se impulsionou em direção à cabine de comunicações, aumentando o volume dos alto-falantes emudecidos e deixando que os sons a banhassem. *Faz muito tempo que estamos em silêncio aqui*, pensou. Depois de alguns instantes começou o rastreamento, buscando alguns dos que eram andarilhos como eles. Encontrou uma antiga pesquisadora robótica, que ainda circulava Marte. Depois Cassini, uma das primeiras exploradoras de Saturno. E de repente lá estava, a andarilha que sempre sonhara em ouvir: a *Voyager 3*, que se dirigia ao limite do Sistema Solar, passando pela heliopausa, entrando na nuvem Oort e indo além, até chegar ao espaço interestelar. Os dados de telemetria que chegavam eram esparsos e básicos; desde que ela fizera aquela pesquisa pela última vez, algumas das funções da *Voyager* haviam sido desativadas. Pelas leituras de plasma, imaginava que a sonda tivesse ido além do Sistema Solar – que tinha chegado a um novo sistema.

Ela passou horas na cabine de comunicações, ouvindo e monitorando suas telas. Quando voltou à Terrinha, os outros estavam ou dormindo ou sozinhos em seus compartimentos, com o brilho das luzes de leitura transparecendo pelas cortinas. Antes que ela tivesse a chance de se trancar em seu beliche, Harper abriu a própria cortina. Ele estava com metade do corpo dentro do saco de dormir, apoiando-se na parede com o tablet iluminado no colo.

— Você voltou — disse ele. — O que você tinha esquecido?

Ela não conseguiu pensar em nada que fosse crível, algo que pudesse tê-la ocupado por tanto tempo. Era mais fácil dizer a verdade.

— Eu não tinha esquecido nada. Eu só… queria passar um tempo ouvindo.

Ele assentiu.

— Mas está tudo bem com você?

— Está — respondeu ela. — Só estou cansada. — Estendeu o braço para segurar sua cortina. — Boa noite — disse e a fechou.

— Boa noite — sussurrou ele e Sully ouviu o clique da luz de Harper se desligando.

Ela ficou deitada no escuro por um longo tempo, de barriga para cima e olhos fechados, examinando todas as sombras que havia em seu compartimento. Aos pés da cama, o monte de roupas que tinha usado naquele dia e usaria de novo no próximo. Na parede, a fotografia quadrada de Lucy. Acima de si, o globo escuro de sua luz de leitura. Depois de um tempo, ela dormiu e sonhou que viajava para outra direção na *Voyager 3*, para longe de casa e não de volta para ela. No sonho, se sentia tranquila, despreocupada. Estava encolhida no côncavo da antena parabólica da *Voyager*, enrolada feito um gato dorminhoco, e, olhando para a escuridão, de repente percebia que tinha chegado mais longe do que jamais havia imaginado. Percebia que tinha chegado ao fim do universo e ficava contente.

---

Os cinco tripulantes se reuniram à mesa para tomar café da manhã e repassar os detalhes da próxima fase da jornada. Sully bebia suco de laranja de canudinho, criando um ponto de distração de sua expressão cansada, enquanto Tal falava sobre a trajetória que tinha planejado. Ao passarem por Marte, entrando e saindo de sua órbita como se fosse uma rodovia celeste, estariam a uma distância relativamente curta do planeta vermelho. Tal prosseguiu, explicando quais eram as complexidades da órbita de Marte e como usariam sua gravidade em benefício da *Aether*, mas depois Sully perdeu o fio da meada e parou de prestar atenção no que era dito. Estava contemplando a textura do armário atrás da cabeça dele quando percebeu que tinha terminado o suco de laranja e começado a fazer um barulho grosseiro com o canudo. Tal tinha se interrompido e a encarava. Ela parou, ainda engolindo o que pensava ser suco, e ele voltou a falar.

— Então... Eu sei que já estamos vendo Marte a certa distância há algum tempo, mas, se vocês quiserem mais detalhes, os próximos dias serão o momento ideal.

Sully se desconcentrou mais uma vez. Harper tomou a palavra e combinou com todos quais seriam suas tarefas na última etapa da jornada, à medida que a *Aether* se aproximava cada vez mais da Terra. Ela meneou a cabeça nos momentos certos e, quando finalmente foram liberados, foi direto para a cabine de comunicações. Tinha perdido tempo que poderia ter dedicado às sondas jovianas e queria garantir que os dados que chegavam delas fossem registrados e arquivados corretamente. O trabalho direto e reto da entrada de dados a acalmava, mesmo que as conclusões às quais chegava e as hipóteses que elaborava ainda não tivessem público. Dedicar-se àquilo a ajudava a se distrair do que permanecia desconhecido na jornada da tripulação. Já tinha trabalhado algumas horas quando se deu conta de que estava faminta e de que não comia desde o dia anterior. Ela se lembrou das frutas desidratadas que tinha guardado no bolso e abriu o pacote enquanto catalogava os dados de telemetria.

Pensou em Marte enquanto trabalhava. Imaginou a terra vermelha cheia de crateras, a poeira laranja e os leitos fluviais secos e vazios. Pensou nos planos de colonização – uma missão norte-americana já levara astronautas ao planeta alguns anos antes, para que fizessem principalmente uma pesquisa geológica, mas também procurassem potenciais hábitats. Antes do lançamento da *Aether*, uma empresa privada de viagens espaciais tinha se dedicado à logística da construção de uma colônia permanente em Marte. Diziam que faltavam poucos anos para que o projeto saísse do papel – tarde demais, ao que tudo indicava.

Ela estava animada para ver o planeta vermelho tão de perto. A visão que a tripulação tivera na ida, dois anos antes, tinha sido passageira e distante. Na ocasião, estavam preocupados com outras coisas – com a força gravitacional de Júpiter, esse sim que ninguém nunca tinha visto de perto. A nova relevância de Marte se devia sobretudo à proximidade com a Terra. Era a última sinalização antes da parada final; parecia dizer "quase lá". Depois de trabalhar mais algumas horas na telemetria das sondas, Sully mudou a frequência de recepção para a *Voyager 3*, ainda pensando no sonho da noite anterior. Chegou a tempo de ouvir um assobio estridente e depois houve só silêncio. Não conseguia sintonizá-lo de novo, mesmo tentando de tudo – só encontrou ondas senoidais vazias onde o sinal estivera havia poucos instantes. Quando desistiu, já era tarde. A sonda tinha desaparecido. Talvez a fonte de energia tivesse finalmente cedido, talvez tivesse havido um defeito em algum outro componente, o que inutilizara o sistema de comunicação, ou talvez estivesse tão longe que ficara simplesmente fora de alcance. Era possível que conseguisse ouvir o sinal novamente algum outro dia, que algo o tivesse bloqueado – um planeta no caminho ou até um asteroide –, mas ela achava que não. Ficou flutuando no silêncio da cabine de comunicações por um bom tempo, lembrando-se de seu sonho. No fim, desejou boa sorte à *Voyager* e resolveu deixar que a sonda seguisse seu caminho.

Era hora de voltar sua atenção à Terra – não à Terra que ela deixara para trás, mas à Terra para a qual estava voltando. Os longos meses de retrospectiva e luto, de pensar nas pessoas que abandonara, nas que perdera, tinham se tornado muito pesados para ela. Já tinha passado tempo demais olhando para trás. Naquele momento finalmente se permitiu olhar para a frente. Não sentiu esperança, ainda não, mas abriu espaço para ela. Sully ajustou seu comprimento de onda e começou a rastrear as frequências: principalmente ouvindo, às vezes fazendo alguma transmissão, mas sempre buscando, de uma banda a outra. Quando terminou de rastrear tanto o espectro UHF quanto o VHF, começou de novo, do início. Tinha que haver alguma coisa lá fora. Tinha que haver.

# QUINZE

Os dois começaram a passar muito tempo no botezinho do lago Hazen. Augustine remava até o meio do caminho entre a margem e a ilha, depois eles se revezavam com a vara de pescar. Nunca demorava muito – o lago estava apinhado de trutas que mordiam qualquer coisa e a pequena isca laranja era tentadora demais. Eles pegavam uma, às vezes duas se fossem pequenas, tiravam as espinhas e o sangue, depois voltavam remando e limpavam dos peixes na margem. Iris ganhou prática no arremesso da vara e também estava ficando boa nas tarefas mais indigestas, no trabalho de quebrar a espinha e retirar as vísceras – não deixava Augie limpá-los de jeito nenhum.

As florzinhas silvestres cresciam formando tapetes densos e coloridos ao longo da tundra. À medida que os mantos de cor brotavam por entre a grama nova e a terra marrom e macia, Augie e Iris começaram a se aventurar para além do acampamento, cada vez mais longe, para explorar a abundância desconhecida do verão. As colinas e montanhas dos arredores estavam cheias de lemingues, lebres-do-ártico e pássaros. Os bois-almiscarados e os caribus se limitavam à tundra, comendo todos aqueles espécimes botânicos raros e pequeninos como canapés em um coquetel chique. Em uma das caminhadas, Augie parou para descansar sobre uma rocha enquanto Iris seguiu adiante. Um caribu se aproximou e arrancou com cuidado as flores que Augustine estava admirando, encaixando os lábios desengonçados nas pequenas pétalas amarelas e partindo as hastes desde a raiz, sempre mastigando, para em seguida se afastar saltitando em busca de outras iguarias. Ele viu a espiral de pelos no centro da testa do caribu, ouviu o clique de seus dentes se fechando, sentiu o odor intenso e almiscarado de seu hálito. Nunca estivera tão perto de um animal selvagem – não um animal vivo. Esse era enorme, com chifres que se avultavam para cima e chegavam tão alto que pareciam invadir a claridade do céu e desaparecer, como galhos de uma árvore.

Augustine pensou na barraca do equipamento de rádio, como tantas vezes pensava. Ainda não tinha entrado lá e, à medida que o tempo passava, começou a se perguntar por quê. O que ele queria evitar? Estava curioso para descobrir que tipo de equipamento haveria lá, o que poderia ou não escutar, mas todo o resto vinha sendo tão agradável que minguou sua curiosidade. Ele não queria estragar a vida tranquila que vinham levando à beira do lago. Não sabia o que poderia encontrar e, fosse nada ou fosse tudo, não queria arriscar a novíssima felicidade que tinham criado, pelo menos por enquanto. Era a primeira vez que estava contente em não saber. A busca por outra voz não dizia respeito só a ele, no entanto. Sua própria felicidade tinha deixado de ser a coisa mais importante.

No começo, quando chegaram ao acampamento, havia pensado ingenuamente que sua saúde começava a melhorar – a tranquilidade do lago, o tempo relativamente ameno e a delicadeza do vento faziam-no sentir-se mais forte. Mas o tempo foi passando e Augustine entendeu que seus dias estavam mais contados do que nunca. Conforto e melhora eram coisas bem diferentes. Lá a vida era mais fácil, mas ele continuava envelhecendo. A longa noite voltaria e, quando acontecesse, as temperaturas despencariam e ele voltaria a sentir dor nas articulações, como antes. Seu coração passaria a bater um pouco mais devagar, seu raciocínio perderia a agilidade. Iria parecer que a noite polar duraria para sempre. Ao mesmo tempo temia e desejava que aquele ano fosse seu último. Ele estava velho – as flores silvestres e a brisa não lhe devolveriam a juventude. Olhou para a encosta e viu Iris descer deslizando, pulando de pedra em pedra feito uma cabra montanhesa.

— Estava bonito lá em cima? — ele perguntou. Em vez de responder, ela lhe entregou um buquê de chá-dos-alpes, uma flor branca pequenina com um marcante estame amarelo no centro, cheio de pólen. Algumas das flores já tinham morrido e de algumas das cabeças das sementes brotavam longos tufos brancos, alguns ainda contorcidos em um botão brilhante, outros já soprados pelo vento como os pelos brancos e retorcidos da barba de um velho. Ele riu.

— Está dizendo que parecem comigo? — Mexeu em uma das flores e Iris fez que sim, com sua melhor carinha zombeteira.

— Poderia ser pior... — ele disse, pegando uma das flores mortas e a encaixando em uma das casas de botão da camisa. Iris sorriu, mostrando que tinha gostado, e continuou a descer. Augie se levantou com dificuldade, apalpando a superfície lisa da rocha para içar o próprio peso, esmagando sem querer as flores na pedra. Enquanto observava a menina voltando para o acampamento, segurou firme o buquê amassado e quase morto e a seguiu. Tinha chegado a hora.

———

Com uma xícara de café em mãos, Augie andou pela planura pedregosa e tentou abrir a maçaneta da pequena barraca. Ela não cedeu de primeira, então ele apoiou o café no chão e deu um empurrão na porta com o ombro. Dentro da barraca, encontrou exatamente o que tinha imaginado: uma estação de base bem-equipada. Com alguns equipamentos empilhados, vários transceptores para frequências HF, VHF e UHF, dois pares de fones de ouvido, alto-falantes, um microfone de mesa e um gerador bastante moderno em um dos cantos, a estação estava completa – pronta, à espera de um operador. O problema do observatório era que dependia da comunicação via satélite (só se usava o rádio como reserva ou para transmissões locais), mas no acampamento tinha tudo sido planejado para a comunicação via rádio. Ele notou que havia um longo telefone via satélite sobre a mesa, com alguns aparelhos portáteis ao lado.

Augie ligou o gerador e deixou-o funcionando por alguns minutos antes de verificar se os equipamentos estavam conectados à fonte de energia. Depois começou a ligar tudo. Visores alaranjados e verdes piscavam. Uma estática baixa e contínua emanava dos alto-falantes, como se ali morasse um enxame de abelhas. Havia alguns equipamentos de sobrevivência guardados debaixo da mesa – garrafas d'água, rações de emergência, dois sacos de dormir –, e ele percebeu que, assim como as estruturas mais robustas do acampamento, a barraca também deveria servir de abrigo de emergência. As três acomodações eram duráveis o suficiente para aguentar os invernos do Ártico ano após ano, mas não eram indestrutíveis. O Ártico estava muito longe de ser gentil com seus habitantes.

Depois de mexer nas coisas por algum tempo, Augustine plugou os fones de ouvido, os colocou e começou a procurar estações. "Lá vamos nós", pensou. Mas era diferente do que acontecera no observatório – a matriz de antenas que estava lá fora iria permitir que sua voz e seus ouvidos chegassem mais longe do que jamais conseguira no Barbeau. Ele passou a mão em um dos transceptores, admirando o aparelho, e com o dedão tirou o pó do visor verde brilhante. Ligou o microfone e o aproximou do queixo com ar ansioso, depois escolheu uma banda de rádio amador e começou a transmitir – "CQ, CQ, CQ" – várias vezes seguidas, passando de frequência em frequência. Nada. Mas, até aí, não esperava ouvir uma resposta. Continuou transmitindo, passando de VHF para UHF, depois voltando para HF, depois de volta ao começo. Após um tempo, Iris apareceu na soleira da porta, que ele deixara aberta para deixar o ar de verão entrar. Mostrou uma vara de pescar, chacoalhando-a. Ele olhou para ela e depois para o equipamento, depois de novo para ela.

— Você tem toda a razão — falou. — Te encontro lá no bote.

Ela sumiu na hora, deixando o retângulo fino de lago, montanha e céu intacto. Ele começou a desligar tudo, o gerador por último, depois tirou os fones de ouvido, que estavam apoiados em seu pescoço, e enrolou o fio. Fechou a porta atrás de si, permitindo que seus olhos se adaptassem ao brilho do sol refletido na água.

Iris estava sentada no casco virado ao contrário, batucando em um ritmo que lembrava jazz com a ponta da vara de pescar.

— Olá, capitã! — chamou ele, fazendo-a saltar.

Juntos endireitaram o barco e o enfiaram na água rasa, em um movimento que àquela altura se tornara muito simples, depois de tantas sessões de pescaria. Augie pegou os remos e a rede, e eles seguiram pelo lago. Deixou o bote flutuar por alguns minutos, fechando os olhos, ouvindo a água bater na terra, no casco, e sentindo no rosto o olhar aquecido do sol da meia-noite. Quando os abriu, Iris estava com as pernas penduradas na lateral do barco, molhando as pontas dos pés no lago, abrindo sulcos temporários na água: surgiam e sumiam, surgiam e sumiam. Ele mergulhou os remos na superfície vítrea e começou a remar.

---

Parecia que o verão se dissipava mais rápido do que tinha chegado. O calor escoava do vale e uma frente fria rastejante se aproximava, gelando as delicadas flores silvestres e cobrindo as margens lamacentas do lago de cristais de gelo. Augustine continuou se sentando na cadeira de compensado à beira do lago, observando a passagem do tempo, a queda do sol, mas tinha voltado a se embrulhar em camadas de lã. O frio voltara a seus ossos, suas juntas, seus dentes. Não saía mais do acampamento. Iris perambulava sozinha pela tundra e pelas montanhas. Ainda pescavam juntos, levando o bote pelo tempo que o lago permitisse, mas ele achava mais difícil remar no frio e o gelo caía mais pesado a cada semana que passava. *Agora não vai demorar muito mais*, pensou.

Augustine continuou rastreando as bandas todos os dias na cabine de rádio, mas o silêncio era perpétuo e o isolamento, absoluto. Só continuava escutando porque tinha necessidade de trabalhar, de ter um propósito. À medida que os dias passavam e se tornavam mais frios, a caminhada que separava o acampamento da barraca deixou de ser um exercício agradável e se tornou uma provação. Augie reunia todas as suas forças e punha-se a andar, recusando a derrota. Logo descobriu que não conseguia mais remar o bote, nem por um curto período. Depois de um tempo, uma fina crosta de gelo se formou nas beiradas do lago. *Não faz diferença*, pensou. Não demorou muito para que o sol enfim alcançasse o horizonte e descesse mergulhando antes de voltar a subir. O concerto de nascer e pôr do sol que criava era maravilhoso e durava muitas horas, banhando as montanhas com um brilho laranja flamejante e projetando jatos de nuvem violeta no céu antes de voltar a desbotar e chegar a um azul vivo. Aqueles momentos de fim e começo do dia, unidos em um mesmo evento contínuo, se tornaram um sinal da passagem do tempo.

O lago congelou, depois derreteu, depois voltou a congelar. Uma tarde, enquanto o sol mergulhava detrás das montanhas e lá passava um tempo escondido, uma garoa fria começou a cair. No crepúsculo gélido, a chuva endureceu e virou granizo, depois voltou a amolecer e se transformou em flocos gordos e brancos de neve, que caíam flutuando devagar e cobriam a paisagem marrom. Augie tinha saído de sua cadeira quando começou a chover, mas voltou quando o granizo virou neve. Iris foi junto, sentando-se no banquinho que ele construíra com uma caixa, e os dois viram os contornos da terra desaparecerem sob um lençol de brancura. Quando a luz clareou as montanhas, algumas horas depois, o sol banhou os picos recém-cobertos com um fogo pálido e, ao subir a tundra, queimou, tornando-se um campo de chama branca. Aquele familiar manto do Ártico tinha voltado e continuaria presente por muitos meses.

As estrelas também retornaram. Uma noite, depois que as montanhas embebidas em cores tinham desbotado e então escurecido, virando picos negros em contraste com um céu azul-bebê, Augie foi andando até a beira do lago congelado para testar a camada de gelo. Ele bateu na superfície com a bota e, vendo que não cedia, deu alguns passos cautelosos, dando mais uma batidinha e, por fim, um belo de um pisão. Estava firme. Aguentaria o peso dele. Voltou para a margem e foi para a cabine de rádio. Notou uma trilha de pegadas frescas na neve, iluminada pelo brilho das estrelas, começando em uma das colinas e desaparecendo à beira do lago. As pegadas eram imensas e muito espaçadas, e tinham as pontas afiadas de patas compridas entalhadas nas bordas: pegadas de urso polar. Ali? Ele ficou surpreso e por um instante deixou o rádio de lado, andando para trás e seguindo-as até a margem, onde sumiam no gelo. Agachou-se para examinar os arranhões rasos na superfície, onde o urso se apoiara para atravessar a água congelada. Talvez estivesse a caminho do fiorde, pensou. Talvez estivesse perdido. Deu de ombros e retomou o percurso para o rádio.

Colocando os fones sobre os ouvidos, ele começou o rastreamento, ajustando as configurações sob a luz suave e oscilante do lampião a querosene. O chiado da estática o relaxava – escondia o absoluto silêncio do Ártico, tão extremo que parecia antinatural. O ruído do movimento da água tinha desaparecido, o ar estava imóvel, os pássaros tinham ido embora. O silêncio do inverno recaíra sobre eles. As andorinhas-do-mar tinham abandonado seu lindo ninho, voando rumo ao sul, em direção ao outro polo, e os bois-almiscarados e os caribus tinham voltado para a tundra aberta. De tempos em tempos a quietude era interrompida pelo longo e trêmulo uivo de um lobo; exceto por isso, o lago estava envolto em uma imobilidade abafada. O ruído branco das ondas de rádio era um alívio, um chiado suave que mascarava a solidão. Ele programou o receptor para fazer uma busca automática e fechou os olhos – deixando sua consciência em suspenso. Tinha acabado de pegar no sono quando ouviu: uma voz, que entrou por seus tímpanos e chegou a seus sonhos. Endireitou-se em um solavanco e pressionou os fones de ouvido contra as orelhas. Era tão fraca que Augie não tinha certeza se realmente a ouvira. Mas não, ela surgiu de novo – não eram palavras, só sílabas, entrecortadas pela estática. Ele se esforçou para identificar o que diziam e aproximou o microfone, de repente sem saber como reagir. A linguagem dos códigos amadores lhe escapou naquele momento de empolgação, mas não fazia diferença. Os órgãos federais não estavam mais ouvindo.

— Alô? — ele disse, percebendo então que praticamente gritara. Esperou, se esforçando para ouvir uma resposta. Nada. Tentou de novo, e de novo, e enfim, na terceira tentativa, a ouviu. Uma voz de mulher, clara como água.

# DEZESSEIS

Marte tinha ficado para trás e o pontinho azul-claro da Terra ficava maior a cada dia. Eles começaram a passar o tempo livre na cúpula, onde observavam a cor da atmosfera ficar mais viva à medida que se aproximavam – todos, menos Sully. Ela continuou passando horas e horas na cabine de comunicações, dividindo seu tempo entre rastrear as sondas das luas jovianas e procurar sinais da Terra enquanto seguiam a caminho de casa. Quase não interagia com os demais. Geralmente saía cedo da centrífuga, tão logo o sol artificial nascia, e só voltava tarde, quando os outros já estavam em seus compartimentos. Não havia nada, nem uma transmissão de noticiário perdida, nem uma parada de sucessos qualquer, mas ela continuou ouvindo. Quanto mais perto chegassem, mais chance a antena da nave teria de captar um sinal. Em tempos de desastres mundiais, os operadores de rádio amador sempre eram os primeiros a disseminar informações pelas ondas eletromagnéticas; sem dúvida haveria algum falatório, pensou. Tinha que haver. Ainda não havia nenhuma teoria que fizesse sentido, nenhuma explicação possível para o silêncio. Mas pouco a pouco eles o tinham aceitado.

Estavam prestes a ver a Lua circulando o planetinha azul quando ela finalmente perdeu contato com sua sonda em Io. Não foi algo inesperado – as condições no satélite mais próximo de Júpiter não eram fáceis e a sonda já tinha superado sua expectativa de vida. Era uma guerreira que dedicara sua existência a colher dados extraordinários, mas ainda assim o silêncio entristeceu Sully. Havia poucos sinais lá fora; ter um a menos para acompanhar – primeiro a *Voyager*, depois aquilo – a desamparava mais ainda. Havia tão poucas coisas que ainda faziam sentido. O universo era um lugar inóspito e se sentia frágil, temporária, solitária. Todas as tênues conexões dos tripulantes, suas ilusões de segurança, de companheirismo, de camaradagem, estavam desaparecendo. A julgar pela última transmissão, a sonda tinha adentrado territórios vulcânicos, afastando-se dos campos nevados de dióxido de enxofre aos quais tinham-na levado. Sua última leitura de temperatura sugeria submersão em lava – e nem a NASA projetava coisas que sobrevivessem àquilo.

Sully encerrou o dia e saiu da cabine de comunicações, flutuando pelo corredor em direção à cúpula. Pelo menos estavam quase chegando em casa. Independentemente do que os esperava, era bom ver seu planetinha pelo vidro grosso, sua lua prateada rodopiando como uma bolinha de fliperama preguiçosa. Tal e Ivanov estavam flutuando diante daquela visão lado a lado quando chegou. Abriram espaço para ela na cúpula. Os três ficaram levitando ali, suspensos no espaço, olhando o ponto azul no qual tinham começado suas vidas se avultar e chegar cada vez mais perto. Havia um cintilar quase imperceptível próximo à superfície do planeta, que aparecia e sumia de repente, e Ivanov esticou mão para apontar o lugar onde estivera.

— Vocês viram? — disse ele. — Bem ali… Acho que é a Estação Espacial Internacional. Deve ser.

O brilho havia desaparecido na borda da Terra antes que levantasse a mão. Tal deu de ombros e passou os dedos pela barba, contemplando o espaço.

— Pode ser — ele disse.

— Pode ser? — Ivanov retrucou. Duas gotas de saliva irritadas saíram de seus lábios e ficaram pairando diante de seu rosto. — O que mais poderia ser?

Tal deu de ombros de novo.

— Sei lá — respondeu —, um satélite, talvez. O telescópio Hubble. Lixo espacial. Pode ser muitas coisas.

Ivanov balançou a cabeça.

— Impossível. Muito grande.

Sully tinha começado a sair da cúpula, sem vontade de bancar a juíza, quando viu Tal colocar a mão no ombro de Ivanov.

— Talvez você esteja certo — ele admitiu. — Só… vamos esperar passar de novo, né?

Ivanov assentiu e eles continuaram com a vigília, observando o planeta que se avultava. Sully ficou surpresa ao vê-los chegarem a um acordo, surpresa e positivamente impressionada – era uma nova conexão, em meio a tanta solidão. Ela saiu discretamente da cúpula. Nenhum dos dois percebeu.

Quando chegou à cabine de comunicações, Harper estava esperando. Sentiu-se acuada. Tentou esconder a irritação ao vê-lo ali, no que julgava ser seu espaço privativo. Ele apontou para a última transmissão da sonda de Io, os dados de telemetria que ela deixara na tela principal quando tinha saído.

— A sonda de Io finalmente foi pro saco, então? Morte por vulcão?

Sully fez que sim.

— Pois é, ela me deixou na mão ontem.

— Quer fazer um intervalo? Fazer alguma coisa pra comer? Jogar um pouco?

— Acho que não — disse ela. — Tenho algumas coisas para terminar aqui e acabei de fazer um intervalo. Mas obrigada.

— Entendi. É que eu não te vejo faz um tempo. Queria perguntar como você anda. — A expressão de Harper era tão aberta, tão amistosa, um convite estampado na testa para Sully desabafar. Ele queria que ela falasse, mas por algum motivo aquilo a deixou furiosa. Não queria ser rude, nem maldosa, mas não sabia como reagir e a pergunta em si já a repelia. Como ela estava? Como qualquer um deles estava? Estavam em uma situação impossível, fazendo o que podiam para seguir em frente – para passar de um momento a outro sem cair aos pedaços: encarando a Terra, ouvindo a Terra, jogando videogame enquanto pensavam na Terra.

O silêncio se prolongou. Por fim, ela disse:

— Eu ando meio pra baixo por motivos óbvios, mas acho que você já sabia disso. De resto estou ótima.

— Claro, claro. — De repente ele pareceu inseguro, como se o roteiro que tinha ensaiado em pensamento não fosse mais relevante para a conversa. — É que eu sinto falta de te ver. Mas enfim… Vá no seu tempo. De repente a gente tem o prazer de te ver no jantar.

Ele passou por ela e saiu da cabine. Uma das máquinas cantou para sinalizar que havia dados de telemetria chegando. As outras zuniam baixinho – nada além de ondas senoidais vazias.

Sully ficou olhando Harper sair e se arrependeu na mesma hora. Será que ela precisava ter sido tão ríspida? Tão fria? Por que não conseguia verbalizar o que sentia? Estava envergonhada, mas ao mesmo tempo com raiva – por Harper tê-la irritado, por ter remexido o vórtex inesperado que havia dentro de seu peito. Ela viu seus pensamentos serem invadidos por lembranças rodopiantes de Devi, de Lucy, de Jack... chegando até sua mãe, Jean. Havia perdido todos eles, cada um à sua maneira. Cada uma das perdas voltou a atingi-la enquanto flutuava na cabine de comunicações e o redemoinho que tomou conta de seu coração cresceu até que ela não soubesse mais diferenciar o que era novo e o que era antigo. Ela respirou fundo uma, duas vezes. Ficou olhando a Terra, seu contorno azul embaçado, sua topografia escarpada, as faixas de nuvens, mas aquela visão não a acalmou. Pensou em Harper, Thebes, Tal, Ivanov – sempre havia mais a perder. Tentou se acalmar, apaziguar a corrente do próprio corpo, mas a ausência de gravidade fazia com que fosse difícil ficar imóvel. Seu ombro bateu em um dos alto-falantes, seu quadril encostou em uma tela e, quanto mais se esforçava para ficar parada, mais flutuava. Estava lutando contra uma ausência, não contra uma presença, e de repente aquilo a perturbou. Para que lado era para cima? À medida que o chão caía e se transformava no teto, sentiu o fio de lógica que a conduzira ao longo da missão, ao longo de toda sua vida, se partir. O trabalho árduo e a inteligência não podiam protegê-la – não havia nada que pudesse ter feito, não havia esforço ou precaução ou habilidade suficientes para impedir os acontecimentos. Não havia nada no universo que pudesse proteger nenhum deles. Sentiu sua perspectiva escurecer e mais uma vez se pegou observando uma astronauta se perder na escuridão, só que

dessa vez era ela em seu traje espacial – gritando, imploran-
do, tremendo, sem conseguir respirar.

––––––––

Sully só havia tido um ataque de pânico uma outra vez
em toda sua vida, depois que seu padrasto telefonara para
contar que Jean tinha morrido. Nunca tinha perdido a esperança de que elas conseguiriam se reconciliar, de que um
dia iriam juntas ao deserto mais uma vez e ficariam olhando as estrelas, só as duas. Jean a chamaria de "ursinha",
como sempre chamava, e as duas iriam ficar admirando
as crateras luminosas da Lua, os arabescos da nebulosa de
Órion, o brilho enevoado da Via Láctea. Iriam se sarar.
Iriam voltar para casa de carro, pelas estradas cheias de
areia, e iriam perdoar uma à outra. Depois daquele tele-
fonema, a fantasia que a vinha sustentando desde que era
menina evaporou-se. Sua mãe havia se afastado em algum
lugar entre o deserto do Mojave e a British Columbia, mas
aquela esperança nunca tinha deixado de existir. Havia
momentos em que aquela possibilidade parecia muito próxima e quando finalmente – e definitivamente – ficou claro
que era tarde demais, foi impossível suportar de uma vez
todo o peso da perda.

Ela se lembrou de ter deixado o celular sobre o balcão
da cozinha de seu primeiro apartamento de verdade, em
Santa Cruz, e ter ficado observando a textura do tampo
– pontinhos granulados de um cinza quase prateado –, e
depois deixado as costas deslizarem pela geladeira, aga-
chando-se no chão. Ela se lembrou de ter ficado lá por
muito tempo, engasgada com as lágrimas, questionando
como continuava consciente, como continuava viva. De
manhã, acordou com a bochecha grudada no piso frio. Fi-

cou olhando para o rejunte branco entre o rosa-salmão dos azulejos por horas, pensando que, se ao menos conseguisse manter o pensamento fixo naquele padrão e nada mais, iria conseguir sobreviver àquele dia.

Ela reconstruiu o padrão do azulejo. Deixou que a preenchesse. Diamante após diamante rosa com a moldura branca. Lembrou-se de ter se levantado, depois de um tempo, e ido abrir a porta dos fundos. Tinha ficado sentada nos degraus que levavam a seu minúsculo quintal, olhando para o céu, para aquela cúpula de azul vívido. Ela tinha dado um jeito. E seria capaz de fazê-lo mais uma vez.

Quando Sully voltou para a Terrinha naquela noite, a onda de adrenalina tinha baixado, deixando em seu rastro um vazio agonizante que se agarrou a seus músculos já doloridos. Harper ainda estava acordado, sentado à mesa jogando paciência. Ele não a cumprimentou e ela não conseguiu pensar em nada para dizer. Aprontou-se para dormir e subiu em seu compartimento. Em seguida titubeou, deixou a cortina aberta, com os pés descalços ainda no chão.

— Desculpa pelo que eu disse antes — disse ela sem olhar para ele e ouviu o ruído de uma carta sendo colocada na mesa.

— Não se preocupa — falou ele, mas em um tom que ela não estava acostumada. Parecia distante, como se desse ordens a um computador. Como se não estivesse falando com um ser humano. Entendeu que o magoara e aquela era sua punição. Perder um homem que estava logo à sua frente.

— Tudo bem. Então boa noite — ela disse e esperou. Ele não respondeu. Depois de um instante fechou a cortina e se deitou. Teria chorado se ainda houvesse lágrimas, mas seus olhos estavam vermelhos e secos. Ela apagou a luz.

— Boa noite — ele disse enfim, voltando a soar como Harper.

Ela levou as próprias mãos frias ao calor pulsante das pálpebras. Teria aberto um sorriso, mas também não tinha mais nenhum sobrando.

———

O planeta continuava igual ao que tinham deixado para trás – não havia uma nuvem de poeira asfixiando a atmosfera e turvando os continentes, nem fumaça saindo da superfície. Um enorme oásis redondo em meio a um deserto negro e ressecado. Só quando já estavam quase em órbita Sully entendeu o que havia de errado. Quando ficaram de frente para o lado escuro do planeta, ele estava de fato escuro – sem cidades iluminadas, sem trama de luzes cintilantes. A apreensão nauseante que vinha crescendo desde que os receptores deixaram de funcionar, desde antes de Júpiter, tornou-se ainda maior. Todas as luzes de todas as cidades, extintas. Como era possível?

Ela continuou rastreando as frequências, continuou na escuta, tentando encontrar alguma coisa, qualquer coisa, que pudesse indicar que ainda existia vida humana. E começou a transmitir quando pensou que o resto da tripulação não a ouviria. Suas transmissões não eram exatamente profissionais. Eram orações – não para Deus, porque ela nunca tinha gostado daquela ideia, mas para o universo ou a própria Terra. "Por favor, por favor, só uma voz. Um resposta. Qualquer pessoa, qualquer coisa." Não houve resposta. Só havia um planeta escuro em silêncio, rodeado por lixo espacial e satélites mortos e pela Estação Espacial Internacional. Eles chegaram mais perto. Nada, ainda.

Foi só quando passaram pela Lua que ela ouviu. Era de manhã bem cedo, horário de Greenwich, e estava murmurando no microfone quase sem perceber, falando sozinha. Ultimamente era a única pessoa a quem tinha algo a dizer. E então escutou – algo tão fraco, tão distorcido que julgou ser só a perturbação atmosférica assobiando em seu receptor. Transmitiu de novo, um "Alô" comedido. Quando a voz respondeu, ela quase gritou. Pensou que tinha ficado louca, que estava delirando. Foi como se participasse de sessões espíritas todos os dias sem acreditar no que fazia e finalmente tivesse sentido uma presença na sala. Mas não, lá estava, dessa vez mais clara, uma voz masculina, rouca e velha e pouco utilizada. Mas uma voz. Uma conexão que vinha a seu encontro. Ela levou o microfone à boca. Apertou o botão de "transmitir". Contato.

# DEZESSETE

Levou pouco menos de dois minutos até que o sinal fosse interrompido, mas, durante aquela breve troca de mensagens, obscurecida pela perturbação atmosférica, Augustine descobriu informações valiosas. A mulher do outro lado do sinal lhe contou que estava a bordo de uma nave espacial chamada *Aether*, em um projeto muito arrojado de exploração do espaço profundo do qual ele se lembrava de ter ouvido falar enquanto a nave era construída na órbita da Terra alguns anos antes, antes de ele seguir para o norte. Ela disse que estavam a aproximadamente 320 mil quilômetros do planeta, que estavam voltando para casa e tinham perdido contato com o Controle da Missão havia mais de um ano. Desde então ele era o único contato via rádio que conseguiram fazer.

Augie disse a ela que estava em um centro de pesquisa a 81 graus ao norte, no arquipélago do Ártico canadense, que estava lá havia algum tempo e tinha poucas informações a respeito do estado do mundo para além de sua ilha congelada. Ele lhe disse que houvera rumores sobre uma possível guerra, depois uma evacuação a qual ele decidira não aderir, e depois… nada. Só silêncio e isolamento. Quis contar tudo a ela: como tinha sido deixar o observatório e atravessar a tundra, estabelecer uma nova casa para si ao lado do lago, como fora matar o lobo e enterrá-lo na neve, cuidar de Iris, alimentá-la e ensiná-la a pescar, preocupar--se com ela, sentir as forças do amor; como tinha sido ver a neve e o gelo derreterem, banhar-se sob a luz do sol da meia-noite e depois vê-lo se afastar. Quis falar sobre aquelas coisas – aqueles sentimentos atordoantes, desconcertantes e maravilhosos que nem sempre eram bons, muitas vezes eram ruins, mas sempre tão vívidos, tão imediatos, tão novos para ele.

Ele tinha tanto a dizer. Quis lhe perguntar sobre sua jornada, ouvir sobre a sensação de estar entre as estrelas, e não simplesmente observá-las no alto. Quis perguntar como era olhar a Terra de lá e quando ela tinha começado sua viagem – mas a conexão vacilou e depois lhes escapou. Considerando a vasta distância que o sinal tinha de viajar, a rotação da Terra e a flutuação da atmosfera, não era nenhuma surpresa. Ele salvou a frequência e decidiu monitorá-la pelo tempo que fosse necessário para restabelecer a conexão.

Durante as doze horas seguintes, saiu da barraca de equipamento de rádio apenas uma vez, para voltar à tenda e encher uma garrafa térmica com um café muito açucarado. Iris estava lendo em um dos leitos quando ele chegou e Augustine lhe contou tudo o que tinha acontecido: a mulher, a nave espacial cheia de astronautas. Ela não pareceu se importar. Tentou convencê-la a ir junto até a barraca, mas ela recusou e continuou lendo. A menina parecia estar feliz por ele, mas completamente desinteressada no desenrolar dos acontecimentos. Perguntou-se se ela entendia a relevância daquilo tudo, depois deu de ombros e voltou para dentro da pequena construção com a garrafa térmica em mãos, tentando imaginar por que Iris não tinha pulado de alegria diante da possibilidade de ouvir uma voz que não fosse a dele, de falar com uma mulher que vinha de outro mundo.

Novamente diante dos equipamentos, com os receptores cravados nas frequências corretas e as orelhas em pé para ouvir qualquer coisa incomum que estivesse escondida em meio ao ruído branco, ele se recostou na cadeira e tentou não cair no sono.

———

Demorou alguns segundos para perceber que estava ouvindo a voz da mulher novamente, saindo de um sonho nebuloso e voltando à barraca congelante. Quando o fez, se levantou em um sobressalto, derrubando a garrafa térmica vazia, e pegou o microfone com gestos atrapalhados.

— Estou aqui — disse ele —, KBIZFI confirmando o recebimento. — Manteve o botão de "transmitir" pressionado por um ou dois segundos a mais, se perguntando por onde começar, o que perguntar, o que contar. Disse a si mesmo que deveria ter paciência, que deveria deixá-la responder. — Câmbio.

Uma voz masculina chegou a seus fones de ouvidos logo depois. Estava rouca e distorcida pela distância.

— KBIZFI, aqui é o comandante da *Aether*, Gordon Harper. Você não imagina o quanto estamos felizes em falar com você. Estou aqui com a especialista Sullivan, que você já conhece. A Sully me contou que você está tão confuso quanto a gente sobre a situação atual. Você confirma?

— Confirmo — respondeu Augie. — Também é um prazer falar com vocês, e bem-vindos de volta. Só lamento que não seja numa situação melhor. A verdade é que faz muito tempo que eu não ouço nada pelo rádio. Faz mais de um ano que houve a evacuação. Imagino que vocês tenham mais informações do que eu, considerando seu ponto de vista. Câmbio.

Houve uma longa pausa e ele temeu ter perdido a conexão, mas logo depois o comandante voltou a falar.

— Ainda é cedo para tirar conclusões, mas vamos fazer o possível para mantê-lo informado. Você tem conseguido se virar sozinho? Câmbio.

— Melhor do que eu esperava. Esses postos de pesquisa têm um estoque impressionante. Não sei se foi guerra nuclear ou química ou sabe-se lá o quê, mas os efeitos aqui nesta região são imperceptíveis. A vida selvagem continua saudável, nenhum sinal de radiação. Câmbio.

Augie queria saber se eles iriam voltar pela atmosfera e se poderiam fazer isso, e se o fizessem… o que encontrariam. O que mais havia para lá, para além de seu lar congelado? Qual era o estado do resto do planeta? Ele não sabia ao certo como perguntar. Ainda estavam muito longe. Depois de tantos meses simplesmente sobrevivendo, de repente se viu invadido por uma intensa curiosidade, uma vontade de saber tudo. Dessa vez houve uma pausa ainda mais longa e imaginou o que poderiam estar dizendo um ao outro.

— KBIZFI, aqui é a Sullivan, acho que estamos prestes a perder… — E desapareceram.

— No aguardo — disse ele em voz alta para o vazio.

———

Augustine tinha visto os últimos momentos do sol. O outono chegara. A noite polar começou e, com ela, as temperaturas extremas. Era hora de hibernar novamente, de ficar na barraca principal e manter a fornalha a combustível queimando. Suas curtas caminhadas até a barraca do rádio se tornaram mais e mais difíceis; sentia que sua saúde fraquejava e respirar o ar na temperatura negativa feria seus pulmões. Quanto mais se empenhava, mais força precisava fazer para respirar; quanto mais força fazia, mais doente ficava.

Mesmo assim ele continuou sua vigília. Continuou na escuta sempre que podia. Entrava e saía de sonhos enquanto esperava diante do microfone na barraca apertada, e os sonhos ficaram cada vez mais realistas à medida que o tempo passava, até que não conseguiu mais diferenciar o que era sonho e o que era seu estado consciente. Uma febre o aquecia, mantendo seu sangue em uma leve fervura dentro das veias. Um dia ele voltou a ouvir a voz da mulher e se obrigou a acordar com um chacoalhão. Não sabia quanto tempo havia se passado. Horas ou talvez fossem dias.

— KBIZFI — ela repetia várias vezes seguidas. — KBIZFI, KBIZFI... — Até que ele conseguiu despertar e encontrou o microfone.

— Entendido — disse ele. — KBIZFI na escuta.

— Pensei que eu tinha perdido você — ela confessou, aliviada.

— Ainda não — ele respondeu, com a voz áspera e a garganta cheia de secreção. — Pode me chamar de Augustine. — Liberou o botão de "transmitir" para soltar uma tosse profunda e carregada. Perguntou-se quanto tempo ainda lhe restaria.

— Certo, Augustine. Sou a Sully. Hoje estou aqui sozinha. Me fala do céu — ela pediu — ou dos animais. Pode falar até do chão, que pra mim está ótimo.

Ele sorriu. Devia fazer muito tempo que ela não via nenhuma daquelas coisas.

— Bom — Augie começou a falar —, aqui o céu está escuro pelo dia todo. Acho que estamos no final de outubro? Nada de sol até a primavera, só estrelas.

— É outubro, isso mesmo. E os animas? O tempo?

— Tem feito frio... Talvez vinte, trinta graus negativos. E os pássaros, a maioria foi embora. Mas os lobos continuam por aqui, ainda uivando, e as lebres-do-ártico saltitando pelo gelo que nem aquele coelho maldito com o relógio de bolso, você sabe qual. Ah, e tem um urso. Ele não deveria estar tão longe nesse período do ano, mas está. Eu mesmo vi as pegadas na neve. Cá entre nós, acho que está me seguindo.

— Um urso polar? Seguindo você? Isso não parece lá muito bom.

— Não, não, não tem problema. Ele é tranquilo, não gosta de chamar atenção. E o chão... bom, o chão está congelado. Não tem mais nada que eu possa contar. Só enfrentando o inverno. E você?

— Justo — disse ela. — Agora estamos em órbita. Vamos aportar na Estação Espacial Internacional se pudermos, ver se precisamos checar os módulos de reentrada.

— E a sua viagem? O que você viu?

— Júpiter — ela disse. Soava melancólica. — Marte. As luas jovianas. Estrelas. Vazio. Sei lá... É difícil descrever tudo. Ficamos tanto tempo longe. Augustine? Acho que vou perder o sinal daqui a pouco, estamos orbitando em direção ao hemisfério sul. Mas olha... se cuide, tá? Não sei o que vai acontecer depois. Espero que possamos conversar de novo. Espero que...

Ela se foi. Augie desligou o equipamento e voltou para a barraca, andando com dificuldade. Ele se jogou em sua cama ainda vestido. Levou horas para a fornalha o aquecer o suficiente para que conseguisse voltar a se mexer, e, quando de fato teve forças para tirar as botas e a parca, um pensamento traiçoeiro invadiu sua consciência e depois se escondeu no inconsciente, indo e voltando, indo e voltando, até que ele adormeceu.

---

Augie foi dominado pela febre. Tinha sonhos vívidos em que voltava à barraca do equipamento de rádio, ligava o gerador, depois os transceptores, tudo com muito cuidado, mas em seguida percebia que ainda estava na cama, incapaz de se mover, e então o sonho recomeçava e se repetia – sua mente despertava e ia até a barraca, mas seu corpo ficava para trás. Os raros momentos de verdadeira vigília eram dolorosos e breves. Ele ora estava quente, ora frio, estremecendo e suando. Passava a maior parte do tempo no limite da consciência, sonhando que acordava, sonhando que sonhava que acordava. Seu cérebro estava aprisionado nas infinitas camadas de seu inconsciente: cada camada que ele abria o levava a outra, e depois a mais outra.

Iris estava lá, na vida real, ou talvez fosse só nos sonhos, ele não saberia dizer. Ela pairava sobre a cama com olhos ansiosos. Colocava panos frios e úmidos em sua testa e panos quentes, fumegantes, em seu peito. Cantava para ele; os lobos cantavam junto com seus uivos distantes. Às vezes a confundia com Jean, noutras com sua própria mãe.

Quando enfim conseguiu voltar à consciência, a muito custo, a barraca estava escura e fria, a luz tinha se apagado e a fornalha estava sem combustível. Quanto tempo havia se passado? Onde estava Iris? Conseguiu reunir as poucas forças que lhe restavam, saiu da barraca e trocou o galão de combustível, depois botou a fornalha para funcionar e caiu de cama mais uma vez. Bebeu meia jarra de água, tão gelada que fez sua cabeça doer.

Ele deixou a jarra de lado e de repente lá estava Iris, entrando pela porta, trancando-a atrás de si. Levantando a estrutura de vidro de um dos lampiões a querosene, em seguida acendendo o pavio com um fósforo e devolvendo a moldura ao lugar. Ajustando a chama. Levando-o para perto da cama de Augie, segurando a luz por um instante e depois a pousando sobre a mesa. Passando a palma da mão por sua testa, sentando-se na beira da cama e sorrindo. Seus olhos diziam "volte a dormir", mas seus lábios não diziam nada.

# DEZOITO

Sully voltou correndo para a Terrinha e começou a bater em todos os compartimentos individuais. Deu algumas palmadinhas no beliche de Devi antes de se lembrar que estava vazio, depois seguiu pela curva da centrífuga até chegar à mesa. Thebes já estava lá, comendo frutas secas e observando-a com um olhar curioso; os outros rapidamente saíram de seus beliches. As luzes do teto atingiram a máxima claridade matinal enquanto ela reportava a história do contato – o primeiro que tinham feito desde que o Controle da Missão se desconectara. As expressões de irritação sonolenta pouco a pouco deram lugar à empolgação. Quando chegou ao final da narrativa, no entanto, seus colegas de tripulação pareciam mais confusos do que instruídos.

— Só isso? — Tal perguntou. — Ele não sabe mais nada? Sully deu de ombros.

— Vou continuar monitorando a frequência e acredito que consigamos nos falar de novo. Mas, sim, ele não sabe quase nada sobre o que aconteceu. Disse que não há contatos via rádio desde que os outros pesquisadores evacuaram o centro de pesquisa, há mais de um ano.

— Por que eles evacuaram?

— Não sei... Rumores de que havia uma guerra. Mas ele só soube disso, de rumores.

— Então esse cara é tipo o quê, a última pessoa no planeta Terra? É nisso que estamos chegando? — Tal pareceu indignado.

— Não brinca com isso — Ivanov o repreendeu.

Tal revirou os olhos.

— Queria estar brincando — disse ele. — Pensem nisso. Se esse cara está tentando fazer contato por todo esse tempo e não conseguiu ouvir nadinha até agora... Sei lá, se alguma catástrofe aconteceu, quais seriam os lugares mais seguros... os lugares com menos radiação? Seriam os polos. Pois é. Exatamente onde ele está. É possível que ele seja a última pessoa viva.

Todos ficaram em silêncio por um instante. Harper vinha passando as mãos pelos cabelos, várias vezes seguidas, como se estimulando o couro cabeludo pudesse chegar a uma nova ideia, a um ponto de vista em que ainda não tinha pensado. Deixou as mãos caírem no colo e soltou um suspiro.

— Não acho que tenhamos descoberto nada de novo. Ainda estamos lidando com muitas dúvidas. Sully, vamos tentar falar com ele de novo, ver o que conseguimos arrancar. Fora isso, quero que verifiquem a vedação de ancoragem. Acho que devemos nos conectar à Estação Espacial Internacional e ver o que acontece partir daí. Sequência de reentrada conforme o planejado. Não faz sentido ficar especulando, né? Uma coisa de cada vez.

Todos assentiram e Harper voltou para a cabine de comunicações com Sully. Os outros se afastaram, um a um, e a busca pelo último homem da Terra recomeçou – horas de estática, ela repetindo sem parar o indicativo de chamada do homem, até que finalmente, horas depois, eles receberam a resposta que esperavam.

––––––––

A segunda conversa foi ainda menos esclarecedora do que a primeira. Harper, Sully e Thebes ficaram apinhados na cabine de comunicações enquanto Ivanov e Tal flutuavam no corredor. Os cinco ficaram ainda mais frustrados quando perderam o sinal, que já não tinha durado muito. Depois todos se dirigiram ao deck de observação, onde podiam ver a Terra ficando para trás da cúpula de vidro. No fim das contas não havia tanto assunto a discutir – o homem do outro lado contara tudo o que sabia, e não era quase nada –, mas isso não impediu que repassassem os parcos fatos várias vezes. Eles iriam aportar na Estação Espacial Internacional e depois tratariam do dilema da reentrada. Não podiam orbitar para sempre, mas sem uma equipe em solo para buscá-los no deserto do Cazaquistão, as coisas ficavam complicadas, incertas. Sully voltou para a cabine enquanto os outros continuavam discutindo a questão.

Ela tentou restabelecer uma conexão com o Ártico, mas não conseguiu. Estava claro que o homem não tinha as informações de que precisavam – uma explicação –, mas havia outras coisas que queria perguntar. Queria detalhes da Terra: pores do sol, tempo, animais. Queria relembrar a sensação de estar embaixo da atmosfera, protegida dentro daquela cúpula delicada e iluminada pela luz do dia. Queria se lembrar da sensação de ser embalada pelo planeta: ter terra e pedras e grama envolvendo as solas dos pés. A primeira neve a cair na estação, o cheiro do mar, as silhuetas dos pinheiros. A saudade era tanta que sentia a ausência dentro do abdome, como um buraco negro que sugava seus órgãos para o nada. Então ela esperou. Não precisava mais verificar as frequências, só precisava ficar atenta àquela. Restavam apenas as várias camadas da atmosfera, o ângulo da antena, a rotação da Terra e a vigilância do operador de rádio que mantinham Sully ocupada. Ela se perguntava se aquilo era mesmo verdade – se tinha encontrado o último homem da Terra.

Nos dias que se seguiram, a *Aether* chegou à órbita terrestre. Sully não teve a sorte de encontrar o sobrevivente do Ártico novamente. Não conseguiu manter sua vigília com a consistência que gostaria; à medida que se aproximavam da Terra seu trabalho ficava cada vez mais difícil e a relevância prática de falar com o homem era mínima. Os outros tripulantes se dedicavam a coisas mais urgentes. O plano para a *Aether* sempre fora aportar na Estação Espacial Internacional – a nave tinha sido construída para um dia se tornar um complemento dela –, então nesse aspecto continuavam dentro dos parâmetros da missão, seguindo um plano traçado anos antes. Mas, sem a colaboração da outra equipe que estaria lá, o procedimento era difícil e incerto.

À medida que se aproximavam da Estação Espacial Internacional, ela finalmente o encontrou de novo. Ele ficou igualmente feliz por ter uma desculpa para conversarem – sobre qualquer coisa — e lhe contou sobre o Ártico, sobre os dias escuros e a tundra congelada. Quando falou sobre as pegadas de urso polar que encontrara na neve, Sully reconheceu algo nele: uma solidão misturada com teimosia. Como se não conseguisse dizer em voz alta, nem naquele momento, no fim do mundo, que se sentia sozinho. Que buscava conexão sem saber como obtê-la; que encontrar algumas pegadas, a mínima evidência de outra presença, era o que chamava de ter companhia. Era algo que ia além do isolamento de sua situação atual, era parte dele, e ela desconfiou que sempre havia sido assim. Até em salas lotadas, até nas cidades grandes, até nos braços de um amor, ele era sozinho. Viu aquilo nele porque também fazia parte de si.

A conexão foi interrompida antes que ela estivesse preparada, se é que um dia estaria. Depois, Sully continuou na cabine de comunicações por um bom tempo. Desligou os alto-falantes e ouviu o zunido da própria nave e os murmúrios distantes dos colegas no deck de controle. Ele estava completamente sozinho lá embaixo, seguindo as pegadas de ursos polares e ouvindo o uivo dos lobos. Era mais velho, adivinhara pela rouquidão em sua voz, e devia estar desarrumado depois de tanto tempo solitário na imensidão do Ártico. Cabelo comprido, barba desgrenhada. Ela imaginou seus olhos, um azul etéreo, concluiu, da mesma cor do gelo iluminado pelo sol. No começo, tinha imaginado que poderia salvá-lo – pousar a cápsula *Soyuz* na Ilha Ellesmere e encontrar seu acampamento isolado –, mas a fantasia terminava aí. Não haveria chance de voltarem a climas mais amenos e era muito provável que acabassem caindo no mar gélido ou na tundra congelada e nunca o encontrassem. Não, a cápsula *Soyuz* seria levada a uma região menos agressiva, um lugar onde a tripulação tivesse chance de sobreviver. O último homem da Terra continuaria preso onde estava e ela nunca saberia ao certo como ele era. Sempre seria uma voz descorporificada, um andarilho espectral. Morreria sozinho.

Do deck de controle ouviu Tal dar um grito animado – a estação espacial tinha entrado em seu campo de visão. Ela enxugou os olhos na manga do uniforme e limpou o nariz com as costas da mão, depois respirou fundo algumas vezes e mexeu o maxilar, arrancando à força o esgar entristecido de seus músculos faciais. Ver a estação espacial era uma boa notícia. Experimentou abrir um sorriso e o analisou no reflexo prateado do revestimento do transceptor. Até que tudo bem. Pegando impulso para sair da cabine de comunicações e ir ao corredor que levava ao deck de controle, deu de cara com Thebes, que se aproximava vindo da centrífuga.

— E aí, está pronta? — ele perguntou.

— Pronta pra quê?

— Pronta pra ir pra casa.

Eles flutuaram juntos até o deck, onde Tal e Ivanov já estavam esperando. Tal tinha preparado os controles de ancoragem e Ivanov foi flutuando até a cúpula, observando a estação espacial chegar cada vez mais perto pela janela enquanto o outro via a escotilha se aproximar em sua câmera de ancoragem. O painel solar da estação se abriu do labirinto prateado central como asas enormes e iluminadas. O azul vivo dos oceanos da Terra, perpassado pelos rufos brancos das ondas e pelos pontinhos das nuvens, se movia lá embaixo.

— Não sei se estou — ela sussurrou para Thebes, mas ele não ouviu. Harper chegou logo depois e os cinco ficaram olhando as duas naves se aproximarem devagar, se alinharem e, em seguida, como que por milagre, se encaixarem e virarem uma só: um anjo prateado andando sem rumo por um céu vazio.

# DEZENOVE

Augustine sentou-se com dificuldade. A chama do lampião a querosene estava fraca, o pavio tremeluzindo dentro da chaminé de vidro. A barraca parecia vazia, mas estava tão escuro que não sabia ao certo.

— Iris — ele chamou e depois de novo: — Iris.

Não ouviu nada além do gemido baixo de um vento suave que vinha de fora e empurrava a casca da barraca, o sibilo da fornalha a combustível, o crepitar da chama do lampião. Tentou calcular quanto tempo havia se passado desde que falara com a mulher a bordo da *Aether* – tinha sido no dia anterior, um dia antes do dia anterior ou fazia ainda mais tempo? Não conseguia distinguir a passagem do tempo do borrão dos sonhos lúcidos nos quais tinha se perdido. Queria falar com ela de novo. Queria lhe fazer mais perguntas – sobre sua mãe e seu pai, descobrir como tinha sido sua infância e onde, se tinha família, filhos. Queria saber como decidira virar astronauta, o que havia na solidão do espaço que a fizera deixar tudo para trás. Queria lhe contar sobre seu trabalho, suas conquistas, mas também seus fracassos –

confessar seus pecados e ser perdoado. Ali, no fim de sua vida, tinha tanto a dizer, mas tão pouca força para dizê-lo. Sua cabeça girava por conta do esforço toda vez que tentava afastá-la do travesseiro.

Ele sacudiu as pernas até os pés encostarem no chão e segurou o próprio tronco no colo, com as mãos na cabeça, enquanto as nuvens negras vertiginosas escoavam de sua visão e ele recuperava o equilíbrio. Ficou de olhos fechados até a cabeça parar de girar e sentir uma espécie de quietude; quando os abriu, Iris estava à sua frente, na cadeira na qual se sentara durante o curso de sua doença, vigiando seu corpo febril. Observou-o atentamente e não disse nada.

— De onde você saiu? — ele perguntou. — Faz tempo que está aí?

Ela fez que sim e continuou encarando-o, um olhar vazio em um rosto tão bonito. Ele não conseguia entender o que sempre soubera. Era tanto esforço que sua cabeça doía.

— O que você veio fazer aqui? — sussurrou. Iris inclinou a cabeça e ergueu os ombros como se dissesse "é você quem me diz". Augustine pressionou a palma das mãos contra os olhos, observando a dança de luz e sombra por trás das pálpebras. Sabia que quando os abrisse a cadeira estaria vazia. Ele os abriu e ela de fato estava.

———

Houvera uma noite em Socorro na qual não pensava havia anos. Esforçava-se ao máximo para nunca mais pensar naquilo, mas naquele momento a lembrança o invadiu, enquanto o fôlego sacudia seus pulmões quase mortos. Aconteceu logo depois que Jean lhe disse que estava grávida, depois que exigiu que ela abortasse. Estava tarde, ele chegou sem ser convidado, mas mesmo assim ela o deixou entrar na pequena edícula rústica que alugara perto do centro de pesquisa em que ambos trabalhavam. O lugar estava cheio de livros e resmas de papel de impressora. As páginas da dissertação dela estavam empilhadas sobre a mesa de jantar, sua caneta roxa destampada, um caderno escancarado e cheio de anotações indecifráveis ao lado de uma xícara de chá. Augustine foi cambaleando até a mesa e se jogou na cadeira. Estava bêbado. De alguma forma o chá se derramou, um cotovelo errante, um gesto exagerado, e começou a molhar o trabalho, a tinta roxa escorrendo pela página como máscara de cílios manchada de lágrimas. Jean não ficou brava, ela ficou... o quê? Triste. Sentou-se ao lado dele, endireitou a xícara então vazia e jogou um pano de prato por sobre a poça, que avançava para a beira da mesa e começava a pingar no chão.

— O que você veio fazer aqui? — ela lhe perguntou. Ele não respondeu, só ficou olhando as páginas destruídas. Ela esperou. — Augie — disse ela. — O que você está fazendo aqui?

E então a coisa mais ridícula de todas aconteceu: ele começou a chorar. Foi até o armário onde ela guardava algumas garrafas, uma de uísque e outra de gin, torcendo para que não o visse aos prantos. Lembrou-se que tinha terminado a garrafa de gin na semana anterior, então pegou o uísque e serviu dois dedos da bebida na xícara vazia. Jean cobriu o rosto com as mãos enquanto ele bebia tudo de um só gole. Àquela altura os dois estavam chorando.

— *O que você quer?* — disse ela, e de repente ele entendeu que não deveria estar ali. Que era verdade que ela não queria vê-lo. Naquele momento sentiu um lampejo de empatia por ela, mas a sensação se desfez imediatamente.

— Eu quero tentar — ele falou, embolando as palavras. — Vamos tentar.

Ela balançou a cabeça, devagar, firme, e tirou o uísque de cima da mesa. Guardou a garrafa de volta no armário.

— Eu quero consertar tudo — Augie protestou.

Jean olhou para ele e fez questão de que a encarasse de frente antes de responder.

— Não — ela disse. — Olha o seu estado.

Ela o conduziu até a porta e ele permitiu – se olhando no espelho que ficava sobre uma mesa, na qual as chaves e a correspondência recém-chegadas eram deixadas e onde havia um pequeno cacto num vaso esculpido em água-marinha. Viu como seus traços estavam caídos, como se a elasticidade de sua pele já tivesse se perdido, como seus olhos estavam com um contorno vermelho, as córneas injetadas e amareladas. Havia sangue na gola de sua camisa. Ele não sabia de quem era nem como tinha ido parar ali. O homem que o olhava de volta era mais velho do que imaginava – mais traumatizado e mais perdido do que jamais se permitira reconhecer. A bruma de um cérebro embebido em álcool tremulava ao redor de seu reflexo como ondas de calor e, de alguma maneira, em vez de enxergar menos, aquela bruma pela primeira vez o fazia enxergar mais. Tornou a imagem mais nítida. Viu que era ele quem precisava de conserto e com uma certeza arrebatadora percebeu que não tinha as ferramentas para aquele serviço, nem a convicção para tentar fazê-lo. Viu o que Jean via e entendeu que ela e o bebê ainda não nascido teriam uma vida melhor sem ele.

Augustine deu as costas para o espelho e deixou para trás aquele breve cintilar de honestidade – pesado demais para levar consigo, ofuscante demais para se olhar por muito tempo. Jean abriu a porta e ele tropeçou e bateu no batente. Ela o guiou pela abertura, delicada e firme ao mesmo tempo, depois trancou-a. Sozinho nos degraus da casa dela, ele se apoiou na porta e ficou olhando para o céu nublado, escuro e denso e impenetrável. Sem estrelas, só nuvens. Foi a última vez que se viram.

———————

Augustine vestiu as roupas lentamente e com muita dificuldade: cachecol, chapéu, parca, botas e por fim suas luvas. A barraca estava vazia. Os mínimos sons de zíperes sendo fechados, o baque das botas, o sussurro da parca se esfregando em si mesma, todos se uniram para dar origem a uma leve sinfonia de movimento crescente. Lá fora o vento ainda sibilava levemente – a melodia de Iris. Augie já respirava com dificuldade quando abriu a porta. O frio quase o derrubou. O vento preencheu seus pulmões de cristais de gelo que haviam se desprendido do chão e seu fôlego congelou sobre a barba antes que ele desse mais de dois passos. Espremeu o que restava de sua força, determinação e tristeza e transformou tudo em um movimento para a frente – um último arroubo. Podia-se ver a barraca do equipamento de rádio sob uma faixa prateada de lua e ele seguiu adiante aos tropeços o mais rápido que conseguiu.

Não sabia ao certo como iria começar quando falasse com ela ou o que precisava dizer, mas não parecia importante. Só queria ouvi-la e ser ouvido. Ter um último momento honesto, depois de tanto tempo. Só um. Estava na metade do caminho até a barraca quando notou algumas pegadas e parou. Ele as seguiu com os olhos até a beira do lago, onde viu um pequeno monte coberto de neve que parecia não pertencer ao cenário. Ele seguiu as pegadas e, quando chegou ao amontoado, percebeu que era o urso que o vinha seguindo – por todo aquele tempo, por todos aqueles quilômetros. Por um lado quis sentir medo, correr para se abrigar, mas por outro lado, o dominante, quis esticar o braço e passar a mão em suas costas. Ele o fez, com muita cautela, e o urso bufou suavemente. Andou ao redor do animal imenso até chegar aonde o focinho apontava para o lago, o pescoço e a barriga esticados na neve, as patas guardadas embaixo do corpo. Tirou a luva e encostou no pelo mais uma vez, bem onde as escápulas se uniam em uma protuberância. Estava coberto por uma fina película de neve, mas deixou os dedos afundarem e encontrou uma camada de calor que emanava da pele do animal.

O urso bufou de novo, mas continuou sem se mexer. Augustine entendeu que ele estava morrendo. Seu pelo cada vez mais amarelo ficava quase dourado sob a luz da lua. As pernas de Augie fraquejaram e ele caiu de joelhos ao lado do animal, ainda com os dedos enterrados em seu pelo. O rádio podia ficar para depois, decidiu, era aquilo – aquele era o momento pelo qual vinha esperando. O vento ganhou força e começou a varrer a neve em direção ao céu, escondendo a barraca de rádio e as outras detrás de uma cortina de brancura, até que só restassem Augustine e o urso.

Ele pensou em Jean. Na primeira vez em que a vira, ela estava do outro lado do estacionamento do centro de pesquisa. Tinha estacionado seu El Camino verde e empoeirado e seu cabelo escuro rodopiava ao redor dos ombros enquanto recolhia as sacolas do banco do passageiro. Mesmo estando na entrada do centro, ele tinha notado o batom vermelho, a faixa de pele que ficava à mostra entre a blusa e a calça jeans. Pensou na primeira vez em que a despira, na primeira vez em que a vira dormir, e se perguntou o que a tornava tão interessante. Tão magnética. Nunca tinha chegado a uma conclusão. E pensou na fotografia que ela lhe enviara. Aquela única foto: a criança, a menina, a filha dos dois. Parada, de braços cruzados sobre o peito, com um vestido azul-claro e sem sapatos, o cabelo escuro logo abaixo do maxilar, a linha reta da franja logo acima das sobrancelhas. A boca estava ligeiramente aberta, como se quisesse dizer alguma coisa, e sua expressão era questionadora – um olhar claro, cor de avelã.

O urso grunhiu e se virou de lado. Augie chegou mais perto. Não tinha mais medo e, ajeitando-se junto à barriga morna e sentindo seus braços enormes se aproximarem, ele se sentiu em paz. Não mais um intruso, mas parte da paisagem. Sentiu o hálito quente do urso em contato com o topo de sua cabeça e se aninhou ainda mais, virando o rosto para longe do vento e perto dos pelos, onde encontrou o trovejar silencioso de um coração batendo, lento, profundo e contínuo como um tambor.

# VINTE

A bordo da Estação Espacial Internacional parecia que os outros astronautas tinham saído rapidamente: os equipamentos ainda estavam ligados e havia embalagens de comida pela metade flutuando na área da cozinha. As únicas coisas que faltavam eram as cápsulas de reentrada *Soyuz* – duas das três disponíveis haviam desaparecido. As máquinas da estação eram arcaicas em comparação com a estrutura da *Aether*, mas a tripulação as conhecia bem, já que todos tinham morado ali em algum momento da carreira. Sully inspecionou a cabine de comunicações com curiosidade, comparando o silêncio ao que havia na *Aether*. Ambas estavam recebendo os mesmos sinais – isto é, nenhum. Ateve-se à frequência na qual tinha encontrado o homem do Ártico, mas ele não estava lá e cedo ou tarde precisou seguir adiante e procurar outros possíveis sobreviventes. Ela se perguntou se um dia o encontraria de novo.

Depois de revirar a estação em busca de habitantes e pistas, sem encontrar nenhuma dessas coisas, a tripulação da *Aether* se reuniu perto do último casulo de reentrada, que tinha três assentos. Três deles desceriam e dois continuariam na estação espacial, girando ao redor da Terra até segunda ordem. As opções eram desanimadoras: sem uma equipe no solo para buscá-los, corriam o risco de pousar em um oceano ou deserto, o que poderia ser fatal. Era impossível saber o estado do planeta lá embaixo. Talvez a terra e o ar e a água estivessem envenenados, talvez ainda não. Talvez houvesse sobreviventes, talvez não. No espaço, havia uma quantidade finita de recursos e ninguém sabia até quando iriam durar. Nenhuma escolha era garantida e nenhuma era segura. Mas ainda não estavam preparados para tomar a decisão. Eles se amontoaram e conversaram sobre o procedimento de ancoragem, os suprimentos, os equipamentos – qualquer coisa que não fosse a pergunta sobre quem iria e quem ficaria. Tudo menos aquilo.

----

Eles dormiram na *Aether* naquela noite e durante o jantar fizeram questão de falar sobre os assuntos mais corriqueiros possíveis. Depois de dois anos perambulando pelo Sistema Solar, estavam (quase) em casa. Depois de dois anos, alguns deles fariam o último trecho da jornada e outros não. Toda aquela espera, aquela incerteza torturante, tudo os levara a uma cisão impossível e ainda não dita. Sully ficou deitada na cama sem conseguir dormir, como imaginou que os outros também estivessem, avaliando as opções e chegando à mesma conclusão várias vezes seguidas: nenhuma. Ela se virou de um lado para o outro, ficou de barriga para cima, depois de bruços, enfiou os braços sob o travesseiro, colocou-os na lateral do corpo, cobriu o rosto. Era impossível dormir. Pensou em sua filha e passou os dedos pela fotografia presa à parede, apenas um quadrado no escuro, mas mesmo assim conseguia ver o rosto de Lucy, sua fantasia, seu cabelo loiro-escuro ondulado – a curva de seu sorriso gravada no cérebro de Sully como um sinal luminoso no céu.

E se o pior tivesse acontecido? E se ela estivesse reduzida a cinzas quentes flutuando num céu claro ou, pior ainda, numa pilha de restos mortais em decomposição, voltando ao pó? Tentou não pensar naquelas coisas, mas... ela tinha abandonado sua família inteira e não conseguia pensar em mais nada. Se pelo menos tivesse sido uma mãe melhor, uma esposa melhor, uma pessoa melhor, outra pessoa estaria deitada em seu beliche naquele exato momento, revisitando os próprios arrependimentos. Ela teria ficado no Canadá, nunca teria se candidatado ao programa especial ou ido para Houston. A porta vermelho-framboesa em Vancouver, as panelas de cobre que ficavam penduradas acima do fogão e a tarefa de dobrar as camisetas em miniatura da filha ainda seriam dela. Não haveria divórcio, nem separação, nem dificuldade para encontrar uma foto mais recente de Lucy quando ela precisou. A imagem de como sua vida poderia ter sido pareceu tão perfeita, enquanto estava ali deitada no escuro, mas era inútil. Não servia para aquela vida. Nunca seria a mulher que Jack queria, a mulher de que ele precisava, nunca tinha amado Lucy do jeito certo – sequer sabia qual era o jeito certo, só que as outras mães faziam tudo diferente, que parecia que ela nunca falava as coisas certas, nem fazia as coisa certas, nem era a pessoa certa quando estava com eles. A verdade era que ter aquela família tinha sido mais difícil do que perdê-la. Sempre havia algo faltando e só então, depois de todo aquele tempo e todos aqueles quilômetros, ela pôde começar a entender o que era: uma receptividade, uma abertura. As raízes de algo que nunca tivera a chance de crescer.

A Terrinha tinha começado a parecer muito pequena quando a própria Terra passou a preencher a visão da cúpula com sua grande circunferência azul. Mas eles se sentiam protegidos na centrífuga, girando dentro de seu mundinho conhecido. Lá sabiam o que esperar, enquanto seu planeta natal se tornara um mistério durante o tempo em que tinham estado longe. Depois de cruzar o desconhecido, voltaram para encontrar mais do mesmo. Todos comiam mingau de aveia embalado a vácuo e bebiam café quente, mas o clima era lúgubre. Tinha chegado a hora de falar sobre o procedimento de reentrada.

— Vou precisar decidir de forma aleatória — Harper enfim disse. — Tipo um sorteio, a gente tira no palito. Algo nessa linha. Não sei outro jeito de fazer isso.

Os outros concordaram com um meneio.

Ele fez contato visual com cada um deles, sentindo se de fato apoiavam aquela ideia, depois voltou a olhar para a mesa, lambeu os lábios e engoliu em seco. Sully observou a saliência de seu pomo de adão subir e descer em seu pescoço, movendo-se com dificuldade, como se aquele esforço fosse dolorido.

— Tá — disse ele. — Não podemos esquecer que não sabemos o que vamos encontrar lá embaixo. Talvez a gente não sobreviva, mas, se sobrevivermos, quem disse que não podemos enviar outra *Soyuz*? Então... Vamos tirar canudos, acho. É melhor a gente fazer isso logo.

Havia um estoque na cozinha; Ele juntou cinco e Thebes encurtou dois deles com seu canivete. Harper os recolheu da mesa e os colocou na mão fechada. Canudos mais curtos levariam à prisão perpétua no espaço. Os compridos, a uma aterrissagem duvidosa.

— Tá — ele disse de novo. — Quem vai primeiro?

Houve um instante de silêncio e em seguida Tal esticou o braço por cima da mesa. Tirou um canudo da mão de Harper e soltou o ar que vinha segurando quando viu o comprimento. Deixou-o sobre a mesa diante de si. Thebes, à sua direita, foi em seguida e pegou outro canudo longo, que examinou com uma expressão indecifrável. Chegou a vez de Ivanov; era um canudo curto. Os outros arfaram sem querer e ficaram visivelmente tensos, esperando sua reação, mas depois de um longo e atordoado silêncio ele sorriu. O melancólico Ivanov, sorrindo, como uma estátua de mármore que de repente se movimentou.

— Tudo bem — ele falou. — Acho que estou aliviado.

Thebes apoiou sua mão larga no ombro de Ivanov. Harper engoliu em seco mais uma vez e estendeu os últimos dois canudos para Sully. Ela pegou um. Era curto.

---

Eles programaram a sequência de reentrada para dois dias após a tiragem dos canudos. Tal precisou de tempo para calcular a trajetória da cápsula, o ângulo pelo qual entrariam na atmosfera e as coordenadas do local em que gostariam de chegar. Tudo isso era extremamente complexo sem a assistência de uma equipe no solo. A tripulação decidiu mirar a cápsula na direção das Grandes Planícies do Texas, onde haveria o clima temperado e espaço aberto suficiente, e esperavam receber alguma resposta de Houston. Aquela parecia ser a melhor chance que teriam – mas, pela primeira vez em dois anos, o "eles" tinha se rompido. Três desceriam, dois ficariam para trás. O futuro de repente se dividira.

Depois da reunião, Sully foi até a cúpula da *Aether* e olhou através da camada rodopiante de nuvens plumosas enquanto passavam pelo verde vistoso da América Central, pelo azul profundo e frisado do Atlântico, pelos desertos pardos do norte da África. Ela ficou lá por muito tempo, observando os continentes que voavam diante da estação – o suficiente para ver o sol nascer e se pôr ao longo da borda nebulosa da atmosfera do planeta algumas vezes. Talvez ficar lá em cima fosse o melhor a se fazer. Talvez a superfície não fosse mais seu lugar. Pensou em Lucy, seu raio de sol, sua sabichona preferida; pensou em Jack, em como ele era antes do divórcio – malandro, melancólico, genial e apaixonado por ela. Pensou em Jean apontando para o céu quando Sully era pequena, para as estrelas, o deserto, apresentando--a ao espectro eletromagnético e à toda sua magia. Em sua família. Viu o sol nascer e se pôr, nascer e se pôr, nascer e se pôr. Enquanto assistia ao quarto pôr do sol iluminando o planeta escurecido, ela parou de lutar. Em algum lugar do Oceano Pacífico, com pequenas nuvens cor-de-rosa passando por sobre a água azul, libertou suas lembranças e seus planos para o futuro – os deixou flutuarem através da cúpula e descerem até a atmosfera, onde chiaram em contato com a concha azul e nublada de um planeta ao qual nunca mais retornaria.

Naquela noite, Sully voltou à centrífuga muito depois de os outros terem fechado as cortinas e desligado as luzes. Sentia-se leve como não acontecia havia anos. Escovou os dentes e andou na ponta dos pés pela curva que levava a seu beliche, os dedos sussurrando em contato com o chão. Enquanto passava pelo compartimento de Harper, ouviu-o se mexer lá dentro, o farfalhar de seus lençóis e o suspiro frustrado inconfundível, que só podia ser dele. Ela parou na mesma hora. Ficou imóvel por um instante, sem pensar, sem fazer nada, depois mudou de direção. Seus pés se moveram e ela os seguiu, entrando no compartimento de Harper antes que seu cérebro tivesse chance de se recusar. O rosto dele estava quase invisível no escuro, mas isso não importava. Não precisava ver sua expressão para saber o que pensava. Antes, a conexão que os dois tinham a perturbara, a afastara, mas não mais; não naquele momento, sua última chance de estar perto. Ele abriu espaço e ela se deitou ao seu lado. Sentiu seu cheiro: o almíscar do sono, desodorante Old Spice por cima do suor antigo, sabonete antibacteriano, seiva de tomate e um outro cheiro que não conseguia nomear nem descrever, mas que sabia ser dele.

— Oi — ela sussurrou.

— Oi.

Ele colocou a mão na curva de sua cintura e ela encostou a cabeça na dele. Os dois se olharam no escuro, sem ver. Sully entendeu: tudo, até o fracasso, até a solidão, a levara até ali – a preparara e a ensinara e a guiara àquele momento. Sentiu um calor começar a subir, começando pelos pés e inundando o corpo, como se mil portas se abrissem ao mesmo tempo. Pensou brevemente na casa em Montana que tinha imaginado para os dois, com a cachorra dele, Bess, esperando na varanda, e depois deixou isso de lado, junto com tudo mais. Só restou aquele calor, aquela abertura no peito, o desvelar de uma intuição muda, uma reserva de amor até então intocada. Ela chegou mais perto até encostar a boca em seu pescoço cheio de pelos e sentiu nos lábios a pulsação palpitando, a elevação da jugular. Eles não falaram nada, nem dormiram, nem se mexeram, só derreteram de encontro ao calor que os dois corpos produziam, à soma da força vital que tinham juntos.

De manhã, pouco antes do nascer do sol artificial, Sully voltou para seu compartimento e dormiu. Ouviu os murmúrios dos colegas fazendo suas coisas enquanto ela entrava e saía de sonhos, mas manteve os olhos fechados e não se levantou até Thebes abrir sua cortina e encostar em seu ombro.

— Tem uma coisa que a gente precisa discutir — disse ele. — Sobre o sorteio.

Sully esfregou os olhos.

— O que tem para discutir?

— Muita coisa — Thebes respondeu. — Você vem?

— Só deixa eu me vestir.

Quando saiu do beliche, se surpreendeu ao ver os outros quatro já reunidos, esperando à mesa em silêncio. Ela ficou confusa.

— Não estou entendendo — disse e sentou-se com eles. — O que aconteceu?

Thebes entrelaçou as mãos e apoiou o queixo nas juntas dos dedos.

— Eu vou ficar aqui — declarou ele. — Na *Aether*. Na estação espacial.

Ela olhou ao redor da mesa e viu que os outros a observavam. Eles já sabiam. Olhou para Harper. Ele assentiu.

— Então vocês querem que eu vá? — Sully perguntou. — Mas… Ivanov?

Ele deu de ombros.

— Eu também vou ficar — falou. — Já decidi.

— Mas por quê? — disse ela. — A sua família… você quer voltar mais do que todos nós.

Ivanov balançou a cabeça.

— Eu quero que tudo seja como antes. Isso não é a gente que decide. Só sabemos uma coisa sobre o que nos espera lá embaixo: não é o que deixamos para trás. Tudo mudou. A minha família não está me esperando... Agora não é hora de falar meias verdades. Eu e o Thebes, nós somos os mais velhos. Estamos cansados. Somos... como é que se fala? Cães velhos.

Sully abriu a boca para falar e nada saiu. Thebes a abraçou.

— Temos muito a fazer hoje — disse Harper. — Thebes, se você puder verificar a vedação da cápsula *Soyuz*... Tal, sei que você já está muito ocupado planejando nossa trajetória então, Ivanov, será que você pode ajudar? Vamos fazer uma simulação de pouso antes do fim do dia, depois mais uma de manhã, antes do lançamento. Vou verificar os equipamentos de sobrevivência da *Soyuz* e Sully... Será que você pode dar uma última olhada na cabine de comunicações? Esqueci alguma coisa?

— Acho que não — disse Tal.— Vamos lá.

Sully continuou na mesa depois que todos saíram, deixando os pensamentos, que giravam dentro da cabeça feito uma tempestade de areia, se acalmarem. Sabia que precisava comer, mas não conseguia, então guardou uma barra de proteína no bolso para mais tarde e saiu da centrífuga vazia. Quando flutuou pela abertura que levava ao corredor-estufa, encontrou Harper ali, fingindo examinar as plantas enquanto esperava por ela.

— Tudo bem com você? — ele perguntou.

— Tudo bem — ela respondeu. — Só fiquei surpresa. Com um pouco... de medo, eu acho.

— De quê?

— Do que tem lá embaixo, talvez? Estava pronta pra deixar tudo de lado, sabe? Ficar só comendo e dormindo e vendo o sol nascer quinze vezes por dia, mas agora... agora tudo vai mudar.

Harper encostou em seu braço, segurando o cotovelo. Mais uma vez, aquela sensação de calor: mil portas se abrindo um pouquinho mais. Ele virou o pulso para olhar o relógio e aquele simples gesto quase a desmantelou. Ela olhou as veias grossas e azuis no braço dele, logo abaixo da pele, e pensou em sentir sua pulsação mais uma vez.

— Tenho que ir — falou ele. — Muito trabalho...

Ela fez que sim, com a cabeça a mil.

— Claro — disse, e ele seguiu pelo corredor. Ela se deteve diante dos pés de tomate por um tempo, pensando. Pegou um dos amarelos e tinha gosto de sol.

Na cabine de comunicações, colocou os receptores para rastrearem as frequências. Ouvindo a estática que subia e descia e os assobios da perturbação atmosférica, pensou que, naquele mesmo horário do dia seguinte, ou estaria a caminho da Terra ou já na superfície – "se tudo correr bem", lembrou a si mesma. A leveza que sentira no dia anterior, a liberdade de abrir mão de tudo que viera antes, das decisões que tinha tomado, das pessoas que tinha amado, tudo isso se desfizera, e um peso voltou a seus membros como se a gravidade retornasse. O futuro, que meras horas antes parecia tão lindamente vazio, se tornou inflado de possibilidades desconhecidas. Seu destino monótono de confinamento espacial desapareceu como uma criatura sombria e fluida. Pensou em Harper e na forma como a noite anterior, tão agridoce e definitiva, subitamente se abrira para um começo – uma dinâmica insondável, insustentável.

Ela continuou rastreando, torcendo para que o homem do Ártico pudesse ouvi-la, mas a frequência que usavam estava quieta fazia dias. Havia algo nas conversas dos dois, algo que a degelou um pouco, só um pouco, que amoleceu aquele lado dela que estava congelado desde o início da missão. Ou talvez desde antes: desde que percebeu que perdera sua família, que desde o início nunca tinham sido dela. Aquela tênue conexão com o homem do Ártico, uma conexão que cruzava uma distância inacreditável, fizeram-na lembrar que mesmo as coisas efêmeras podiam servir para diminuir a tristeza. Mesmo poucas palavras podiam ter significado. Os receptores só detectaram perturbações atmosféricas e ruído branco. Depois de um tempo ela desligou tudo e voltou flutuando para a Terrinha pela última vez.

A tripulação jantou em silêncio. Ninguém estava com vontade de falar. Sully foi dormir cedo, e Harper e Thebes voltaram à estação espacial para fazer uma simulação de pouso. Tal e Ivanov jogaram videogame juntos uma última vez. Ela apagou a luz de seu compartimento e ficou acordada por muito tempo, pensando. Do outro lado da cortina, ouviu seus colegas se aprontando para dormir: a porta do lavabo se abrindo e se fechando, o farfalhar das cortinas sendo fechadas, o chiado dos lençóis. Thebes pigarreou; Tal tossiu; Ivanov chorou baixinho; Harper escreveu alguma coisa em seu diário. Era fácil dizer a quem cada som pertencia e de que parte da centrífuga vinha. Ela conhecia os colegas e o lugar onde moravam como a palma de sua mão – mas logo isso iria acabar, lembrou a si mesma.

Nos sonhos que teve naquela noite, flutuava por sobre a Terra, sem traje espacial, sem mochila de propulsão, só com seu macacão azul-marinho, com as mangas amarradas ao redor da cintura e a camiseta cinza para dentro. Olhava por cima do ombro, na direção da estação espacial, e via vários rostos que a observavam da cúpula, acenando. Dando adeus. Ela viu Devi lá, sorrindo, com as mãos marrons encostadas no vidro. Viu Lucy, sentada sobre os ombros de Jack. Viu sua mãe, Jean. Todos estavam felizes por ela, todos lhe desejavam sorte. Sully se virava e mergulhava em direção à Terra, atravessando o vácuo a toda velocidade, com os braços acima da cabeça e os pés em ponta, pronta para adentrar a atmosfera como uma mergulhadora perfurando a superfície da água. Seu corpo ficava morno, depois quente, depois ela percebia de súbito que estava pegando fogo, lançando-se pelo ar com a violência de um cometa pelo céu. Acordou antes de atingir o chão. Estava com a boca seca, seu pescoço doía. Olhou para o relógio. Tinha chegado a hora.

———

Os cinco tripulantes da *Aether* se agruparam ao redor da entrada da cápsula *Soyuz* restante. Todos se abraçaram e ficaram ali, na porta, alguns minutos a mais do que era necessário. Enfim Tal comunicou que era melhor começarem a sequência de desencaixe se quisessem finalizar a reentrada no tempo previsto. Ele entrou no casulo e começou a apertar os cintos. Harper cumprimentou Thebes e Ivanov com um último aperto de mão e sussurrou alguma coisa no ouvido de ambos. Sully titubeou. Deu um abraço em Ivanov, o terceiro nos últimos cinco minutos, e ele a beijou em ambas as bochechas. Gotículas de água flutuavam entre eles – lágrimas, mas ela não sabia de quem. Virou-se para Thebes.

— Tem certeza? — ela falou em seu ouvido enquanto ele a abraçava mais uma vez.

— Absoluta — respondeu ele, também no ouvido dela, e a empurrou de leve em direção ao casulo.

— Boa viagem, meus amigos — disse Thebes. Ivanov acenou e juntos eles fecharam a porta.

Sully se acomodou no último assento, à esquerda de Harper, fechando os cintos de segurança. Os três ouviram a porta sendo vedada do outro lado e depois nada. Só restaram os ruídos dos próprios corpos: respiração ofegante, membros inquietos. Tal começou a acionar os sistemas do casulo. Pegou o manual da sequência de reentrada e o colocou entre as pernas enquanto ajustava os mecanismos. Não se apressou e depois de um tempo decidiu que estava tudo pronto. Tal baixou o visor do capacete sobre os olhos.

— Lá vamos nós — falou ele.

Tal apertou um botão e Sully sentiu a *Soyuz* sair deslizando do compartimento de ancoragem, em um movimento delicado que marcava o fim de uma jornada e o início de outra. Ele acionou o motor em uma potência menor para que se afastassem da estação espacial e ficassem em uma órbita paralela. Depois, mudou para a potência maior, para que circundassem o planeta e se afastassem ainda mais da estação, descendo gradualmente até alcançar a atmosfera em ângulo inclinado. Tudo demorou um pouco mais do que Sully se lembrava e ela não tirou os olhos da pequena janela, porque só assim sabia que de fato estavam se movendo. Por fim, Tal ejetou o módulo orbital e o de serviço da *Soyuz*. De dentro da cápsula, sentiram as peças metálicas sob imensa pressão, acima e abaixo, fazendo com que as outras partes do casulo girassem. Alguns minutos depois começaram a atravessar as densas camadas da atmosfera. Do lado de fora, um fluxo derretido de plasma cobriu o vidro e o calor escureceu a janela. A gravidade os dominou, primeiro lentamente, depois exercendo uma força cada vez maior à medida que desciam. Sully começou a pensar que não iriam conseguir, que a cápsula tinha ficado sem uso por muito tempo, que o escudo de calor estava com defeito, que o paraquedas não se abriria. Quis muito que desse certo, quis descobrir o que viria em seguida. Sem pensar, esticou a mão e agarrou o braço de Harper. Tal estava concentrado em manter a cápsula na posição-alvo, mas Harper a observava. Ele abriu o visor de seu capacete e colocou a mão enluvada sobre a dela.

— Tudo bem? — ele perguntou.

O primeiro paraquedas se abriu e a violência do movimento sacudiu a cápsula para a frente e para trás. Depois do silêncio do espaço, o som do vento guinchando ao redor deles era ensurdecedor. Àquela altura a força da gravidade era tão intensa que Sully mal conseguia balançar a cabeça. Logo depois a turbulência se suavizou e o segundo paraquedas se abriu, um arranque mais delicado e uma descida mais tranquila. Ela se sentiu envolvida, aninhada na palma de uma imensa mão cósmica quando se aproximaram da superfície da Terra. O som do vento se amainou à medida que desciam, atravessando as camadas da atmosfera, e o terror finalmente escoou pelos músculos de Sully. Estava pronta para sobreviver – para chegar ao solo e abrir a cápsula – e, embora não tivesse a mínima ideia do estado do mundo ao qual iriam chegar, estava preparada para descobrir. O casulo continuou caindo e, através da janela quase totalmente escurecida, ela vislumbrou um fragmento de céu, claro e azul. Mesmo se aquele fosse o fim, mesmo que tivessem chegado tão longe só para morrer naquele momento, aquele fragmento de céu fez com que tudo valesse a pena. Estavam em casa. Ela olhou para Harper, que continuava a olhando de volta, e naquele segundo o amou mais do que imaginara ser possível. Mil portas, agora escancaradas.

— Iris — disse ele. Ninguém a chamava por aquele nome há muito tempo, mas ela gostou de ouvi-lo na voz de Harper —, eu fico feliz que você tenha vindo.

Ela fechou os olhos e se preparou para o impacto, torcendo para que houvesse tempo de ouvi-lo dizer aquele nome mais vezes. Mas mesmo que não houvesse...

— Eu também.

# AGRADECIMENTOS

Agradeço à minha agente, Jen Gates, que ouviu uma ideia bizarra e incipiente e ficou empolgada, que foi paciente e compreensiva, e que fez um trabalho tão incrível para que este livro encontrasse seu lugar.

Agradeço a Anna Pitoniak, que é esse lar para mim, e que moldou esta história com sua intuição do que poderia se tornar, seu entendimento do que era e sua atenção a cada detalhe.

Agradeço a cada um dos membros das equipes Random House e Zachary Shuster Harmsworth, cujas mãos mudaram este romance.

Agradeço aos meus *publishers* internacionais, em especial à minha editora do Reino Unido, Kirsty Dunseath da Orion Books.

Agradeço a Lisa Brooks, sempre minha primeira leitora.

Agradeço a Michael Bent, meu companheiro de observação do céu.

Agradeço a Chuck Dube, que estimulou minha curiosidade sobre a engenharia eletrônica – o ponto de partida para tudo isto.

Agradeço a todos os amigos e familiares que me inspiram, que me apoiam e me mantêm lúcida.

Obrigada a todos vocês.

Esta obra foi composta em Caslon Pro e Grotesque
MT Std e impressa em papel Pólen Soft 70g com
capa em Cartão Trip Suzano 250g pela Corprint
para Editora Morro Branco em março de 2021